太行山记忆

陈为人 著

石库
天书

海天出版社（中国·深圳）

图书在版编目（CIP）数据

太行山记忆：石库天书 / 陈为人著. — 深圳：海
天出版社，2014.1
（行走文丛）
ISBN 978-7-5507-0851-8

Ⅰ.①太… Ⅱ.①陈… Ⅲ.①游记—作品集—中国—
当代 Ⅳ.①I267.4

中国版本图书馆CIP数据核字(2013)第208811号

太行山记忆：石库天书
TAIHANGSHAN JIYI: SHIKU TIANSHU

出 品 人	尹昌龙
责任编辑	张小娟 (xiaojuanz@21cn.com)
责任技编	蔡梅琴
封面摄影	余海波
封面设计	李松璋

出版发行　海天出版社
地　　址　深圳市彩田南路海天综合大厦　（518033）
网　　址　www.htph.com.cn
订购电话　0755-83460293(批发)　83460397(邮购)
设计制作　深圳市龙墨文化传播有限公司（Tel：0755-83461000）
印　　刷　深圳市希望印务有限公司
开　　本　787mm×1092mm　1/16
印　　张　15.75
字　　数　280千
版　　次　2014年1月第1版
印　　次　2014年1月第1次
定　　价　35.00元

捕捉闪电一石秀

周宗奇

一道闪电美丽而迅忽，犹如大自然瞬间爆发的灵感。谁能捕捉到它？那是一项极具挑战性的科研尝试。我在一部电视片里看到过，一组西方科学家，车载着全套机器设备，在暴风雨来临之际，朝着最可能发生强烈闪电的方向飞奔，冒着包括生命在内的种种风险，要捕捉这转瞬即逝的神奇灵感，并试图给它以最独特、最诗意的表述。嗨呀，别提我有多么赞赏了！

于是我想，作家的灵感犹如闪电。谁能捕捉到最耀眼、最美丽的闪电，并给出最好的表达，谁就是最可爱的科学家——捕捉闪电的文学高手。

这里，我可不是空发议论。因为我发现，身边的陈为人先生，正是这样一位捕捉文学闪电的得道高手。莫说空口无凭，即有新例为证。

前两年，山西作家采风团相继两次集体采风，先是走黄河，后是走太行，历时近两个月。三四十号一标人马，一水儿都是多情善感、食色两旺的熟男熟女，哗啦啦开进大自然怀抱，那秋山秋水秋风雨，那鸟儿花儿虫儿草儿，那言语儿交流之间，那魂灵儿磕碰之处，得生出多少美诗妙文呢？可结果真有点意外，出了的单篇诗文倒也不少，其中也不乏精粹，但绝对算不得丰硕，就是添上途中那几段新创的爱情佳话，一年多来也未能编成一部像样的大书。不料，于这无声处，却起了一声响亮，但见陈为人先是推出大著《走马黄河之河图晋书》，接着推出姐妹篇《太行山记忆》。说两书厚重，并不在字数洋洋50多万，而是其内容丰沛，思考深广，联想奇瑰，且多有穿椎之创见。不仅我叹服，采风诸位也多有拍手称赞者。你想呀，大家都在黄河与太行之间行走，钟其灵而毓其秀，感受地声天籁，沐浴日月精华，可唯独这个陈为人却捕捉到了最靓丽的闪电，并表述得闪电般靓丽。因此，誉他为捕捉闪电的文学高手，当不为过吧？

石秀何人？说的自是江湖人称拼命三郎那梁山好汉也。陈为人文质彬彬，衣冠楚楚，礼节周全得英国绅士也不如，与那石秀怎的瓜葛？这你就得看一种精神了。

我与陈为人相识相交几十年了，他做人办事还真有那么一种拼命三郎劲头。远的就不说了，自打回归文坛这十多年来，我说他是"疯狂写作"、"拼命恶补"，要把浪费掉的文学成果夺回来。刘克庄说："书生老去，机会方来。"他老人家究竟抓住了那个机会没有，史无详载，但陈为人可算把这个机会抓了个贼紧。紧到什么程度？我讲个生活小细节。多年来只要作家们扎堆外出，一到分住处，总是他挑我，我挑他，占一个房间。他何以会挑我，那得他来说。我挑他的理由是：不打呼噜不抽烟。反复实践的结果你猜怎么着，真发现了他的"石秀劲"：即便在外开会、游览，他也不误发奋笔耕，天天凌晨 3 时左右即起，敲击键盘不辍。怕影响我睡觉，他总是躲在洗手间，门儿紧闭得不露一丁点光亮，就在那富含美妙氨气味的狭小空间中，铺开文思，大展拳脚……新纪录是两年之中出版 5 本书，怎么出来的，就是这么出来的！是不是拼命三郎一石秀？

一个作家，有了捕捉美妙闪电的勇气和机敏，有了异于常人的吃苦耐劳精神，他会干出怎样的文学成就，玉皇大帝他爹也估不准。

哈！为《太行山记忆》写序，居然于此不着一言，这叫什么序？你别急，我有说法。有道是：杀猪杀屁股，各有各的杀法。替人作序，道理一样，各有各的写法。我不想作导读式的序，这本书写了什么，写得多好，应该怎么去读、去理解、去引申……云云。我水准太低，怕有误导，先入为主，害了书主和读者。好书那得自己读、自己想、自己品，方得真味道。我作序喜欢来点"诗外功夫"，扯点不会误伤此书与书主以及广大读者的闲篇，比如上述拉拉杂杂。这叫不叫正儿八经的序，我可就"阎锡山骑毛驴——不负责任"啦。来历是：传说阎长官在克难坡骑毛驴上山大撒手，随从惊呼别摔下来。他说，摔不摔得下来是你们的事，我可不负责任。

2013 年 5 月 9 日于太原学洒脱斋

目　录

西文兴血脉柳宗元

引　言

　　2010年，山西作家黄河采风团分三程"走马黄河"，由黄河入晋源头偏关老牛湾起始，顺流而下，走了十九个县，使我得以收获《走马黄河之河图晋书》一书。

　　2011年，山西作家协会又组织"驱车太行"，分三程沿太行山脉由西北向东南：从浑源的恒山、灵丘的太白维山、龙池山，到佛教圣地五台山；再从红色根据地八路军总部的十字岭（左权岭）、到盂县的藏山、阳泉的娘子关；再从黎城的黄崖洞；壶关的太行山大峡谷，到陵川的板山、王莽岭、西崖沟……苍山如海，奔涌而来翻腾而去。人们说"泰山归来不看岳，黄山归来不看山"。我走过全国不少名山大川，但看过了太行山的奇崛伟姿，不由得赞叹一声："会当凌绝顶，一览众山小"；"踏遍青山人未老，风景这边独好"！这是自然景观与人文景观的神奇交融。

　　最早从《列子·汤问》"愚公移山"的寓言中知道了太行山；从《山海经》记载"精卫填海"的典故中，又知道了这里的发鸠山曾是"一片汪洋都不见"，神话传说与历史典故的叠影，使我们惊讶地有了地理的"大发现"：

山西作家太行山采风团乘车出发

太行山在几十亿年的地球演变中，真正是经历了海沉陆隆沧桑变迁。

在山西壶关县"太行山地质博物馆"我们了解到：在距今38亿年至25亿年的太古宙海时期，古海洋内发生了陆核增生成微陆块和微陆块聚合成萌大陆的过程，到距今25亿年前后，这块华北萌大陆终于在水与土的搏击中诞生了；从距今25亿年的元古宙海时期，这块新诞生的华北萌大陆又经历了长达7亿年的海浪侵蚀，重新变作汪洋。在海洋内，沉淀了一层层以紫红色石英砂岩为主的地质遗迹，成为我们现在看到的丹崖红岩；到距今四五亿年的寒武纪时期，海洋环境比较动荡，海水深浅变化频繁，一层层灰色石灰岩层和黄色泥灰岩层相间掺杂地积淀为夹心饼干式的岩层，地质学上称之为"泥质条带灰岩"；再从距今4.9亿年至4.4亿年的奥陶纪海到二叠纪海，水陆间的交相侵袭愈演愈烈，形成石英砂岩、碳酸盐岩、黄铁矿、煤层等呈七彩缤纷的海陆交互沉积构造。寒武纪形成的陆表海环境，不断遭到来自西北朝东南向海水的冲击，形成了我们现在所看到的太行山崛起之后的山脉走势和奇特地貌。

太行山地貌露出四个不同地质年代形成的地质遗迹。从下往上看，第一层是25亿年前由岩浆喷发流动形成的片麻岩，第二层是18亿年前由海洋沙滩演变而来的硅化角砾岩带，第三层是6亿年前由海底软泥形成的寒武系馒头页岩，第四层是240万年至73万年间由山洪冲积形成的喀斯特地貌。

壶关县"太行山地质博物馆"

这种地质学上"四世同堂"形成的悬壁神画，由于化学成分的差异，在亿万年的溶蚀过程中，快慢程度不同，形成了现在的样子。石峰外表看似层层叠叠的薄板组成"千层岩"，酷似书本，几十座石峰连成一片，形成峰林，被人称之为"石库天书"。

犹如树木的年轮，这些不同色彩的岩层，讲述着大山的生命历程。

大山是有生命的，它的生命特征表现在它色彩的变化中：一年四季二十四节气，高山峻岭表现出色彩的差异；一天子丑寅卯十二个时辰，高山峻岭的色彩也发生着变化；就是同一个暮色苍茫或雨雪雷电，色彩也不相同。色彩的变化向我们展示了大山的生命活动。

作家李锐在"吕梁山印象"里写过一篇《看山》：

> 视线举着整座山峰上升，升，升……然后停在半空里挣扎着，到底挣不过去，沮丧地落下来；然后，再朝起升，升，然后再沮丧地落下。
>
> 无比的怜惜从视线中涌泻出来，深情地抚摸着群山。只能在苍天之下忍受屈辱的山们沉默着，木然着，比肩而立，仿佛一群被绑缚的奴隶。沉默聚多了，便流出一种对生的悲壮；木然凝久了，便涌出一种对死的渴望。于是，从沉默木然中宣泄出一条哭着的河来，在崇山峻岭之中曲折着，温柔着，劝说着。
>
> 看了一辈子的山，总算是把山看透了……

在对大山的经久凝视中，我们读懂了大山的生命轨迹。

在这片"神奇的土地"上，在这片"英雄的土地"上，上演着一幕幕"我们在太行山上"的"大历史情景剧"：炎帝神农氏在太行上党尝百草、种五谷、制末耜、兴稼穑，从而完成了游牧到定居、渔猎到农耕、部落到王朝……一系列重要的历史阶段演进；恒山悬空寺对儒释道宗教观的溯源探幽；灵丘冢赵武灵王"胡服骑射"史实引出的改革与接班人话题；从五台山阎锡山故居到太原阎氏故居，生命轨迹所展示出的对生死观的诘问；大寨虎头山两座文人纪念碑对沧桑历史的讲述；娘子关所蕴涵的女性女权话题；藏山赵氏孤儿典故对伦理忠义观的质疑；高长虹蓬蒿居钩沉出与鲁迅的分道扬镳是情色事件还是思想论战；王莽岭重温"周公恐惧流言日，王莽谦恭未篡时"的诗句，引出对王莽这一历史人物究竟是"篡汉贼臣"还是"布新贤君"的矛盾辨析；板山洗耳河对出世还是入世权力场的感悟；历山西文兴村柳氏民居对宗嗣血脉传承轨迹的寻踪……几乎可以说每个山头都有故事，太行山进行着顽强的历史诉说。明代著名地理历史学家顾祖禹在《读史方舆纪要》一书中对太行山作了这样的描述："居天下之肩脊，当河朔之咽喉。"太行山是北部边地通向中原腹地的必经之路，"引无数英雄竞折腰"：秦昭襄王以此"威天下"，汉高祖以此"得天下"，汉刘秀以此"复天下"，魏武帝以此"夺天下"，后赵石勒以此"战天下"，唐太宗以此"并天下"……太行山上众多后世不断遗存和镌刻的"人文景观"，成为新历史的"石库天书"。

《汉书·地理志》中明确提出了"域分"的概念，即以不同的地理区域划分民俗民风："凡民函五常之性，而其刚柔缓急，音声不同，系水土之风气……好恶取舍，动静之常，随君上之情欲。"把民俗民风和意识观念的形成，归之为两个因素："一方水土养一方人"的自然因素和"一个时代的意识即统治者的意志"的人为因素。此次太行山采风，为我们提供了一个考察地域民俗民风的契机，辨析庙堂与江湖关系的渊源。或者换言之，一座山崖就是一尊鬼斧神工的塑像，为我们讲述着神话人物和历史人物的故事。

孔夫子在《论语·雍也篇》中说了一句广为世人流传的名言："智者乐水，仁者乐山。"古人一向喜欢把山水并称：崔颢言"青山行不尽，绿水去何长"；王观曰"水是眼波横，山是眉峰聚"。好山好水构筑成"锦绣河山"，又成为一个国家一个民族的符号。走马黄河后又驱车太行，也许这是冥冥中神灵的安排，它给了我一个生命的启示：应该把《走马黄河》与《太行山记忆》两书写成姊妹篇。

于是，有了《太行山记忆——石库天书》一书的"意在笔先"。

悬空寺溯源儒释道

儒、释、道三教合一的"政治协商会议"

辛卯年六月二十六，公元 2011 年 7 月 26 日，"山西作家太行采风团"一行来到了启动仪式后的第一站——北岳恒山悬空寺。

大同文联的接风午宴后，出浑源县城南 4 公里，来到了北岳恒山脚下。悬空寺原名玄空阁，是恒山庙群的重要组成部分。极目远眺，悬空寺倚山腾空而出，犹如琼楼仙阁，凌空悬挂。山风吹过，总有种摇摇欲坠之感。然而，自 1400 多年前始建于北魏以来，一直屹立于万仞绝壁当空，见证了一个民族碰撞融合的沧桑历史。在通往悬空寺最古老的石窟上方，镌刻着"公输天巧"四个大字。解说员为我们

悬空寺山门

北岳恒山悬空寺全景

引出中国建筑史上能工巧匠鲁班关于悬空寺的一段传奇。往事越千年，中国古代建筑在长期发展过程中，逐步形成了东方独特的建筑体系和建筑风格。悬空寺将中国古建筑艺术推上了登峰造极的高度。人们用"奇"、"悬"、"巧"来概括。进入新世纪，悬空寺被美国《时代》杂志评为"世界最珍奇的十大建筑"之一。入此列的中国建筑仅此一家。

我前后四次登临悬空寺，早已领略过这一世界建筑史上的奇观。而此次，伶牙俐齿的解说员赵晓婧饶有趣味的解说词，将我引领至一个新的境界。

"悬空寺不仅以它的'险''奇''巧'著称，而它的宗教氛围也与众不同。寺院殿堂多为佛教，宫观庙寺多为道教。而悬空寺一反常规，把佛、道、儒有组织地排列于一处，形成了融三教之精华，纳十方之神灵的净土，是一处信仰自由、和平共处、取长补短、共探真元的宗教自由天地。悬空寺共有12个佛教殿堂、5个道教殿堂、一处三教合一的殿堂，能将中国传统文化精华全部集聚一处，这是极为难能可贵的。

"从北耳阁向上，在寺院北面的悬崖绝壁上，悬挂着两座宏伟的三层九脊飞楼……这两座飞楼层层可登。南楼主要殿堂有纯阳宫、三官殿和雷音殿。纯阳宫供奉儒而圣、圣而佛、佛而道，提倡三教合一的吕洞宾。三官殿是悬空寺最大的一个殿，殿内供奉'天、地、水'三官……

"全寺最富有特色的就是这座最高层的三教殿。儒、释、道三教鼻祖同居一室，能把他们召集在一起的人更是闻所未闻，悬空寺做到了。虽然他们可能同床异梦各有盘算，可能只是求同存异各自有着自己的主张，然而他们毕竟迈出了和衷共济的第一步。佛祖释迦牟尼以客人身份端坐于中，左首黑胡子这位，是儒家

的圣人孔子；右边是道家的鼻祖老子，以无为而无不为之量屈居佛右。儒释道三家同坐于一堂之中，这是咱们中华民族最早的和谐思想了。政治协商会议正在开会，持不同政见的三教领袖同处一室各抒己见……"

解说员赵晓婧风趣幽默的话语，引起作家们一阵会心的笑声。

三教之境溯源南北朝

我问解说员赵晓婧小姐："这种三教合一的格局，始建时就这样？"

赵晓婧："当然！我们说始建的时候在北魏，那时陶弘景就提出三教思想，他是最早提出这一思想的。但是那时候三教思想还没有成型，真正成型是在唐朝。大唐才有这种兼容并包的大度气象。"

解说员的话，使我联想到北魏孝文帝"胡服汉化"的民族融合思想。金元时期的一代宗师元好问，他的祖先原为北魏皇室鲜卑族拓跋氏。相传，他的祖先是北魏太武帝拓跋焘的儿子（一说为秦王拓跋翰，另一说为南安王拓跋余），后来他的祖先随北魏孝文帝由平城（今大同市）南迁洛阳，并在孝文帝的汉化改革中改姓元。这是一块有着"和谐"、"融合"善良愿望的神奇土地。

解说员赵晓婧小姐言及"最早提倡三教合一思想"之人陶弘景。陶弘景（456—536 年），字通明，自号华阳隐居，丹阳秣陵（今南京）人。南朝齐梁时的道士，是著名的道教思想家、医学家。曾仕齐，官拜左卫殿中将军，后弃官入梁，隐居句曲山（茅山）。从东阳孙遍游名岳大川，受符图经法。梁武帝礼聘不出，但每逢朝廷大事，必亲恭咨询，时人称为"山中宰相"。卒谥"贞白先生"。其思想脱胎于老庄哲学和葛洪的思想理论，并杂有儒家和佛教观点。主张儒释道三教合流，称之"百法纷凑，无越三教之境"，并撰《真灵位业图》一书，阐述其理论观念。

如果加以考证，最早提出儒释道观点一致的是东汉末年苍梧郡（今广西苍梧）人牟融（？－79年），比陶弘景还要早300年。牟融是一个学富五车的饱学之士，后人尊称其"牟子"。他原是一介儒生，据《牟子理惑论·序传》载："既修经传诸子，书无大小，靡不好之。虽不乐兵法，然犹读焉。虽读神仙不死之书，抑而不信，以为虚诞。"正是牟融这种博学杂读的治学态度，使各种知识融会贯通，才产生了三教兼容并包的思想。牟融生于东汉末年乱世，他"将母避世于交趾"。当年交趾[1]是中外文化交汇、学术空气活跃的地方。在交趾的不少学者，崇信神仙辟谷长生之术，牟融站在正统儒家的立场上，"常以《五经》难之"，与他们辩论。当时"道家术士莫敢对焉"。牟融认为，精研儒家经典，言辞达辩，会被当局委以"使命"，而社会动乱，绝非仕宦显身之时。他以老子"天下不得臣，诸侯不得友"为座右铭，过着隐居生活，苦研学问。"锐志于佛道，兼研《老子》"，"含玄妙为酒浆，玩《五经》为琴簧"。他的这种处世之道，引起当时儒学之士的非议，说他背离了儒学精神。对此，牟融在《牟子理惑论》一书中谈到佛教与儒家的关系时说："金玉不相伤，精魄不相妨。"明确表示，他信奉佛教，并不意味着他背离了儒家。在他看来，佛教的主张和儒家伦理纲常思想不仅不相矛盾，而且在精髓上是一致的。牟融说，佛教作为外来宗教，要为中国本土所接受，必须尽量用中国熟悉的宗教意识和文化语词来解释。他说："佛者，谥号也。犹名三皇神，五帝圣也。"他把佛比作中国人熟悉的三皇五帝。对佛教宣扬的佛法无边，"恍惚变化，分身散体，或存或亡；能小能大，能圆能方；能老能少，能隐能彰；蹈火不烧，履刀不伤；在污不染，在祸无殃；欲行则飞，坐则扬光……"牟融以《庄子·大宗师》比之："古之真人，登高不栗，入水不濡，入火不热"；

【1】交趾：中国古代地名，今位于今越南境内。

悬空寺三教殿

用《淮南子·精神训》解之："居而无容，处而无所；其动无形，其静无体；存而若亡，生而若死；出入无间，役使鬼神"等等。作着中国特色的诠注。

讲到"佛道"，牟融用中国道家对"道"的描述来解释"佛"："道之言导也，导人致于无为。牵之无前，引之无后；举之无上，抑之无下；视之无形，听之无声。四表为大，蜒蜒其外；毫厘为细，间关其内，故为之道。"这里，牟融所讲"无为"是初期翻译佛经对"涅槃"或"解脱"的一种译法，与我们后来所讲道家的"无为"不是一回事。牟融所说"道"，包括"天道"、"人道"、"道德"。牟融说："立事不失道德，犹调弦不失宫商；天道法四时，人道法五常"。"五常"本是儒家的道德主张，牟融把它与道家观点糅合在一起，用来说明儒释道的一致。

魏晋南北朝时期，道教迅速成熟，其中一个重要原因就是和佛教的碰撞。佛教传入之初，由于老庄学说自然恬淡的人生情趣，虚无为本的哲理和返璞归真的社会理想与佛教颇有互通之处，所以佛教徒对老庄颇有好感。牟融在回答别人非难佛教"虚无恍惚，不见其意，不指其事"与儒家相悖时，就抬出老子的"道"

来，说"道"乃"有物混成，先天地生。寂兮寥兮，独立而不改，周行而不殆。可以为天下母。吾不知其名，强字之曰道"。所以佛论虽虚，尽管既看不见也摸不着，但又处处有用，与道家没有差异；在解释人的形神关系，为佛教人死可复生论辩护时，也用了老子的话，"吾所以无大患，以吾有身也，若吾无身，吾又何患？"以此证明无身亦可，而且无大患，所以人死可生，生而可死；在反驳他人对佛教徒既不为君为父，又有学经传的攻击时，他又用老子的话来为佛辩护。这种方法，直到魏晋南北朝，仍为佛教徒所沿用。如东晋著名的和尚支遁就借庄子的《逍遥游》来阐发亦佛亦玄的妙论。

由于佛教那种空廓玄虚的理论与老庄道家的飘逸无形的教旨十分相近，人们对两者一直没个清晰区分，如东汉楚王刘英，既"喜好黄老学"，又"为浮屠斋戒祭祀"；既"诵黄老之微言"，又"尚浮屠之仁词"，所以当时就有"老子入夷狄为浮屠"之说。

融合的过程就是一个提升的过程。博采众长，去粗取精。

从东晋葛洪到南朝陆修静、陶弘景，一大批士大夫出身的道士，受佛教的启发，开始了对原始道教进行改造与重建。在理论上他们把老庄哲理、魏晋玄学与巫觋[1]方术相结合，形成了道教理论；另一方面，他们仿效佛教，整理道书，编纂三洞四辅七部道经，又炮制神像，构成一个包容天地、阴阳，层次分明、等级森严庞大而复杂的神谱。在行为实践中，他们参照儒学之礼制和佛教之戒律，制定出种种严厉的规范，每天须做早坛、午坛、晚坛功课，从早到晚诵经、祝香、念咒、存思，每个道士须遵循"三戒"、"五戒"、"九戒"、"十戒"等。在道观的建造上，也仿照佛寺建筑的特点，制定了殿院阁楼坛的格局及神像、钟磬、香炉、旌节、帐幡等用具制造使用的法度。

其实作为一种对生存世界的认识和解释，儒释道从一开始就有着诸多理论上的犬牙交错和"你中有我我中有你"的融会趋势。

对儒教与佛教只要稍作深入比照，就能悟出佛教"法"的精神和儒学"礼"

【1】觋：xí，男巫师。

的规范之间，有着"心有灵犀一点通"的血缘基因关系。当然这并不是说一种简单的等同。佛教中关于法的精神，乃是印度佛学与中国儒学之间的猛烈碰撞和长期交融而成的混合物。所谓"以法为本"而达到涅槃之境的佛教精神，和以礼为本而达到"仁"之境界的儒学精神，是多么近似？在佛教、儒教中，有许多用佛教术语所表达的儒学精神，也有许多用儒学术语表现的佛教精神。这种融会贯通是一种革命，一个被忽略了的"精神革命"。

谢选骏在《秦人与楚魂的对话》一书中，说了这样一番话："儒家的礼注入并融演为佛教的法，在中国文化后来的发展中，我们看到类似的逆转：大乘教的法，通过北宋诸子的创造性的转化，又演化为新儒学的'道'与'理'。这条曲折的精神线索，向我们展示了'礼—法—理'这个过程。它说明儒家精神的顽强性，尽管它遭到佛教的冲击却能再度崛起于中国，并扩展到整个东亚文化圈。作为中国文化主要象征的儒学精神，与佛教之间的这段关系，标志着一个文化关系的模式。"

这种"三教合一"的见解在中国思想史上，从上述葛洪、陶弘景到刘勰、韩愈、二程（程颐程颢）；从《梁书》《南史》到《经学理窟》《朱子语类》等等中，连篇累牍屡有论述。慧海《大珠禅师语录》卷下《诸方门人参问》中记载："问，儒、释、道三教，为同为异？师曰：大量者用之即同，小机者执之即异，总从一性上起用，机见差别面三，迷悟由人，不在教之异同。"

不同观念的融汇，只会激活一种思想的生命力，而不会窒息它。就像氧与氢的化合。

要有兼容并包求同存异的胸怀，要有"我虽然不同意你的观点，但我誓死捍卫你说话的权利"的度量。

宗教成为权杖的杠杆

佛教兴起于婆罗门教衰落过程中。当印度民众在婆罗门种族等级森严的桎

太行山风光

梏下要求众生平等时，沙门思潮应时应运而生。沙门思想是当时自由思想家的各种观点派别的通称。据耆那教经说，这种思潮有"三百六十三见"；佛教也说有"九十六种外道"、"六十二外见"或者概括为"十沙门团"和"六师"。印度的沙门思潮颇类似于我们春秋战国时期的"百家争鸣"、"百花齐放"。佛教正是这一思潮中开出的一枝奇葩。

佛教徒的主要信仰是三皈依，即皈依佛、皈依法、皈依僧。皈依僧就是皈依僧伽。僧伽的原意是"和合众"，引申为"僧侣修行者和合而成的教团"。据说释迦牟尼在世时要求僧伽实现"六和"的理想，把"六和"作为僧伽的行为准则。"六和"即"见和同解"（思想观点相同）、"利和同均"、"意和同悦"、"身和同住"、"戒和同修"、"口和无净"。千言万语，体现着一个"和"的思想。

无独有偶，殊途同归。儒家的"和为贵"，也是阐述了"英雄所见略同"的"和"的思想。

也许，原本在诸种宗教之间，有着"和"的美好趋向。然而，某种宗教学说的兴衰，又往往受制于或服从于当朝统治者"长治久安"的驭民需要。

秦始皇的"焚书坑儒"和汉武帝的"罢黜百家，独尊儒术"已是众所周知的史实，暂且按下不表。

　　佛教是东汉末年从印度传入我国的。这种超然于乱世寻求精神上解脱的思想，符合统治者的政治需要，所以佛教在南北朝时期曾有过一段非常辉煌的历史。据史书记载，南北朝时期，北魏洛阳一地便有寺庙1300多座；南朝的建康（今南京）也有寺院500多处。"南朝四百八十寺，多少楼台烟雨中"即是这一繁荣局面的写真。但到北周武帝时，佛教经历了传入以来的第一次"灭法"之灾，北周武帝悍然取缔佛教，拆毁寺院，让僧尼还俗；而到了隋朝，佛教又重新走向兴盛。唐立国之后，佛教达到鼎盛时期。然而，物极必反乐极生悲，在佛教的感召力危及皇室利益时，唐武宗会昌五年（845年）下诏灭法。这是历史上最大的一次灭法行动，据史籍记载，当时共毁掉大小寺庙4600多座，还俗僧尼26万人之多。继位的唐宣宗又开始兴佛教，但距会昌灭法不到百年，后周世宗柴荣又一次灭法，废毁寺院3万多座，还俗僧尼6万多人……佛教的沧桑沉浮无不与统治者的好恶密切相关。

　　道教是在唐朝达到鼎盛时期的。这与李唐王朝认为老子李聃为其始祖有关。

　　隋末大乱，道教徒为了自身的发展，经过审时度势，把宝押在了李唐王朝身上。《旧唐书·王远志传》载：道士王远志曾向李渊"密传符命"，还假托是奉太上老君之旨，并向李世民预告他将为"太平天子"。道士薛颐在武德初年就跑到秦王李世民府中，密告李世民"德星守秦分，王当有天下"。道士歧晖在李渊起兵之始，即派80多个小道士迎接李渊，并给李渊设醮祈福。《道教灵验记》卷四十记载歧晖之预言："陛下圣德威天，秦王谋无不胜，此乃上天所命，圣祖垂佑，何寇孽不可诛。"似乎他们早有预见。道教还有一个传言：武德三年（620年）五月，有一个名叫吉善行的人在羊角山见到一个骑着朱鬃白马的白胡子老叟，老叟告诉吉善行说，你去转告唐天子，我是他的祖先，今年平定贼乱后，子子孙孙可以千年为天子。吉善行把此话传给李渊，李渊听罢惊喜万分，于是便在羊角山为那个老叟立了庙。这个老叟当然就是道教的始祖太上老君了。

　　武德八年（625年）唐太祖李渊下诏宣布：三教中道教第一，儒教第二，佛教第三。贞观十一年（637年），唐太宗再次重申：尊奉道教为国教。但唐太宗李世民毕竟是明君，他在推崇道教的同时，对佛教、儒教也并不排斥，持一种宽容并蓄的姿态。那个亡国之君宋徽宗却是在大力推崇道教的同时，对佛教采取了抑制和排斥的态度。宋徽宗认为，道教贵生恶死，符合人的自发愿望。而佛教不仅是外来的夷狄之教，而且宣扬乐死恶生，不合人情。他即位之初，于大观二年（1108年），规定道士女冠的序位在僧尼之上，并多次下令对佛教活动加以限制。在政和、宣和时期，下令凡僧尼若愿归心道门，改为道士女冠者，立赐度牒紫衣；命凡佛经中有诋谤道教和儒教之语者皆予焚毁；下诏佛陀改名为大觉金仙，其他皆名仙人、大士，僧改称德士，易服饰，寺院改称宫观，僧入道学习，依道士法等。使佛教从属于道教，佛寺也大量为道教所占有。

宣扬彰显仁爱的宗教，一旦蒙上权力的阴影，就表现出了排他的血腥。

从西方的宗教史上，我们看到的也是无数血雨腥风：诸如由罗马教皇发动并组织、讨伐异教徒的两次十字军东征，把不同信仰的民族视作你死我活势不两立的魔孽。我们从茨威格《异端的权利》一书中，看到宗教改革先驱的加尔文，残酷迫害异端思想的塞尔维特事件；我们从丹·布朗的《达·芬奇密码》一书中，看到在宗教残酷镇压下，一直处于地下秘密活动的"郇山隐修会"的艰难生存状况，如此等等。

任何一个时代的思想必然是统治者的思想。宗教成为权杖的杠杆！

"构建和谐社会"的关键词

谢选骏在《秦人与楚魂的对话》[1]一书中，对固守一元化的教育思想进行了猛烈抨击：

一元化的教育思想，是我们民族最古老也是最沉重的心理遗产。早在孔子之

【1】谢选骏：《秦人与楚魂的对访》，山东文艺出版社，济南，1988年。

前的神权时代，这就已是"巫师"和"史官"们用来教化"愚民"的工具。古经《周易》明确自白："圣人神道设教而天下服矣。"用宇宙论（"神"）和伦理规范（"道"）武装起来的一元化之"教"，其目的在于使天下的百姓由衷地服从。它维护统治阶级的既定秩序，但阻碍社会文化的全面发展。

孔子是我国划时代的教育家。他以"私塾"打破了一元化"官学"的僵滞，其功不可没。但他的内心，却也脱不尽一元思想的旧梦憧憧。……当代有些研究孔子的学者，认为孔子"因材施教"的著名理念，是在倡导一种多元化的教育思想，但我总觉得这误解了孔子。"因材施教"只是方法论而已，它讲得还是根据（因）各种人的天赋（材），去分别施教。这里的"教"不是现代意义的"教育"，而是一元社会的"教化"。因材施教，目的是用一元化的教育结构，以不同的材料造出同一型号的"君子"。浸透了旧文化要素的君子，是历史变革中的消极因子。

远在先秦时期，封建教化与社会发展的矛盾已经十分尖锐，以致韩非子在其著名《五蠹》篇中指责传统知识分子是社会的"蠹虫"。……孔子一元化理念早被战国竞争的现实击为齑粉。

集中体现秦始皇"文化教育思想"的，是那几块置于高山之巅用以"颂秦德"的刻石，它们的浮夸辞藻充满象征性。秦始皇自命于伟大导师的谆谆教导汇集于此。他自诩"专隆教诲"，仿佛自己是个慈悲为怀的职业教育家。他认为自己的思想"大义休明，垂于后世"，可以"经纬天下，永为仪则"。并要后代"顺从勿革"他的教化法则，使他那"泽及牛马"的教化事业可以千秋万代地传下去（"化及无穷"）。这大概正是秦始皇焚书坑儒一元独尊的心理潜台词。

历史的进展已然作出了裁决：任何一元独尊的专制独裁注定都是短命的。

我们现在回首反思日本"明治维新"的成功，往往忽略了日本人传统上就非常善于做文化上的融会贯通。神道教是日本的国教，但就像在日本文字中处处可见汉字的痕迹一样，在它的神道教中，亦有着佛教文化、儒教文化的影响，而老庄的道教文化，更成为神道教的诸多要素。日本这种"毫无羞涩"的"拿来主义"，使得日本的神道教从一开始就具有双重性格甚至多重性格。日本的传统文化是经受了中国儒释道诸多因素的哺育。

董乃斌在《李商隐传》[1]一书中写道:

> 一种占统治地位的思想,其实也并不总是绝对地统治着。基本上是传统儒家思想信奉者的李商隐,其思想中也可以包含着反对这一传统的成分(或因素)。反过来说,他思想中虽已萌生某种离经叛道之胚芽,甚或还羼有不少异端(如后来吸收的佛、道思想)成分。但纵观他一生的全部言行,却仍然不失为一个持儒家观点的知识分子。

> 一种占统治地位的思想,并不能解释一切社会现象,特别是当这种思想持续统治了相当长的时间,已经渐趋僵化的时候,更会处处表现出破绽与不足。于是,即使在基本上信奉它的人们中间,也会自发地产生出一些违背它、反叛它——其实不过是修正它——的苗头来……在儒家思想发生、发展、渐至获得统治地位的整个过程之中,这种现象以不同表现形式层出不穷地反复着。那些顽固的、头脑僵化的卫道者,害怕并且痛恨这一现象。然而,这对于人类思想的发展来说,却是十分正常,不可避免的。

那种要求统一思想、统一口径,永远保持一致的提法,如若不是愚蠢就是别有用心,不仅是无益的而且是有害的。大概正是出于这一理念,我们终于痛定思痛与时俱进地提出"构建和谐社会"的政治主张。

这大概就是恒山悬空寺游历给我带来的深思和启发!

【1】董乃斌:《李商隐传》,陕西人民出版社,西安,1985年。

灵丘冢还魂武灵王

晋代衣冠成古丘

早在中学历史课本上,"胡服骑射"一词,让我们记住了赵武灵王。此次山西作家太行山采风来到灵丘县,当然不容错过走近这个一代英武之君的机会。

灵丘战国时为赵国之邑,汉高祖十一年(公元前 196 年),在这里筑城设县,因有赵武灵王墓冢,故取名"灵丘",属代郡;东汉光和元年(178 年)归属中山国,不久废;北魏复置灵丘县,属司州;太和中年属恒州;东魏天平二年(535 年)为灵丘郡治;隋属蔚州,后陷废;唐武德六年(623 年)复置灵丘县,重为成州,属西京路;元复为灵丘县,属蔚州;清雍正六年(1728 年),蔚州归直隶(河北省)宣化府,而灵丘则由隶属蔚州改属山西大同府;民国属雁门道……我并无心考证灵丘县名的来龙去脉,所以繁琐地列举诸多史实,无非是想证明,灵丘是因赵武灵王墓葬而得名。

2011 年 7 月 28 日,我们由灵丘县文联领导陪同,出县城西门,来到几里外赵武灵王的陵寝。据文联同志介绍:赵武灵王墓原占地约 6 万平方米,现保护面积为 1.9 万平方米。墓冢巍峨壮观,墓丘周长 220 米,高 10 米。明崇祯年间在墓南立石碑一座,并建有碑楼,总高 4 米,碑正面刻有"赵武灵王墓"五个大字。民国七年(1918 年)知县蔡光辉集资修葺,树碑一座,筑神道一条,长 346 米,宽 16 米,墓四周广植树木。现今两座石碑都不复存在。我们今天看到的是,1965

赵武灵王主题公园

年由灵丘县人民政府立的石碑："山西省重点文物保护单位：赵武灵王墓"。完全失去了历史的沧桑感。

走进赵武灵王陵园，陵前广场一高台上塑着赵武灵王"胡服骑射"雕像。

《东周列国志》里描绘赵武灵王："身长八尺八寸，龙颜鸟喙，广鬓虬髯，面黑有光，胸开三尺，气雄万夫，志吞四海。"《东周列国志》的描绘为现实提供了历史的依据。赵武灵王塑像雕镌得威猛健壮高大。

江湖闲乐生（网名）在《骑兵祖师赵武灵王评传》一书中对赵武灵王的"胡服骑射"雄姿有这样一段描述：

……殿外突然一阵喧哗，所有人的目光，凝结了。

只见赵武灵王身着劲装，脚踏马靴，胯骑一匹雄骏异常的高头大马，奔驰在邯郸街头，四蹄踏雪，宛如天人。

好帅的人，好帅的马！

这马就是天下闻名的代地之马了，草原上产的骏马，果然不同凡响。

而宝马配上英雄，更是令人神往，作为中国历史上第一个骑马的名将，赵武灵王的帅气在当时也算得上是惊世骇俗了。

赵武灵王用事实证明，华服有华服的漂亮，胡服有胡服的潇洒，关键还是要人长得帅。

赵武灵王潇洒的下马，震鞭，扬靴，一步步，咚咚地走上台阶，胡帽上的金珰叮叮作响，更添几分威势。

这种新奇的帽子就是胡王所用的"貂蝉冠"（顶饰金蝉，前插貂尾），既时尚又可御寒，骑马打仗最为实用。据说后来赵武灵王将它传给了自己的儿子赵惠文王，使之成为赵王的专用王冠，故后世又称之为"赵惠文冠"。

赵武灵王"胡服骑射"的雕像，穿越两千年的风尘烟云，定格在历史的大舞台上！

推开陵园红漆大门，穿过神道，迎面便是武灵王高高的墓丘，遍布丘上的是翠绿的青松。清朝诗人冯云貌曾游览赵武灵王墓并赋诗：

> 大漠苍苍山月小，赵王墓枕青山老。
> 怪蝶随风猎野花，黄狐几夜啼秋草。
> 昔时意气何英雄，遗俗能成盖世功。
>
> ……

关于赵武灵王之墓究竟在哪里？历来有争议：东汉史学家应劭为《汉书·地理志》"灵丘县"所作的注释："武灵王葬此，因氏焉。"《史记·赵世家》"集解"亦引："应劭曰，武灵王葬代郡灵丘。"清康熙《灵丘县志》载："赵王墓武灵王偃在城西二里，县因以名。"此外，《水经·滱水注》、《括地志辑校》、《元和郡县志》、光绪《山西通志》等书籍均称赵武灵王墓在灵丘。但同样有文献记载，如《太平寰宇记》、《沧州志》记载另两处：其一是河北灵山，其二是河北沧州旧城内；《大清一统志》、《畿辅通志》除了记有沧州墓外，还有河北邯郸旧城西以及平山县之墓。仅就我目及耳闻，即有五座赵武灵王墓。

赵武灵王陵园的讲解员，对赵武灵王墓之真伪，为我们作着辩解："单从文献看，山西灵丘赵武灵王墓的资料来源比较早，河北诸墓的资料来源较晚。应该说前者的可信度要高，比较有权威性。再从墓丘看，灵丘之赵武灵王墓的规模、形制，不仅符合战国王陵的规制，而且与邯郸赵王五陵墓基本相似。而沧州之墓，不仅现在不见封土，当地老者及文物部门都称没有见过；灵山之墓则已明确

作者在赵武灵王冢

是中山王陵，而非赵武灵王墓；邯郸、平山之赵王陵呢？邯郸文物部门通过文物调查，初步分析为敬侯、成侯及后继的惠文王、孝成王、悼襄王陵。上述排除如果可信的话，那么，灵丘之赵武灵王墓就成了唯一。"

解说员还讲："人们对灵丘之赵武灵王墓的怀疑，主要的理由是，灵丘距离赵武灵王饿死之沙丘宫，距离赵国首都邯郸太远了，千里迢迢，不太可能到此下葬。可我们知道，赵武灵王的丧事，虽然邀诸侯国公开发丧，隆重举行，但举丧之人，正是制造饿死武灵王悲剧的人。惠文王年幼，公子成、李兑专政，他们对武灵王既怕又恨，也无法逃避朝野的强大压力。尽快消除这次事变对赵国政治生活的冲击，最大限度地降低赵武灵王对以后执政的影响，是他们的首要选择。把赵武灵王埋葬的距离放远一点，把事变的影响尽量淡化一点，不正符合他们的政治要求吗？不也摆脱了日后祭礼的政治尴尬吗？而灵丘已经有了'赵国城'，也是赵武灵王生前经常活动的地方，还有比这里更为合适的选择吗？！"

一个英武卓绝之君，生前纵横捭阖，最终却死得这样凄惨，这样窝囊！解说员的讲解，把我们推到了扑朔迷离之中，历史为后人留下了多少千古之谜。

赵武灵王名雍，是赵国的第六代君王。赵武灵王是其死后，继位的赵惠文王追封的谥号。古文言："威强澼[1]德是为'武'，乱而不损是为'灵'"。一个"武"字，一个"灵"字，成为对赵武灵王"胡服骑射"和"饿死沙丘"人生两大事件的"盖棺定论"。

著名史学家翦伯赞在《登大青山访赵长城遗址》一诗中，对赵武灵王写过这样的诗句：

> 骑射胡服捍北疆，英雄不愧武灵王。
> 邯郸歌舞终消歇，河曲风光旧莽苍。
> 望断云中无鹄起，飞来天外有鹰扬。
> 两千几百年前事，只剩蓬蒿伴土墙。

蓦然间心头就涌起王安石在《南乡子》中吟诵的词句："四百年来成一梦，堪愁，晋代衣冠成古丘。"

赵武灵王的闪亮登场

赵武灵王即位时，赵国虽然疆域辽阔，但环顾周边，一个个虎视眈眈，随时准备把赵国一口吞下：

北边是不时侵扰的少数民族三胡（林胡、楼烦、东胡三支北狄部落）以及新崛起的燕国；西边是号称虎狼之师的强秦；东边是第一个战国称霸的齐国，虽说齐桓公之后有些强弩之末，但毕竟"瘦死的骆驼比马大"；南边的魏国看似比较弱，但却不是个"省油的灯"，心怀叵测一肚子的坏水。而尤其是在赵国心口，活生生插入一颗大钉子。这颗大钉子就是白狄鲜虞族所建立的中山国。中山国以前曾经被吴起率领的魏军所灭，复国后迁移到了太行山区，国土正好搂在赵国的中央地带，全境只有东北角一小块与燕国接壤，其余领土与赵国犬牙交错。安得

【1】澼：pì，轻轻地在水上漂洗。

倚天挥长剑，把汝劈为两截，把赵国南北两部分领土分割开来，使赵国分裂为以农耕文明重镇邯郸为中心和游牧文明重镇代郡为中心的两大块。这个典型的国中国，如鲠在喉，历代赵国国君都想拔除这根嵌在赵国心脏位置的钉子，无奈中山国虽然是个小国，但军事力量却不弱，史载中山是仅次于战国七雄的"千乘之国"，又把邻邦齐国、燕国做后盾，长期以来都是赵国的一个心腹大患。

据《战国策》载：赵国还不时要受到周边强国的欺凌：周显王四十四年（公元前325年）齐胜赵于平邑（今河南南乐），虏赵将韩举；周慎靓王四年（公元前317年）齐国夺取赵地观泽（今河南清丰）；周慎靓王五年（公元前316年）秦夺取赵地中都（今山西平遥）及西阳（今山西中阳）；周赧王二年（公元前313年）秦派樗里疾攻赵，虏赵将赵庄，取赵地蔺（今山西离石）……

赵武灵王可说是受命于危难时节。虽说暂时跻身于战国七强，但随时处于被鲸吞蚕食危如累卵的态势。

《史记·赵世家》记载："二十四年，肃侯卒，子武灵王立。秦、楚、燕、齐、魏出锐师各万人来会葬。"史书中简短数言，刀光剑影已然毕现。

江湖闲乐生在《骑兵祖师赵武灵王评传》一书中，这样描绘了赵武灵王面临的危机：

> 赵国国君赵肃侯突然去世，他的小儿子赵武灵王赵雍小伙子即位了，当时他才十六岁，接过老爹的烂摊子，一脸茫然。
>
> 这一下可不得了，列强们盯着粉嫩嫩的赵小伙儿，口水滴滴答答都快流成河了。
>
> 魏、楚、秦、燕、齐五大巨头于是不约而同前来看望赵小伙儿，安慰他少年丧父的幼小心灵。
>
> 不过，叔叔伯伯来看小侄子，怎能空手而来，他们各带了一万精兵，满脸和气，心怀不轨。
>
> "贤侄啊，人死不能复生，你就不要再伤心啦。如果你真的无法承受的话，不如把国家交给我们这些大伯们来处理，我们会好好对你的。"
>
> 原来，这群人并没有那么好心，其实这一切都是那个已经落魄的魏惠王的阴谋，目的就是趁火打劫，捏一捏可爱的软柿子。（这个魏惠王，算是赵国的老交情了，当年魏国还算厉害的时候，他曾攻下并占领了赵都邯郸长达三年之久，后来

若不是齐国孙膑帮忙，赵国就死定了。）

对于里面的这些猫腻，赵武灵王当然洞若观火，所以他虽然口头上连连称谢，心里却把这"五大色狼"骂了不止几万遍。

然而，面对这些趁火打劫的巨头们，光在心里骂是没用的，武灵王需要用实际行动来证明，自己虽小，却一点儿不好惹，惹毛了有危险。

于是，在年轻的赵武灵王与托孤重臣肥义（此人乃白狄之肥族人的后裔，对游牧民族的情况十分了解）的领导下，一场针锋相对、鱼死网破的赵国救难行动展开了。

赵武灵王命令，赵国全国处于一级战备状态，并联合韩国和宋国从后方威胁五国联军。然后重赂越王无疆，使之攻楚；重赂楼烦王，使之击燕和中山；让他们后院着火。

紧接着，赵武灵王又命令邯郸全城戒严，所有外国军队不得入城，否则格杀勿论。

好一个腾空转体一百八十度回旋踢，漂亮！

此时此刻，赵韩宋联盟形成，赵全国精锐又云集邯郸，稍有不慎，国际大战就要爆发。

五巨头们吓坏了，他们万万没有想到，这个小屁孩竟然如此厉害，如此强硬！乖乖，还是不要惹事为好，安全第一，安全第一。

谈笑间威胁灰飞烟灭，年轻的赵武灵王在战国舞台上的第一次表演，就展现出了自己出色的军事外交与处理危机能力。

《史记·赵世家》还有一笔记载："八年，五国相王，赵独否，曰：'无其实，敢处其名乎！'令国人谓己曰'君'。"赵武灵王四年（公元前322年），由魏相公孙衍牵头，一场轰轰烈烈的"五国相王"运动展开了。魏、韩、燕，甚至连中山国也相继称王。"赵独否"，唯独赵武灵王拒绝称王，他斩钉截铁地回答："无其实，敢处其名乎！""文革"中，面对"苏修美帝"两个超级大国，毛泽东一句"深挖洞，广积粮，不称霸"，使我们知道了明朝秀才朱升给朱元璋的安邦定国大计："高筑墙、广积粮、缓称王"。原来，这句审时度势名言的版权是在赵武灵王这里。

历史总会把机会赐予有准备的人。就在赵武灵王内外交困之时，天上掉下了两个馅饼。

馅饼之一：

《史记·赵世家》记载：武灵王十一年（公元前315年），"齐破燕。燕相子之为君，君反为臣。十一年，王召公子职于韩，立以为燕王，使乐池送之"。武灵王十一年，赵国的强邻燕国发生了一场极其荒诞的内乱。燕王哙不知抽错了哪根筋，竟然把王位禅让给了国相子之，他自己反而下野甘当臣子。眼巴巴盼望继位的太子平气得二话没说起兵造反。这可给了一直伺机而动的齐国一个趁火打劫的机会，齐宣王打着匡扶太子平的旗号，杀入燕国，不但杀了子之与燕王哙，还想趁机吞并燕国。

赵武灵王当然明白唇亡齿寒的道理，如果让齐国一旦得逞，借虞灭虢，下一个目标就轮到了赵国。于是，赵武灵王联合魏楚，一同伐齐。齐宣王怕了，赶紧从燕国撤军。赵武灵王又趁热打铁，派乐池（领六国帅印的名将乐毅即为他的后人）入韩国，把在韩国做人质的燕公子职，扶上了燕王之位，是为燕昭王。燕昭王登基之后，自然对于迎立他的武灵王十分感激，从而与赵国结成战略伙伴关系。自此，赵国东北方的威胁解除。

再一个上天赐予的馅饼是关于强秦。

《资治通鉴·卷三》记载："八月，王与孟说举鼎，绝脉而薨。族孟说，武王无子，异母弟稷为质于燕。国人逆而立之，是为昭襄王。"

对于这一重大历史事件，《东周列国志》一书中有详细记载：

……（秦武王）知九鼎在太庙之傍室，遂往观之。见九尊宝鼎一字排列，果然整齐。那九鼎是禹王收取九州的贡金，各铸成一鼎，载其本州山川人物，及贡赋田土之数。足耳俱有龙文，又谓之"九龙神鼎"。夏传于商，为镇中之重器。及周武王克商，迁之于洛邑。

秦武王周览了一回，赞叹不已。鼎腹有荆、梁、雍、豫、徐、扬、青、兖、冀等九字分别。武王指着雍字一鼎叹曰："此雍州，乃秦鼎也！寡人当携归咸阳耳。"因问守鼎吏曰："此鼎曾有人能举之否？"吏叩首答曰："自有鼎以来，未曾移动。闻人传说每鼎有千钧之重，谁人能举？"武王遂问任鄙孟贲曰："二卿多力，能举此鼎否？"任鄙知武王恃力好胜，辞曰："臣力止可胜百钧，此鼎十倍之重，臣不能胜。"孟贲攘臂而前曰："臣请试之，若不能举，休得见罪。"即命左右取青丝为巨索，宽宽地系于鼎耳之上，孟贲将腰带束紧，擅起双袖，用两只铁臂，套入丝络，狠狠地喝一声："起"，那鼎离起约有半尺，仍还于地。用力过猛，眼珠迸出，目眦流血。武王笑曰："卿大费力。既然卿能举起此鼎，寡人难道不如！"任鄙谏曰："大王万乘之躯，不可轻试！"武王不听，即时卸下锦袍玉带，束缚腰身，更用大带扎缚其袖。任鄙拖袖固谏。武王曰："汝自不能，乃妒寡人耶？"鄙遂不敢复言。武王大踏步向前，亦将双臂套入丝络，想道：孟贲止能举起，我偏要行动数步，方可夸胜。及尽生平神力，屏一口气，喝声："起"，那鼎亦离地半尺。方欲转步，不料力尽失手，鼎坠于地，正压在武王右足上，咔嚓一声，将胫骨压个平断。武王大叫："痛哉！"登时闷绝。左右慌忙扶归公馆。血流床席，痛极难忍，捱至夜半而薨。

自禹铸九鼎，九鼎成了至高无上的王权的象征，当年春秋五霸之一的楚庄王只是向周天子问了一下九鼎的重量，便被认为是有称霸中原的野心。与此相关还生成了一个有名的成语："问鼎中原"。

秦武王跑到周天子的领地，也想学当年楚庄王问鼎中原，问完了还不过瘾，还想来个霸王举鼎，结果居然被周鼎给砸死了。这一带有象征意味的事件，成为历史的一个笑柄。

江湖闲乐生在《骑兵祖师赵武灵王评传》一书，对后事作了这样记载：

秦武王的死引起了秦国政治的巨大震动，因为他去世时非常年轻，只有二十二岁，还没有生下过儿子，也没有立过遗嘱，因此王位的继承就成为一个问题。倒也不是说无人继承，而是可以继承的人太多了。

秦武王的弟弟有二十几个，大家都有继承王位的资格，因此个个都挤破了头想登上君主宝座。当时有能力决定这事的秦惠文王的王后（也就是王太后）与秦武王的王后，为了能让自己喜欢的王子登上王位，在那里争得不可开交。但是最后成为秦王的却是谁也不会想到的，远在燕国做人质的仅有十岁的嬴稷。

原来王后和王太后毕竟是女人，长期深处内宫，没有什么政治经验，在秦国能真正呼风唤雨的人物是长期掌握军权的魏冉。魏冉早在秦惠文王时就是朝中的重臣了，前面说过的将军司马错和任鄙就都是他提拔起来的，后来他还提拔了一个更有名的人物，那就是名将白起。

魏冉选择嬴稷做秦国国君是含有深意的，一个是当时嬴稷还小，便于自己控制朝政，更为主要的是嬴稷是他同父异母的姐姐宣太后所生，与自己有着血缘关系。

……嬴稷虽然被立为了秦王，人却还远在千里之外的燕国，中间还隔着一个赵国，如何顺利地接回来还是个问题。

……赵武灵王因此灵机一动，派大臣赵固带兵赴燕国，找到老兄弟燕昭王，将在燕国为人质的秦国公子稷要了过来，护送到秦国，夺了秦国王位。这位嬴稷小兄弟，就是秦昭襄王。

这下子可天下太平了，秦燕两个万乘大国的君主都是赵武灵王立的，这政治外交资本，足够赵国和平发展好几十年了。

"胡服骑射"诞生于风起云涌之中

赵俄著《春秋战国》[1]一书，在"为强盛赵主学骑射"一章中，对赵武灵王推行"胡服骑射"的历史背景作了这样的交待：

一天，赵武灵王登上高山，正观察间，见北面林胡的一支骑兵像旋风般地卷

【1】赵俄:《春秋战国》，辽宁少年儿童出版社，沈阳，1989年。

来。胡兵一个个坐在战马上，战马膘肥体壮，行动迅疾，左冲右突，十分灵活。胡兵都穿着轻便的服装，背插大刀，腰悬箭壶，风驰电掣般地往自己的领域攻来。自己的边疆守卫军队接到报警的信号，急忙吹起号角，集合队伍迎击。而守边部队的装备都是战车，他们慌慌张张套好车，排好阵，就费了好长时间，因为战车都有严格的规定，每辆车前面要配齐三个甲士，中间的一员驾车；左面的一员手持弓箭军器，任务是打击敌人；右面的一员称为车右，通常选择力气大的人担任，他手拿戈戟，但主要负责在险要地带下来推车，以防不测。每车的后面一般配有七十二员步兵，出击时往往要布好方阵。这一整套装备，既繁琐又笨重，尤其在山区作战，更显得不相适应。赵国这边的防守战阵尚未布置好，林胡的骑兵早已深入赵国内地好几十里了。他们抢的抢，劫的劫，粮食财物已经全部夺到手了。等到防守的部队排好车阵要与林胡的骑兵对打时，已被林胡的骑兵往来驰骋地大杀一阵，杀得人倒车翻。杀过一阵之后，林胡的部队也不恋战，又像一股旋风一般远去了。

赵俄通过赵武灵王的眼睛，向我们展现了春秋战国时的战斗场景：赵国的北方和东方，大部与胡人部落毗邻。那些胡人是强悍善战的游牧部落，他们对中原地区经常进行掠夺战争。他们的作战，完全是一种游击战术："打得赢就打，打不赢就跑"。而中原诸侯间的战争，实行的是战车之战。战车的好处，在于冲击力强，在广阔的平原地带，横冲直撞所向披靡。然而战车有个致命的弱点，这个"庞然大物"，追击的时候慢得像头牛，退却的时候又像乌龟，特别是到了山地丘陵地带，笨重的战车就无法施展了。当年先轸大败楚军之役，明明全线取得胜利，却无法展开有效追击，让敌军主力得以从容撤退；又如之后的囊瓦之战，不过一战输给了吴军，逃跑的时候却连吴国的步兵都摆脱不了，最后主力尽丧，社稷覆亡。所以，赵武灵王决心向胡人学习，对士兵的服装和武器进行改革，建立起一支强大的骑兵部队，在对诸强的战斗中，占据先机的优势。

胡服只是个包装，骑射，才是提高战斗力的目标。赵武灵王的设想，无疑具有前瞻性。然而，中国历史上的任何变革，没有一次得以顺利进行。赵武灵王的主张，遭到了来自皇族贵戚方面的极大阻力。在《战国策·赵策》、《史记·赵世家》、《资治通鉴·卷三》等典籍中，对这场论争多有记载。

赵武灵王的叔叔公子成可算是保守势力的领军人物。

据《史记·赵世家》记载：

> 公子成再拜稽首曰："臣闻中国者，盖聪明徇智之所居也，万物财用之所聚也，贤圣之所教也，仁义之所施也，诗书礼乐之所用也，异敏技能之所试也，远方之所观赴也，蛮夷之所义行也。今王舍此而袭远方之服，变古之教，易古人道，逆人之心，而怫学者，离中国，故臣愿王图之也。"

公子成再三劝阻说："我听说，中原地区是聪明而有远见的人居住的地方，是各种物资和财富聚集的地区，是圣贤对人进行教化的地方，是德政仁义普遍施行的地方，是读《诗》、《书》、《礼》、《乐》的地方，是各种奇巧技艺得以施展的地方，是各国诸侯不远千里前来观光的地方，是四方落后少数民族效仿学习的地方。现在大王却舍弃民族优秀文化，因袭落后部族的服装，这是改变古已有之的圣人教诲，更改古代的道德准则，违背众人的心意，从而使学习的人背离了先王之道，抛弃了中原的先进文化。我希望大王您慎重地考虑这件事。"总之一句话，按照先辈的"既定方针办"不会犯错误。

《资治通鉴·卷三》中记载了皇族贵戚们的反对意见：

> 赵文曰："当世辅俗，古之道也。衣服有常，礼之制也。修法无怨，民之职也。三者，先圣之所以教。今君释此，而袭远方之服，变教之古，易古之道，故臣愿王之图之。"

> 赵造曰："臣闻之，圣人不易民而教，知者不变俗而动。因民而教者，不劳而成功；据俗而动者，虑径而易见也。今王易初不循俗，胡服不顾世，非所以教民而成礼也。且服奇者志淫，俗辟者乱民。是以莅国者不袭奇辟之服，中国不近蛮夷之行，非所以教民而成礼者也。且循法无过，修礼无邪，臣愿王之图之。"

赵文说："沿袭古制顺从传统，这是自古以来的法则；衣服有一定的款式这是礼法的规定；墨守成规不越规范，老百姓必须恪守。这三个方面，都是古代圣贤的教导。现在大王您对这些都弃之不顾，去改穿远方胡人的衣服，改变古代的教化，改变古代的章程，所以我希望大王三思而后行。"

赵造说："我听说过，圣贤之人不去变更民众的习俗而去教化他们，聪明的人不改变习俗而治理国家。根据民意进行教化，不费多大力气就能收到成效；根据不同的习俗治理国家，考虑问题简捷方便，做起来容易见到效果。现在大王您改变原来的服饰而不遵循习俗，改穿胡服而不顾世人的议论，这不是按照礼仪法则教化民众的方式。而且穿着奇装异服，会使人心思不正，习俗怪僻会扰乱民心。所以做国君的人不应去接受奇异怪僻的衣服，中原地区的人民不应效法蛮夷的生活方式，这不是按礼法要求来教化百姓的途径。况且遵循以往的法令不会出差错，按照旧有的礼节行事就不会生出邪念。我希望大王慎重考虑这件事情。"

《史记·赵世家》记载："赵文、赵造、周祒、赵俊皆谏止王毋胡服，如故法便。"可见反对派阵营有多么强大。

周王朝是个礼教之邦，身份等级制度非常严密，服饰就是等级的标志、地位的象征。人靠衣装马靠鞍，高冠大袖、飘逸潇洒的袍服，正是阳春白雪与下里巴人的区别。此后历代官服的颜色图案，也反映着等级森严的官场秩序。也正因此，孔子面对"礼崩乐坏"的春秋战国局面，才发出"克己复礼"的疾呼。还有一个小细节颇能说明问题：孔子的得意门生子路，在格斗中帽缨被打断，他明知身处险地，竟停止战斗说："君子死而冠不免。"为了保持帽子的完整，他竟将帽缨重新扎上，不惜为此断送性命。对于周朝的贵族们来讲，为了保住自己身份地位的象征，他们甚至不惜去死！正因为此，《礼记·王制》中严厉地规定："析言破律、乱名改作，执左道以乱政，杀！作淫声、异服、奇技、奇器以疑众，杀！"

服饰已然不仅是简单的形体装饰品，而进入了文化观念的层面。

在激烈的论战中，似乎只有那个"二朝开济老臣心"的肥义积极支持了赵武灵王的变革。

《资治通鉴·卷三》中记载：

> 肥义曰："臣闻之，疑事无功，疑行无名。今王即定负遗俗之虑，殆毋顾天下之议矣。夫论至德者不和于俗，成大功者不谋于众。昔舜舞有苗，而禹袒入裸国，非以养欲而乐志也，欲以论德而要功也。愚者暗于成事，智者见于未萌，王其遂行之。"

肥义说："我听说，做事情犹豫不决就不可能成功，行动在即还顾虑重重就决不会立名。现在大王既然下定决心背弃世俗偏见，那就一定不要顾虑天下人的非议了。凡是追求最高道德的人都不去附和俗人的意见；成就伟大功业的人都不会止步于众人的七嘴八舌。从前舜跳有苗（上古南方部族）的舞蹈，禹光着身子进入不知穿衣服的部落，他们并不是想放纵情欲，怡乐心志，而是想借此宣扬道德，建立功业，求取功名。愚蠢的人在事情发生以后还看不明白，而聪明的人却能在事情未发生之前就有所察觉，大王您还是马上按您的想法去付诸实施吧。"

对此，后人还发明了一句话赞誉："穿别人的鞋，走自己的路。"这就颇有了"师夷之技以制夷"的意味。

越武灵王以一个改革家的气魄，在赵国发布了"胡服骑射令"。一场史无前例的大改革在赵国大地上轰轰烈烈展开。此后，兵强马壮的赵国终于拔除了眼中钉肉中刺的中山国。中山国灭亡之后，赵国的北部、南部连成了一个整体，赵国成了一个独立的、完整统一的国家。紧接着赵武灵王又把楼烦国和林胡国相继灭掉，占领胡人之地千里，史书上记载叫"辟地千里"，赵武灵王的赵国成为当时唯一能与强秦抗衡的国家。

1903 年，梁启超发表《黄帝以后的第一伟人——赵武灵王传》，认为赵武灵王是黄帝以后第一伟人，因为他和秦始皇、汉武帝、唐太宗、宋太祖、明成祖一样，是少数可以取得对北方游牧民族战争胜利的人之一。

毛泽东的"数风流人物"，在"秦皇汉武"、"唐宗宋祖"、"成吉思汗"之中，实实还应该再加上"胡服骑射"的赵武灵王。

手心手背都是肉，首鼠两端铸祸端

如果说"胡服骑射"是赵武灵王的"得意之作"，那么在接班人的选择问题上就绝对是他的"败笔"了。

自夏禹将举贤任能的"推举制"变为血统承继的"世袭制"，历朝历代都是以嫡长子继承王位。周朝分封诸侯，把其他诸王子分授领地，称为"别子"。他们在受封的领地形成新的诸侯国，便成为新的宗族始祖。他们的君位和封爵，也是由嫡长子继承，称之为"宗子"。这已经成为血缘承继的规则。无数史实已经证

太行山风光

明：所有"废长立幼"的举动，都会"自毁长城"引起内乱。

《史记·赵世家》记载："四年，与韩会于区鼠。五年，娶韩女为夫人。"

赵武灵王四年（公元前 322 年），赵武灵王出于战略考虑，与韩宣惠王在区鼠进行两国首脑会晤，确立了两国间的"长期战略伙伴关系"。为巩固这一联盟，第二年，赵武灵王正式迎娶宣惠王之女为夫人。

在政治家的谋略中，婚姻往往是政治斗争的筹码。在两千多年的封建历史上，从西施、貂蝉的美人计，到王昭君、文成公主的和亲，演绎着一幕幕政治姻缘。唐诗人陈陶有诗云："黠虏生擒未有涯，黑山营中识龙蛇。自从贵主和亲后，一半胡风似汉家。"联姻是一种政治契约，是双方实力较量后的一种妥协。

赵武灵王与韩女的这场婚姻，可以想象，恐怕连"先结婚后恋爱"的成分也没有。对于心怀轩辕之志的赵武灵王而言，这次婚姻完全是在打外交牌。为了赵国的和平发展与局势稳定，赵武灵王必须牺牲自己的婚姻幸福。作为这一畸形婚姻的后遗症，就是不久赵武灵王与韩女生下了一个此生注定悲惨的长子——赵章。名字起得就有些不祥：一切都是"照章办事"。孕育得不是情种，而是人生的祸根。

公元前 310 年，赵武灵王 32 岁，正是"三十如狼四十如虎"的年龄。人再天生是"政治的动物"，也无法断绝七情六欲。当把政治安顿好之后，难免会想入非非产生其他欲望。也真可谓"日有所思，夜有所梦"，这天，赵武灵王做了一个梦。

《史记·赵世家》记载：

> 十六年，王游大陵。他日，王梦见处女鼓琴而歌诗曰："美人荧荧兮，颜若苕之荣。命乎命乎，曾无我嬴！"异日，王饮酒乐，数言所梦，想见其状。吴广闻之，因夫人而内其女娃嬴。孟姚甚有宠於王，是为惠后。

"苕"，《史记集解》：綦毋邃曰："陵苕之草其华紫。"毛诗疏云："苕，饶也。幽州谓之翘饶。蔓似蒗豆而细，叶似蒺藜而青，其华细绿色。"《本草经》云："陵草生下湿水中，七八月生，华紫，草可以染帛，煮沐头，发即黑也。"总之是形容美得光彩照人，用时兴话说，就是"眼前一亮"，"晕"！

"命"，《史记集解》：綦毋邃曰："言有命禄，生遇其时，人莫知己贵盛盈江也。"《正义》按："命，名也。嬴，姓嬴也。言世众名其美好，曾无我好嬴也。"这里可能是一个暗示：《史记·赵世家》开篇即言："赵氏之先，与秦共祖。"就是说，都属"嬴"姓。这真是天赐"梦中情人"，或换言之"天上掉下个林妹妹"。于是，赵武灵王是朝思暮想，食之无味，夜难成寐。

"娃"，《史记集解》：方言曰："娃，美也。吴有馆娃之宫。"

"孟姚"，《史记索隐》：孟姚，吴广女也，广，舜之后。舜后封虞，在河东大阳山西上虞城是，亦曰吴城。虞吴音相近，故舜后亦姓吴，非独太伯、虞仲之裔。

江湖闲乐生在《骑兵祖师赵武灵王评传》一书中，对天赐"梦中情人"给赵武灵王有一段生动的描绘：

> 那是一个开满了繁华的春天，武灵王春心难耐，带了几个人出了邯郸城，跑到大陵（今山西文水）踏青游玩，夜了，就在花香沁鼻的行宫之中安眠。
>
> 那一晚，他做了一个梦，一个暧昧而浪漫的美梦。
>
> 他梦见自己走在一条花香四溢的山道上，淡淡的雾霭弥漫在他的脚下，一切宛如仙境。
>
> 突然，他看到前面暧昧的雾色中出现一个精致的小亭，亭中坐着一个身着

白裙的天仙妹妹，半嗔半笑，媚眼如丝，一双剥葱般柔软的手指儿抚在一只古琴上，美的如梦似幻。

……指尖流转，抚动琴弦，优美的乐声响起。

"美人荧荧兮，颜若苕之荣。命乎命乎，曾无我嬴！"

——"美人光彩艳丽啊，娇脸儿好像苕花瓣上的粉绒。命运啊，命运啊，竟然无人知我嬴娃，爱我嬴娃！"

……原来是一场春梦。

第二天，赵武灵王回到城内，立马拉来一群近臣，要他们陪自己喝酒。

一个叫吴广的近臣发现了他的异样，凑上前来问："君王，你有啥心事么，说给臣等听听，或许咱们可以帮你出出主意。"

赵武灵王正想找人倾诉，于是趁醉拉过吴广，将昨晚的梦详详细细地说了一遍。

吴广一听，大笑："哎呀君王，你可是找对人了，照你所述，您梦中的那个女子，与我女儿孟姚，长得是一模一样。"

大风儿吹散了漫天的云彩，赵武灵王立时大悦，赶紧叫吴广找他女儿来，跟自己相亲。

宿命的相逢很快到来。赵武灵王一见孟姚，哎哟哟可不得了，那一仰首的娇羞，那一低头的温柔，可不正是自己的那位梦中情人吗？

……赵武灵王这个威风凛凛的大男人一夜之间变成个含情脉脉的小情人。

金风玉露一相逢，更胜却人间无数。于是，赵武灵王再婚了，他的小心肝儿就是孟姚，又称吴娃，春秋战国时"娃"就是漂亮小妹妹的意思，赵武灵王称她为吴娃，尤显亲昵，尤显暧昧。

不久，赵武灵王与吴娃的爱情结晶诞生了，这个小孩叫赵何，也就是日后统领着廉颇、李牧、赵奢等一大批名将的一代雄主——赵惠文王。

……

一年后，赵武灵王的梦中情人吴娃去世了。最爱的女人在花儿一般的年纪猝然凋零，痴情的赵武灵王痛不欲生，他不顾群臣的反对，固执地将吴娃之子——当时年仅七八岁的公子何立为太子，并派大臣周袑穿胡服辅佐教导小王子，力求尽快将他培养成自己的接班人。

这是一个无比情绪化的错误决策，公子章正当壮年，且颇有将才（在攻中山之战时曾为中军将），又是韩女之子，直接干系着赵国与韩国的外交走向，可是武灵王却废长立幼，这样既不合常理，也无益于国家稳定。可惜如今的他，已完全被个人感情所左右，完全丧失了一个国君应有的政治理智。作为一个痛失娇妻的痴情汉，作为一个好丈夫、好父亲，我们或许可以对他的行为表示理解，但是作为一国之掌舵人，他的所作所为实在有欠考虑。

一错铸成千古恨！

人生犹如棋局，往往是一步失算，随之是恶性循环跟着一连串的臭招。

司马光的《资治通鉴·卷四》记载：

> 赵武灵王爱少子何，欲及其生而立之。
>
> 五月戊申，大朝东宫，传国于何。王庙见礼毕，出临朝，大夫悉为臣。肥义为相国，并傅王。武灵王自号"主父"。

五月戊申（公元前299年），赵武灵王在东宫举行大朝会，将王位传给太子何（惠文王），并任肥义为相国，李兑为太傅，共同辅佐幼主处理政务。他自己则称"主父"。意思是国君的父亲，其实就是后世所谓"太上皇"。

司马光的《资治通鉴·卷四》中还记载：

> 文王主父使惠文王朝群臣而自从旁窥之，见其长子傫然也，反北面为臣。诎于其弟，心怜之，于是乃欲分赵而王公子章于代，计未决而辍。

赵武灵王命群臣朝觐惠文王赵何，他以"主父"身份在幕后冷眼旁观。他看到威猛雄健的长子赵章，也无奈地跪拜于弱冠之弟赵何的脚下，心中油然而生一股酸楚。于是又产生一想法，想把赵国一分为二，把赵章封为代王，与其弟分而治之。后因众大臣的劝阻，才算暂时"存而不议"。

司马光在《资治通鉴·卷四》中评断说："怜故太子，欲两王之，犹豫未决，故乱起。"

手心手背都是肉，爹爹见了哪个也亲。这无疑是一招更臭的棋，或者干脆说就是无以挽回的败招。正是在武断之后，又当断不断首鼠两端，这种矛盾的两重性格，无以挽回地酿成了此后的悲剧。

赵武灵王与秦昭襄王的风云际会

对于赵武灵王的禅位，后代史家多有误读：赵武灵王正值壮年，又在个人事业文治武功的巅峰，对禅让给赵惠文王百思不得其解。于是，简单归之于"不爱江山爱美人"，或者干脆认为是"吃错了药"，"错用了情"。但此后的史实证明，赵武灵王身体健壮头脑清醒，仍有着多次惊世骇俗之举。他把赵惠文王"扶上马，送一程"，显然隐藏着更为高瞻远瞩的深层考虑。尽管这一宏伟设想，最后只落得"机关算尽太聪明，反误了卿卿性命"。

"胡服骑射"只是赵武灵王鲲鹏之志的一个起点，赵武灵王雄心勃勃，远超同辈中任何君王，甚或百年之内，唯有秦始皇能与之比肩。他最终的目的，是要将胡人彪悍的血液融入赵人的身体之内，创建一支所向无敌的赵国雄师，先灭中山，再收三胡，最后吞并强秦，一统天下，建不世之功。

江湖闲乐生在《骑兵祖师赵武灵王评传》一书中这样写道：

……一个惊人无比的计划开始在赵武灵王的脑中慢慢成形。

终于，在一个月黑风高的夜晚，赵武灵王突然从席上兴奋地飞跃而起，纵歌狂笑："秦可破矣，秦可破矣！哈哈哈哈……"

此计为何？

简单，四个字：出其不意。

准确来讲，就是在最出人意料的时间，从最出人意料的地方给秦国以致命的一击。

因为当时的秦国，一直东向用兵，又南侵楚国，对北方防范较少。如此，赵武灵王可利用秦与魏齐楚等国交战的时机，绕道九原，利用轻骑之优势，偷越沙漠荒原，穿过戒备松懈的义渠部落（陕西北部），直接南袭秦都咸阳，干掉它的指挥中心，然后联合各国，瓜分秦地！

好一个疯狂的计划！虽然有些风险，但的确是极妙的一招，赌博也好，冒险也好，可万一真的成功了，天下的局势将全部掌握在赵武灵王的手里，到时大一统的是谁，可就很难说了。

太行山风光

然而，这个诱惑力十足的计划，也充满了许多不可预知的变数，一旦成功，那就是很好很强大，一旦失败，却是很糟很可怕。所以，这一次关乎赵国命运的军事行动，赵武灵王决定亲自来指挥，其他任何人，他都不放心。

但是这样一来就有个问题，赵武灵王要亲自去以身犯险，万一失败，被杀或被擒，赵国没了主事之人，那可是大大不妙！别忘了，列强们对赵国这块肥肉可是一直虎视眈眈着呢！

于是赵武灵王一拍脑袋，又作出了一个史无前例、惊世骇俗的决定——将王位让给十岁不到的太子赵何，以使自己从烦琐的政务中解脱出来，退居二线，专心谋划秦国的事儿。

好一个石破天惊的宏大构想。与此相配套的，赵武灵王还有一个更为刺激的计划。司马光《资治通鉴·卷四》中记载：

> 主父欲使子治国，身胡服，将士大夫西北略胡地。将自云中、九原南袭咸阳，于是诈自为使者，入秦，欲以观秦地形及秦王之为人。秦王不知，已而怪其状甚伟，非人臣之度，使人逐之，主父行已脱关矣。审问之，乃主父也。秦人大惊。

网络作家zjroland在《秦汉演义》第七章中，对赵武灵王的"孤胆入秦"作了这样的描述：

为了实施这个设想，赵武灵王决定亲自化装深入秦地进行侦察。他先向秦国施加压力，迫使宣太后任命楼缓为秦国的国相，然后自己假扮成使者，利用护送楼缓入秦的机会，刺探秦国的情况。

进入秦地后，赵武灵王对沿途的风土人情细加考察，以为攻秦时所用。楼缓进入秦都咸阳后，会见了许多秦国的大臣，赵武灵王都在旁边仔细观察，对秦国大臣的个人才能和能力都有了深入的了解。后来赵武灵王更是提出要亲眼见一见秦昭襄王和宣太后，他想亲自了解这对母子的为人，以便日后好能与之交锋。

楼缓听后大惊，因为不久前，楚国的国王楚怀王接到秦昭襄王的邀请，去秦国武关与秦王商议缔结友好同盟的事宜。怀王接到信后感到为难，前去相会怕受到欺骗；不去又怕秦国发怒。屈原认为秦国不可信，劝楚怀王不要前往。而怀王的儿子子兰却极力劝他去会盟秦王，认为不应绝了秦人的欢心，楚怀王于是最终决定前往。楚怀王来到武关后才发现，秦昭襄王根本没有到武关，只有一个将军假称秦王。结果秦国将军命人把大门一关，把楚怀王给囚禁起来做了人质，至今还关在咸阳生死未卜。

赵武灵王说："不要紧，他们母子俩从来没有见过我，只要不露出破绽就行。"楼缓没有办法，只得答应了。

第二天，楼缓领着假扮使者的赵武灵王以及其他随从与秦昭襄王和宣太后见面，赵武灵王在旁仔细地观察这对母子的一言一行，并用心揣摩他们的心思。

秦昭襄王和宣太后在接见楼缓时，发现赵国的使者高大威武，有一种说不出的王者气概，而身为国相的楼缓竟然对他身后的使者不经意间有屈顺之意，于是颇感好奇，就与这个使者攀谈了几句，感觉此人的胸怀与见识更是了不起。母子二人在钦佩之余，也产生了极大的怀疑。

楼缓告辞回去后，赵武灵王对他说："此母子二人皆为人中龙凤，你在这里务必要小心应对。我看他们已经在怀疑我的身份了，必须马上离开这里。"于是他匆匆辞别楼缓，骑了一匹快马返回赵国。

赵武灵王一走，宣太后与秦昭襄王就派人前来请楼缓前去王宫赴宴，原来极其敏感的母子俩果然对今天见到的使者产生了怀疑。楼缓带着随从应约来到王宫，宣太后见那个气度不凡的使者没有出现，就问："贵国的使者怎么没有随你而来？"

楼缓答道："这个随从白天失礼，已被我遣回赵国。"

宣太后一听，更加坚定了自己的判断，她立即命令秦国的快骑迅速追赶，务必要将这个假使者抓来严加审讯，弄清他的真实身份。快骑一路狂奔，直追到秦国的边塞关口也没有追上那神秘之人，守关的兵士告诉他们赵国的使者刚刚离去不到五分钟。

赵武灵王与秦昭襄王两个时代巨人，竟然是在这么一种背景下风云际会。这么个鬼使神差阴错阳差的会面，给秦昭襄王留下刻骨铭心的记忆，以至对其后代仍谆谆教诲念念不忘。

天波浩渺（网名）在《秦昭襄王与赵武灵王》一文中，记载了秦王政十九年十月，邯郸城破，赵王迁被俘，赵国亡后，秦王政与赵王迁有一段对话。不妨把这段对话作为对赵武灵王与秦昭襄王两人会面情节的延伸阅读：

秦王走到近前，毫无预兆地从背后掏出来一根马鞭，却又像有意戏弄一般笑而不言。

赵迁愣住了。

那马鞭看上去有年头。上好的革质由于岁月的磨洗开始发白变脆，马鞭的尾端已经散开，手柄的青铜胎也已经生出绿色斑驳。

……赵迁立刻就害怕了，以为秦王是要羞辱鞭打他，吓得连忙往后退。

秦王暗笑，更走近一步。

赵迁吓得脸都青了，颤抖着声音说："大……大王……"

秦王忽然不作声了，他想起了秦昭襄王当年对赵主父的那句"吾不如也"，嘴角多了几分嘲笑。

秦王翻过手来，让他看手柄的反面。

赵迁茫然地看过去。

手柄上唯见一字：雍。

"原……原来是雍城之物……"

赵迁因为自己想起了秦的旧都而松了口气，心想好在受降时塞了点钱物给秦人，了解了一些秦国的情况。

秦王忽然哈哈大笑起来。

赵迁瞪大了眼睛，随后也跟着"呵呵"地笑。

两个人"哈哈"、"呵呵"地笑了半天，赵迁越笑越觉得怕，笑得都快哭出来了。

忽然，秦王停了下来，将鞭向虚空中一扬，发出响亮的声音。

"此乃前赵主父武灵王赵雍之物。先高祖昭襄王叹其为一代雄主，留下遗训，若秦赵再会，将其还于赵氏，岂知赵氏后人只知秦之雍，不识赵之雍啊……可笑，可笑啊……"

可叹英武盖世的赵武灵王，竟然生出如此庸碌之后代。

时来天地皆同力，运去英雄不自由

司马光在《资治通鉴·卷四》中，对赵武灵王的英雄末路，作了这样的描述：

> 赵主父封其长子章于代，号曰安阳君。安阳君素侈，心不服其弟。主父使田不礼相之。李兑谓肥义曰："公子章强壮而志骄，党众而欲大，田不礼忍杀而骄，二人相得，必有阴谋。夫小人有欲，轻虑浅谋，徒见其利，不顾其害，难必不久矣。子任重而势大，乱之所始而祸之所集也。子奚不称疾毋出而传政于公子成，毋为祸梯，不亦可乎！"肥义曰："昔者主父以王属义也，曰：'毋变而度，毋易而虑，坚守一心，以殁而世。'义再拜受命而籍之。今畏不礼之难而忘吾籍，变孰大焉！谚曰：'死者复生，生者不愧。'吾欲全吾言，安得全吾身乎！子则有赐而忠我矣。虽然，吾言已在前矣，终不敢失！"李兑曰："诺。子勉之矣！吾见子已今年耳。"涕泣而出。李兑数见公子成以备田不礼。肥义谓信期曰："公子章与田不礼声善而实恶，内得主而外为暴，矫令以擅一旦之命，不难为也。今吾忧之，夜而忘寐，饥而忘食，盗出入不可不备。自今以来，有召王者必见吾面，我将以身先之。无故而后王可入也。"信期曰："善。"

赵主父封长子章为安阳君，让田不礼辅佐公子章。李兑对肥义说，公子章有野心，田不礼残忍而骄横，两人在一起政局就乱了。你辅佐赵王首当其冲，不如借口有病引退，让公子成出头主政，就可以避祸了。肥义说，受主父嘱托辅佐赵王，不敢有负使命，责任在身，在死不辞。李兑回公子成处伺机而动。肥义则安排保护赵王的措施，凡赵王要去的地方，他要先行检查。

> ……主父及王游沙丘，异宫，公子章、田不礼以其徒作乱，诈以主父令召王。肥义先入，杀之。高信即与王战。公子成与李兑自国至，乃起四邑之兵入距

难，杀公子章及田不礼，灭其党。公子成为相，号安平君；李兑为司寇。是时惠文王少，成、兑专政。公子章之败也，往走主父，主父开之。成、兑因围主父宫。公子章死，成、兑谋曰："以章故，围主父；即解兵，吾属夷矣！"乃遂围之，令："宫中人后出者夷！"宫中人悉出。主父欲出不得，又不得食，探雀鷇而食之。三月余，饿死沙丘宫。

主父到离宫时，公子章和田不礼假传主父的信召赵王，肥义先行而被杀。乱战忽起，李兑和公子成出兵打败公子章和田不礼。公子章逃到主父的离宫里，被公子成和李兑围起来。公子成和李兑觉得围了主父，骑虎难下，干脆一不做、二不休，一围就是三个月，把主父饿死在沙丘宫中。

"伤心秦汉经行处，宫阙万间都做了土"，彗星在辉煌时刻陨落，沙丘平台成为一代英主赵武灵王人生的终点。

沙丘平台在今河北邢台市广宗县大平台村南，据县志记载，这里是战国时期赵国有名的沙丘宫遗址。历史上许多著名事件曾发生在这里。商纣王曾在邢地（今邢台市）沙丘苑大兴土木，扩建苑台，放置了各种鸟兽，还设酒池肉林，狂歌滥饮，通宵达旦。商纣宠妲己而亡国的典故就是在这里演绎。战国时期，赵公子章与赵惠文王争夺王位，兴兵作乱兵败，逃到赵武灵王所住的沙丘宫。惠文王派公子成和李兑率兵包围沙丘宫，杀死公子章，饿死赵武灵王，史称的"沙丘之变"也发生于此。公元前210年，秦始皇出巡途中病死于巨鹿郡（今邢台市）沙丘台，少子胡亥和左丞相李斯、中车府令赵高秘不发丧，篡改始皇诏，立公子胡亥为太子，史称的"沙丘之谋"也在这里出演。沙丘平台成为一个"历史的终结处"。

面对历经数千年风霜雨雪的赵武灵王坟冢，文人墨客留下不少诗文。有的感叹"武灵遗恨满沙丘，赵氏英名从此休"；有的伤情"鱼分龙臭曾兹台，野寺清钟入夜哀"。清朝康熙年间吴存礼赋诗七律《沙丘宫怀古》：

> 闲来凭吊数春秋，阅尽沧桑土一杯。
> 本籍兵争百战得，却同瓦解片时休。
> 祖龙霸业车申恨，主父雄心宫里愁。
> 唯有朦胧沙上月，至今犹自照荒邱！

站在赵武灵王的陵墓前，我陷入了久久的沉思默想。赵武灵王的人生悲剧，让我联想到与他类似命运的梁武帝萧衍。

梁武帝是我国南北朝动乱时期一个极有作为的皇帝。《南史·梁本纪》记载：当梁武帝的哥哥萧懿为齐所害，他起兵讨齐时，有人劝他把齐和帝带走，免得别人"挟天子以令诸侯"，造成自己被动。他回答说："若前途大事不捷，故自兰艾同焚；若功业克建，谁敢不从，岂是碌碌受人处分。"在关键时刻表现了决策的清醒。梁武帝还清醒地觉察到齐朝政权被某些地方官吏所把持的弊端，他说这些地方官员"皆口擅王言，权行国宪，而政出多门，乱其阶也"，针对现行弊端，进行了大刀阔斧的"政治体制改革"。梁武帝在军事上也多有建树，《南史·梁本纪》和其他史书上多有记载。他执政四十八年，开创了梁朝四十余年的和平繁荣局面。然而，就是这样一个明君贤王，却在晚年栽了个大跟头。终因宗室子弟相互倾轧残杀，错误地接受北魏侯景的降服，引狼入室，导致梁朝的覆灭。开国创业贵为天子的梁武帝，竟卑微屈辱地饿死于北魏侯景的囚牢。《南史》作者李延寿对梁武帝评价道："自古拨乱之君，固已多矣，其或树置失所，而以后嗣失之，未有自己而得，自己而丧。追踪徐偃之仁，以致穷门之酷，可为深痛，可为至诚乎。"徐偃是西周涂国国君，强盛时拥有三十六国向他朝贡，被称为东方霸主。

毛泽东在读二十四史时，以良人罗隐《筹笔驿》中的诗句用红笔批注，写下对梁武帝人生悲剧的感受："时来天地皆同力，运去英雄不自由。"

赵武灵王"强国崛起"和"传承接班"的整个人生，为我们形象演绎了一出"三言二拍"的历史故事——《警世通言》、《喻世明言》、《醒世恒言》以及《初刻拍案惊奇》、《二刻拍案惊奇》。

阎故居诘问生死场

"阎氏故居"有一个凄美的传说

　　山西省作家协会的机关办公大院，大门外醒目地悬挂着一块大理石标牌："阎氏故居"。自 1949 年太原解放，这座"阎氏故居"最早是太原市人民政府的办公场所。后来市政府盖起了新办公大楼，这块地盘就转让给了山西省文联。

阎锡山

　　"文革"后的 1977 年，我第一次走进"阎氏故居"，就为它恢宏的气势所震慑。南华门东四条整个一条巷子都属它的领地。巷子东西走向，进得巷口，西面是一个两进的四合院，呈回字形。外院是砖砌拱形大门，外院和内院之间，二道门是中国古典式的门楼，飞檐拱柱，筒瓦兽脊。西北角是一座三层高的岗楼，一如乔家大院、王家大院等山西著名大院的建筑风格。

　　西院仅仅是这个建筑群的偏院（现在这座四合院已成为历史的记忆，"黄鹤不知何处去"？代之而起的是一座六层的宿舍楼）。东院才是主院。院内耸立着两栋中西合璧的小洋楼，呈略有变化的对称。东边小洋楼是三层建筑，还有个楼顶平台可供观景；西边小洋楼连同地下室也是三层。外墙是巨型条石砌接，宛若

五台山阎锡山故居

古城堡一般。庭院里，两株法国梧桐护卫着门厅；雕刻精美的罗马柱，支撑起高大的门廊；小洋楼内的房间，一式橡木护板墙围，图案瓷砖地面，雕花玻璃窗格；在两座小洋楼之间，"一桥飞架东西"，把它们连接为一体。现在，东楼基本上是编辑部占用，西楼则是机关办公室。西楼后边，还有一个小院，是一栋两层楼房。外形较为简易，室内却与前楼风格统一。室内装饰一丝不苟。这后楼的房间，当年是供贴身丫头和卫士马弁们居住。

这里流传着一个神秘而凄美的传说：这座"阎氏故居"是阎锡山"金屋藏娇"，为他的五妹子所盖的"爱巢"。人们煞有介事地指证：你看这迷宫般的建筑设计，里面这么多房间重叠相套，关起门是一个封闭的天地，房屋之间又都有暗门相通，径曲路转。你从这扑朔迷离的设计格局中，难道品味不出阎锡山与其五妹子之间的几多神秘、几多暧昧？

人们说，五妹子与阎锡山是堂兄妹。五妹子十来岁时，到太原天主教会办的一个女子学校读书，住进这座"魔窟"。从此，五妹子与比她大了27岁的大哥阎锡山如影随形，阎锡山走到哪把她带到哪。八年抗战，太原让日本人占领，阎锡山退守临汾、避难秋林、移驻克难坡，把大太太徐竹青、姨太太徐兰森都打发到大后方重庆，却总把五妹子带在身边"患难与共"。日本人投降后，五妹子又随阎锡山住回这里，一直到太原城破之前，阎锡山自顾自飞离险地，抛下个五妹子凄

凄惨惨切切，最终为她的"情哥哥"阎锡山殉情自尽……故事指的西边小洋楼的地下室，这就是当年五妹子自杀的地方。故事讲得凄婉悲惨。

关于阎锡山与他五妹子的传说，在新时期拍摄的阎锡山的电视剧中，几乎都成为吸引眼球的看点或创造票房价值的作料。五妹子一会儿被描绘成利用色相为阎锡山获取敌方情报的美女间谍，一会儿被演绎成阎锡山对其言听计从的谋士高参，一会儿又被塑造成让阎锡山神魂颠倒的"红颜知己"。

历史当然与传说相去甚远。

2011年7月，山西作家太行采风团专程前往阎锡山五台县的河边老家——阎锡山旧居，听到了真实的历史讲述：

阎锡山的祖父阎青云有两个儿子，长子书堂，字子明，只有一个独子阎锡山。次子书典，字慎五，生有四子五女，五妹子是最小的姑娘。五妹子生于1910年，比阎锡山小27岁，大名叫阎慧卿。她10岁左右才开始上学，后就读于太原天主教会办的女子中学，住进阎锡山的公馆。其时她还未出嫁，人们称她为五姑娘，或五妹子。阎慧卿虽然上过几年初中，但成绩一般，很少见她看书写字，属于"女子无才便是德"的家庭妇女。

阎慧卿大约在她20岁的时候，嫁给家乡河边村的大户人家曲佩环。曲佩环是留日学生，曾任榆次晋华纱厂的经理。阎家看中他是个人才，主动提起这门亲事。但婚后生活并不美满，曲佩环染上了毒瘾，吸料面打吗啡，没几年就死了。阎慧卿的第二任丈夫叫梁埏武，崞县（今原平县）北社村人。梁埏武从小由叔父梁上椿供养上学，梁上椿为了依附阎锡山，便力主让梁埏武娶守寡的阎慧卿，与阎家联姻。有人曾问清华大学毕业此后又留学日本的梁埏武，怎么娶了一个寡妇？梁埏武回答："我们是政治夫妻。一个人要在事业上有所作为，没有靠山不行。"此后，梁埏武一直在阎锡山的庇荫之下，唯阎锡山马首是瞻。

……阎慧卿几乎不参加任何社会活动。她住在省府院内的东花园公馆里深居简出，除逢年过节到南华门公馆向阎锡山的继母和大太太拜年外，几乎不到衙门外去看戏看电影。至于跳舞，她根本不会。

阎锡山的大太太徐竹青是个恪守封建礼教的家庭妇女，希望阎锡山能厚道为人，所以常常是忠言逆耳，惹得阎锡山不快。1931年，因家务两人闹翻后，徐竹青即与阎分居。她未曾生男育女，与阎从此基本上不再往来。姨太太徐兰森为阎生了五男一女，自认为对阎家有功，所以有恃无恐，不免对阎常有违逆，所以也不讨阎锡山喜欢。阎锡山唯独喜欢善解人意的五妹子。阎慧卿长年在阎锡山身边，对阎温柔和顺，体贴入微，特别是善于察言观色，见机行事。阎锡山喜欢的，她就多说；阎锡山不愿意听的，她就绝对不说。阎锡山高兴时，她说些笑话为阎助兴；阎锡山愁闷时，她讲些家乡的趣闻逸事为阎解闷。阎锡山喜欢吃家乡特色的饭食如豆面擦尖、油炸糕等，她就检点厨师经常变换花样。阎吃饭时，她总是陪坐一旁，该多吃的，她不让阎少吃，该少吃的，她也不会让阎多吃。除照看阎锡山吃饭外，每到阎锡山睡觉后，她还为阎锡山掖被、捶背，直到阎锡山睡着，她才熄灯，与侍卫长退出卧室。所以，阎锡山觉得"五妹子"料理自己的生活起居，比谁都合适。抗战胜利后，姨太太徐兰森因心脏病猝发，突然去世后，阎锡山就更是须臾也离不开这个五妹子了。

据"山药蛋派"的主将胡正告诉我，我们山西作家协会所占"阎氏故居"，并非五妹子居住的地方。这整个西院，是阎锡山为其大太太徐竹青建造的。东院两栋小洋楼是阎锡山西北实业公司的商务馆，始建于20世纪30年代，它是当年阎锡山大力开发地方经济的一个历史见证。而真正阎锡山与五妹子居住的地方，是位于新民中街阎锡山公馆的东花园。这座规模宏大的院落，现在一部分成为山西省军区的老干部活动中心，一部分成为省军区的休干所。巧合的是，寓居其中的一位老将军，正是当年解放太原战役的师级指挥员。正是那场战役，终结了东花园作为阎公馆的历史。

苗旭宏在《阎锡山与五妹子阎慧卿》一文中，讲述了阎锡山与五妹子的"生离死别"：

> 1949年3月29日太原解放前夕，阎锡山借口代总统李宗仁电请他到南京商议和平谈判之事，离开太原。临行前，部下分析，阎这次离开太原，一定不会再回来，必然要带"五妹子"出走。想不到临走时，阎却对"五妹子"说："我去不了几天，少则一个星期，多则十来天就回来，你就不要去了。""五妹子"信以为真，便留在太原。其实，阎锡山却是留下她来稳定军心的。

据当年五妹子身边的人讲，五妹子相信大哥一定会回来接她，那段日子里，只要天空传来飞机的声音，她都会跑出去，望眼欲穿地在云端寻找，眼睁睁地盼着它降落。一直等到飞机消失得无影无踪了，她才失望地回到屋里。

阎锡山虽然自己远离险地，却牢牢遥控着太原的局势。当"城陷在即"，阎锡山在电话中还慷慨激昂地发表着"豪言壮语"："保卫太原之战，关系华北存亡和国际视听，你们能参加这个战争，真是荣幸。因事被阻，不能与大家共同保卫太原，是此生最大的遗憾。"还说："成功是国家民族的需要，成仁是自己的收获。所愧者，不能与大家共同牺牲，唯我一定要对得起大家。"五妹子在电话中也向阎锡山信誓旦旦地表白忠心："一定遵命率家人自杀，并焚其家室，请勿为念。"

我在《山西文史资料》第61、62辑合刊上，看到徐崇寿所记载《阎慧卿致阎锡山绝命书》：

1949 年 4 月 24 日，解放军对太原发起总攻，梁化之在隆隆的炮声中彻底绝望，与阎慧卿在太原绥靖公署地下室服毒自尽，死前命令卫士将他们的尸体浇上汽油焚尸灭迹。就在阎慧卿自尽前夕，由梁化之代笔写下了《阎慧卿致阎锡山的绝命电》。经"山西省政府秘书长"吴绍之润色后交机要处拍发给阎锡山。《绝命电》全文如下："连日炮声如雷，震耳欲聋。弹飞似雨，骇魄惊心。屋外烟焰弥漫，一片火海；室内昏黑死寂，万念俱灰。大势已去，巷战不支。徐端赴难，敦厚殉城。军民千万，浴血街头。同仁五百，成仁火中。妹虽女流，死志已决。目睹玉碎，岂敢瓦全？生既未能挽国家狂澜于万一，死后当遵命尸首不与匪共见。临电依依，不尽所言！今生已矣，一别永诀。来生再见，愿非虚幻。妹今发电之刻尚在人间，大哥至阅电之时，已成隔世！前楼火起，后山崩颓。死在眉睫，心转平安。嗟乎，果上苍之有召耶？痛哉！抑列祖之矜悯耶？"

据说，阎锡山读着五妹子的《绝命书》，一时间老泪纵横泣不成声。

袁枚有诗云："空忆长生殿上盟，江山情重美人轻。"说什么"不爱江山爱美人"，在历史的舞台上，女人永远是政治家的"陪衬"，历史往返重复地上演着"痴心女子负心汉"的老生常谈。

1949 年 4 月 24 日凌晨，解放军入城。五妹子与阎锡山的特务头子梁化之双双服毒，死于太原绥靖公署钟楼下面具有防空设备的居室里。梁化之的卫士柏光元，对现场情形作了这样的记述：

梁化之 20 日晚上就住在钟楼下，晚间第一夜在此睡觉的有梁化之、阎慧卿、克难坡小学校长赵佩兰、汽车管理处长阎效正。阎效正是阎锡山的本家。这是第一夜。梁化之 21、22、23 日至 24 日死，全部是在钟楼下住……24 日上午八九点钟，梁化之……跑进二楼地下室，进了孙楚、赵世铃的家，有五分钟左右出来，第一句话对我说，光元，孙副主任、赵世铃他们决定投降，我是不投降的，希望你听我的话……我自杀，五姑娘（阎慧卿）也自杀……你到东面汽车房给我灌一暖壶汽油。这时，赵佩兰进来，阎慧卿正在床边斜面坐着。赵佩兰握着阎慧卿的手，流着眼泪叫了两声慧卿，抱着阎慧卿。赵佩兰的右脸挨着阎慧卿的左脸。这时阎慧卿催她速去。赵佩兰放开阎慧卿，转身又和梁化之握手，也叫了两声化之，流着眼泪。这时，梁化之态度十分镇定，仰面带笑地向赵佩兰说："好吧，你去吧。"这时，赵佩兰放了梁化之的手，哭着跑出去了。这时，梁叫我随手把门关上，梁化之手指被子对我说："我死后，你把汽油倒在被子上，你丢在被子上一个纸烟头，你就走你的，可是得看我死好以后。"他随说话，随给取了一圆筒纸烟和一盒洋火。……这时，两人一同喝药，床边有个小桌，小桌上放一支才点着的洋蜡，一支快点完的蜡头，两个蜡光照着。梁化之、阎慧卿二人同时喝下药，梁化之用左手把两个茶杯放在小桌上。二人一同拉被同睡。梁化之左手拉被，斜身面向阎慧卿，睡倒脸向底面，连咳嗽几声，最后一大声。有两分钟气断死了。阎慧卿右手拉被，面向梁化之睡，口里还说了个难活得不行，睡倒而急转朝天，两手乱舞，口里叫了很长一声，两分钟气断死了。……这时，我又转身到了床边，两手推了推梁化之，看看是不是还有气，看见二人已无一点气了。我就转身拿了暖壶，向地上被子上倒汽油，小桌上也倒了……我左手拿壶盖，先打小桌上的高洋蜡，未打着，右手拿暖壶又向小桌打高蜡，一下子就把高洋蜡打倒，当时全屋子烈火起，我即转身向外跑。[1]

年仅 39 岁的阎慧卿香销玉殒。对于梁化之、阎慧卿之死，胜利者书写的历史称其为："带着花岗岩的头脑去见上帝"，"成为蒋阎反动政权的殉葬品"。

当把一个人的生命置于"国家"、"民族"、"主义"一类大词的背景下时，就出现了"重于泰山"或"轻于鸿毛"的价值判断。

加缪在《西绪福斯神话·荒谬与自杀》一书中，一语道破哲学的本质："只有一个真正严肃的哲学问题，那就是自杀。判断人值得生存与否，就是回答哲学的基本问题。"加缪还说了一句石破天惊的警言："我从未见过一个人是为了本体论的理由而死。"

爱一个人不需要理由，爱一个国家却需要拷问理由。

沉重的历史不是戏说的传奇

杨镇西在《阎锡山的自杀准备》[2]一文中，作了这样的记载：

阎锡山一再要求他的部属"要与太原共存亡"，而且表示"生不同共产党谈

【1】史法根：《阎锡山的特务机关——太原绥靖公署特种警宪指挥处》，见《山西文史资料》第 61、62 辑合刊。

【2】杨镇西：《阎锡山的自杀准备》，见《山西文史资料》第 47 辑。

判，死不同共产党见面"。善于迎合阎锡山的王靖国便向阎写了一个签呈："自古至今，忠臣都有死节的准备。有的带金扣子，临危吞金而死；有的带毒药，不得已时仰药以殉；有的拔剑自刎；有的引颈就缢。方法不同，死节则一。我们也应做个准备。"阎看后就让他的侍从医官杨镇西去找川至医专的德籍大夫魏尔慈想办法。魏尔慈说太原没有制作牙齿里装填氰化钾玻璃球的条件，遂由卫生处处长谢维楫用普通装注射剂的小瓶装了几百瓶氰化钾，准备在城破时发给基干以上人员服毒自杀。

正值其时，有几个外国记者在太原，阎锡山招待他们时，特意在桌上安置一装有毒药的小瓶，对记者们说："我决心死守太原，与城共存亡。如果太原不守，我就和这些小瓶同归于尽。"阎锡山还叫来几名士兵，对外国记者表白说："这是标准的武士道精神的日本士兵，我让他们跟随我的左右，以便在危急的时候，将我打死。这个任务，非日本人不能完成。"[1]

阎锡山信奉儒家"中庸之道"，也推崇儒家"忠孝节义"。孟子有言："生，亦我所欲也，义，亦我所欲也；二者不可得兼，舍生而取义者也。"

1948年底，经过临汾、运城、晋中几大战役，太原已成一座孤城。阎锡山仍准备作"困兽之斗"。他派遣杨爱源、王怀明到北平请求增援。北平一些有故旧关系的山西籍军政人员，劝阎锡山离开太原或走政治解决的道路，均遭拒绝。阎锡山表示自己"要做历史上的人物"。阎锡山还让北平办事处为他空运棺材板，表达以身殉城的决心。阎锡山还把继母送出太原，说是怕继母在最艰难的时候出来动摇他，影响他固守的决心。

解放军发动平津战役之后，举棋不定的傅作义打来电报寻求对策，阎锡山回电说："我们今日只有谋重事之所当为，尽重力之所能为。"解放军攻克天津活捉陈长捷后，阎锡山让他在北平的代表转告傅作义："事到危难宜坚决，遗憾全由俯就成。"

1949年1月22日，傅作义接受和平改编，他在第二天拍电报向阎锡山表白自己的苦衷和矛盾心情。阎锡山一方面召集高干和基干开会，要他们"成功成

<hr>

【1】山西政协文史资料研究委员会：《阎锡山统治山西史实》，山西人民出版社，太原，1981年，第418页。

仁"，"不走北平道路"，并骂傅作义"毫无人格"，"出卖了北平人民"；一方面又在回电中建议傅作义牢牢控制军队，如若不能遂意，就设法逃到太原。阎锡山在北平的一些旧部，也纷纷致电阎锡山，希望求得他的同情。阎锡山回电报说："到你们知道是受骗的时候，你们还要来找我。"

北平的和平解放对阎锡山是一个沉重打击，他从此失去了一个重要的物资补给基地，驻北平山西兵站办事处的军需用品全部失陷。山西不少军政人员的家属也都在北平，军心、人心为之动摇。籍贯定襄、阎锡山的亲信吴绍之，是绥靖公署的秘书长，他私下和同僚们议论时，并不掩饰自己的和平论点。他说先生在1927年能看见国民革命军是刚升起的太阳，毅然换上青天白日旗，今天看见共产党这个刚升起的太阳，为什么就不能和平地换上红旗呢？一些同僚鼓动吴绍之向阎锡山进言，吴绍之摇头叹息，悲观地说一句歇后语："日本人吃高粱面——没有法子。"

北平解放不久，蒋介石让贾景德拍来电报，表示太原从大局上看绝难长久支持，建议他和军政干部们乘飞机撤往西安，军队由胡宗南派兵接应突围西渡，但这一建议被阎锡山拒绝，他仍然坚持固守孤城。

面对渺茫的前途，阎锡山政权的山西省新闻处处长杨怀丰对阎锡山说："现在不是钱的问题，而是人的问题，南京对挽救大局，是没有办法的。"一向极为自信的阎锡山说："南京没办法咱有办法，一线光明在太原。"阎锡山还提出所谓的"以城复省，以省复国"，命令歌剧队大演战国时田单指挥火牛阵以城复国的故事来振作士气。

在日益孤立的情况下，阎锡山的一些部下和朋友都劝他离开太原，阎锡山均表示自己要杀身成仁舍生取义，誓死不离太原。他在对邱仰睿的回电中说："不死太原，等于形骸，有何用处！"在对祁志厚的回电中说："山自以为老而无用，任一事结一局以了此生。"在对徐永昌的回电中说："我决死战太原。"阎锡山还在他的办公室里贴了一幅横批，上写："知其不可为而为之才是真正的革命。"

往前追溯，早在抗战时期，阎锡山就曾发出这样的誓言："我愿与全体同志在山西做牺牲者，不愿在豫、陕做个流亡者。"当南京失陷，阎锡山坚定地提出了

"宁在山西牺牲，不到他乡流亡"的口号。他在克难坡领导晋绥军，进行了艰苦卓绝的持久抗战，并取得了很大成功，为此赢得了蒋介石颁发的"模范战区"的称号。

梁化之和王靖国是阎锡山的左臂右膀哼哈二将。文靠梁化之，武仗王靖国。

前文已写到梁化之坚守到最后一刻，并真正实践了阎锡山的"与城共存亡"。

刘存善在《阎锡山传》[1]一书中，记载了王靖国的女儿瑞书对他讲的这样一个细节：北平解放后，王靖国的女儿瑞书，赵承绶的侄女智军，还有一些军师长的子女都到太原，劝其父走和平解放的道路。王靖国对女儿说："我是军人，军人以服从为天职，会长让放下武器，我就放下武器，会长没有命令，我只有战斗到底。"

杨怀丰、韩如松、朱崇廉在《太原临解放时阎锡山及其高级军政人员动向》一文中，还披露了王靖国这样一个细节：

> 1949年4月初，赵承绶根据解放军太原前线司令部的意图，自愿冒险到太原说服梁化之和王靖国等人走和平解放的道路。与赵同行的还有原第三十三军参谋长曹近谦和原炮兵司令高斌。他们来到汾河桥西第六十一军一个营的指挥所，用电话叫到王靖国。王当时正在建军会办公室开会。他听到赵承绶叫他，便去接了电话。约20分钟后，从电话室回来笑着对大家说："今天印甫（赵承绶字）随解放军一个参谋，由六十一军防地进来，从电话上和我联系，说是想进太原和我谈判和平解放"，"我答复了他们三点：一、中央有命令，被俘人员不得进城；二、老头子（指阎锡山）不在，无人做主；三、从什么地方进来，还从什么地方出去"。
>
> 王靖国在办公室还经常说这样的话："我们能守一天，就能守三天，能守三天就能守三个月，能守三个月就能守三年。"

当然，阎锡山的部属并非人人愿意"杀身成仁"，虽然同志会的基干纪律规定，不得"诋毁会长"、"诬蔑会长"，但背地里议论阎锡山的不乏其人。他们认为阎锡山和亡国之君崇祯皇帝一模一样，看似精明，实则昏庸。阎锡山在一次高级

【1】刘存善：《阎锡山传》，山西省定襄县阎锡山故居文物管理所编印。

会议上，要求大家在城破之时服毒自杀，军务中将处长朱崇廉听后用肘部碰了碰他身边的吴绍之，看他有什么表示，吴绍之用手在桌子下面做了个泼酒的动作，再端起来做了个喝酒的表示，两人相视而笑。

李冠洋在《对阎锡山的剖析》[1]一文中，有着对阎锡山属下另一种倾向、另一种情绪的记载：

> 阎的高干和中级干部中，也有渴望和平解决问题的人，高干吴绍之、李冠洋，新闻处长杨丰怀、军务处长杨思诚以及一批不敢表白态度的人都属于这一类。朱崇廉转弯抹角地向阎锡山建议走北平的道路。阎听了骂道："你是毛泽东的儿子，还是毛泽东的孙子？！"朱说："我既不是毛泽东的儿子，也不是毛泽东的孙子，我是为你和大家着想，因为解放军的力量太强大了。"阎说："解放军力量强大？我要在北平对解放军讲上一次话，他们就都是我的人了。"朱听了无话可说，只好退了出来。

> 阎锡山也觉察到孙楚、吴绍之等不够坚定，便把他常说的几句话，亲笔写在宣纸条上，送给他认为意志上和他不完全一致的高级干部，孙楚、吴绍之和李冠洋都有一份。内容概要是：谋共事之所当为，尽其力之所能为，天命与人事何殊……组织奋斗是历史，不应计较成功失败。

历史的进程把阎锡山的命运送到了生死关口。

千古艰难唯一死

然而，这个信誓旦旦要与家乡故土共存亡的阎锡山，事实毕竟是在城破之前，金蝉脱壳全身去，巧言令色头未回。对此，半个世纪以来有着种种说法。

在此之前，阎锡山曾有两次飞赴南京的先例：1948年12月28日，阎锡山飞赴南京向蒋介石述职，四天后回到太原。1949年2月14日，阎锡山经青岛再赴南京请求援助。第二次阎锡山回到太原后，向部属们讲述了被新闻媒体传得沸沸

【1】 李冠洋：《对阎锡山的剖析》，《山西文史资料》第47辑。

扬扬的"南京大闹总统府"的事情。当时，阎锡山要求代总统李宗仁解决太原守军的武器粮食，否则自己回去也没有用，在总统府自杀就是了。阎锡山的坚持，终于促使李宗仁答应给予太原以支援，从湖南、四川空运大米。所以，当阎锡山最后一次从河西圪缭沟机场飞往南京时，前往送行的梁化之和阎慧卿都对阎锡山的决死完志之心坚信不疑，阎还会一如前两次很快返回。

张增庆是阎锡山的侍从医官，是随阎锡山逃离危城的少数几人之一。他在《跟随阎锡山飞离太原以后》一文中，对阎锡山为何没有返回做了这样的解释：

> 1949年春，太原被解放军包围已半年了，城内粮源被切断，尽管南京方面每天派美国航空队出动80架次飞机空运粮食，也是杯水车薪，无济于事。而且武宿机场已被解放军占领，只能在太原城附近修建简易机场，简易机场也常遭解放军炮击，经常修补或易地重修，局势日益紧张。
>
> 我当时在阎锡山身边任中校侍从医官。阎锡山为困守太原筹措粮草等四处求援，是年3月初曾飞往青岛，我为随从人员之一。在青岛，阎锡山拜会了美国驻青岛海军负责人白杰尔少将，白杰尔答应美国海军可暂时不撤离，以资助阎锡山。后来我们又转飞上海、南京，稍事停留即返回太原。
>
> 当时，蒋介石已宣布引退，回到奉化，由李宗仁代总统主政，支撑残局。实

际上蒋介石是引而不退，暗中操纵着军政大权，使李宗仁不能令行禁止。李宗仁委派张治中率团赴北平同共产党和谈，要召开会议决定和谈准则，蒋的嫡系人物都冷眼观望，杂牌地方军阀们大都各奔东西，树倒猢狲散了，只有阎锡山尚可作为李宗仁的多年知交而与之同谋了。

1949年3月29日晨，李宗仁急电阎锡山赴南京参加紧急会议，并派陈纳德航空队的飞机专程来接。上午，阎锡山召开高干会议，安排梁化之主政，孙楚、王靖国主军，于下午驱车到汾河西岸的临时机场登机，随从人员有我和侍从长张逢吉，参事杨玉振，副官孔庆祥、胡庆祥、贾云清、白拉绪、靳国治，厨师陈发善。那时候，我的妻子和4个孩子都在太原，小女儿才出生几天，我原估计开会数日即可返回，只托人到家中告了一声就匆匆走了。

……南京会议后，他请李宗仁派飞机送他回太原，李宗仁说："蒋总统虽引退，但他仍是国民党总统，你既来南京，不到奉化拜望总裁，多有不妥。"于是，我们又随阎飞往奉化，蒋介石派蒋经国到机场迎接，蒋经国十分客气，口称"阎伯伯"，挽前扶后。在溪口拜会蒋介石后，阎锡山请蒋介石派飞机送他回太原，与太原共存亡。蒋说："莫急，莫急！先回南京，过两天我还有大事相商。"就这样，我们曾数次往返于南京、奉化之间，每次蒋介石总说还有许多事要商量，阎锡山急如坐针，常私下唉声叹气。我和侍从长张逢吉跟着多年，大胆地劝他："蒋总裁可能料太原难守，为阎长官安危而有意挽留。"阎锡山说："你们年轻人懂什么，没有太原了，这里还能有我阎某的一席之地吗？是死是活，回去才是。"

阎锡山的秘书长李蓂源先生，在《阎锡山离晋去台始末》[1]中，也记述了阎锡山试图从南京返回太原的种种努力：阎锡山飞离太原后，战事一日三变，东山争夺战结束之后，解放军的炮火已经能够控制太原的各个机场，飞机从此很少降落，运送物资主要依靠空投。四野炮兵第一师高射炮部队抵达太原后，从4月初开始用高射炮封锁太原上空，也断绝了阎锡山回家的路。太原守军发去电报说机场全部被毁，飞机已无法降落，就此断绝了阎锡山的回归之途。

被阎锡山收编留用的日军军官城野宏，在他的回忆录中也记录着：阎锡山曾在4月初飞回太原并在上空盘旋了一个小时，但因为炮火封锁无法着陆而返回南京。当时各航空公司均不愿冒着炮火在太原着陆，阎锡山希望好友博瑞智想办法

【1】 李蓂源：《阎锡山离晋去台始末》，《山西文史资料》第60辑。

帮助他回到太原，博瑞智以民航队不愿牺牲一架飞机为辞婉拒，阎锡山提出购买一架飞机，博瑞智又说不愿因降落而牺牲一位飞行员，时年65岁的阎锡山于是又提出以降落伞空降太原……阎锡山后来在回电中说：因事被阻，不能与大家共同保卫太原，是此生最大的遗憾。

我在张增庆、董培良所撰《跟随阎锡山飞离太原以后》[1]一文中，还看到这样的字句：

> ……到台北后，阎锡山即请蒋介石出山主政，坚辞行政院长之职，被蒋慰留为总统府资政，直至1960年5月去世。阎锡山在辞职前，先妥善安排了我和张逢吉，他出具证明让"考试院"发给我私人开业行医证，并帮我批了土地，修建了一幢私人开业行医和居住的小楼，从此我和他也就成为朋友故交了。

阎锡山是很会笼络人心的。侍从医官张增庆、秘书长李蓼源、被阎锡山收编留用的日军军官城野宏等人，都曾受过阎锡山"君恩浩荡"。吃了人的嘴软，拿了人的手短，在无违亲历事实的基础上，"横看成岭侧成峰"，为阎作些"视角不同"的辩护，也在情理之中。然而，会演的不如会看，会说的不如会听。心机再深，也有露出蛛丝马迹的一瞬。

阎锡山信誓旦旦的"杀身成仁"，究竟是在作秀还是确实出于信念？几十年来，人们各执一词争论不休。

李维新在《解放前夕各阶层思想动态拾零》[2]一文中，记载了阎锡山这样的细节：

> 阎锡山把一贯道的扶乩生王某请到家中扶乩。乩语是一首诗："市中有虎费人猜，虎生两翼天上来。鸿雁不知何处去，晋阳城里笑颜开。"有人传出隐语是贵人自有天相，陈纳德的飞虎队将飞临太原，为困境中的阎锡山解围。

阎锡山一向迷信，曾说过这样的话："不可迷信，亦不可迷不信。"阎锡山在1947年1月1日的日记中还记了这样一句话："立国：戊戌立宪，万世帝王。丙

【1】张增庆、董培良：《跟随阎锡山飞离太原以后》，《文史月刊》2004年第2期。

【2】李维新：《解放前夕各阶层思想动态拾零》，《山西文史资料》第61、62辑合刊。

午立宪，国破家亡。立国不敢失时。适时放火亦理长，落后点灯亦理短，为政不敢违时。"民间有话："心神不定，打卦算命。"从阎锡山的扶乩算命，颇能反映出他彼时彼地的矛盾心态。

在阎锡山河边旧居，我还听到这样一个说法：在那段时间，"阎锡山通过在南京的山西老乡，任国民政府考试院院长的贾德春和辛亥革命始就一起共事的同事、陆军大学校长徐永昌等人向代总统李宗仁说项活动，推荐阎出任行政院院长，以借机离开太原"。

刘存善在《阎锡山传》一书中，对阎锡山那一时刻的心态情绪，有这样一段意味深长的描绘：

形势越来越紧张，一向老成持重的阎锡山一反常态，见人就发脾气，批公事就骂人。没有什么重要公事，连高级官员也躲着不愿去见他。3月29日中午下班之后，阎锡山的高干和组政军教经各方面的负责人，以及第十九军军长曹国忠、第三十三军军长韩步洲、第三十四军军长高倬之、第四十三军军长刘效曾、新任第三十军军长戴柄南，突然接到阎要召开紧急会议的通知。2时左右，人员到齐。阎锡山来到会场，满脸笑容，一腔和气，随即让秘书长吴绍之宣读李宗仁的电报："和平使节定于月杪飞平，党国大事，待诸我公前来商决。敬请迅速命驾。如需飞机，请即电示，以便迎迓。宗仁。（3月28日）印。"

电报念完后，阎锡山让大家发表意见。有人希望和平能够实现，有人要求解放军退出太原周围几十里之外。阎锡山最后说："这次赴京开会，也许三天五天，也许十天八天，等候和平商谈有了结果，我就回来。"会议不到半小时，梁化之催促起身，阎遂乘车赴河西圪缭沟机场腾空而去。到机场送行的只有梁化之和阎慧卿。阎慧卿是阎锡山的近亲中唯一留在太原的人。阎锡山没有带任何官员，只有侍从长张逢吉、生活副官孔庆祥、医官张增庆，还有理发员和卫士等六七人。

从阎锡山情绪落差如此大的急剧变化中，我们对这个喜怒无形于色人的心理潜台词有所解读。李宗仁的电报，大概正好是瞌睡给了个枕头。刘存善在此用了两句诗文："鱼儿脱却金钩去，摇头摆尾不复回。"

还有这样一个细节可以作为佐证：阎锡山在飞临南京之前，已先期安排他的老助手、太原绥靖公署副主任杨爱源到上海清理山西财产，转运台湾。看来，阎锡山未雨绸缪用心之深，对"后事"早已有了考虑。李宗仁的电报，只是为阎锡山提供了顺坡下驴遮人耳目的借口。

也许客观地说，阎锡山两害相权取其轻，确也曾悲壮地做好了"杀身成仁"的准备。但俗话说：慷慨捐躯易，从容就义难。在战场上，杀得眼红，说死就死那是一瞬间的事；而自主选择赴死难，有着漫长的思考与掂量，有着生的种种可能和机会。"千古艰难唯一死"，当真正面临生死悬于一线，是"留取丹心照汗青"还是"好死不如赖活着"？人往往面临哈姆雷特式"活着还是死去"的生命取舍两难之境。人禁不住会转念一想，强烈的求生欲望，往往使人违背初衷临阵又当了"逃兵"。

《尚书》中有句名言："人心惟危，道心惟微，惟精惟一，允执厥中。"人都是凡夫俗胎，胸臆中总有两颗心，一个叫人心，一个叫道心。人心本能七情六欲，道心理智追求理想信念。两者之间，时时刻刻在那里做着生死搏杀。是人心战胜道心，还是道心战胜人心，往往就在人的一念之间。

雨果有一句被人频繁使用的名言：有一种景象比海洋更壮观，那就是天空；有一种景象比天空更壮观，那就是人的内心世界。人的内心世界，是一座扑朔迷离的迷宫，是一个揣摩不定的斯芬克司之谜，是一道难解的哥德巴赫猜想。

莫言牺牲为壮志

阎锡山曾豪迈地说过这样一句话："昔日田横五百壮士，壮烈牺牲，我们有五百基干，要誓死保卫太原，不成功，便成仁。"

阎锡山所称"五百基干"，是指从"同志会"里挑选的精英骨干。最初称为"同干"，即同志会的基本领导骨干，后来改称"基干"。这些"基干"一部分是阎亲自指定，一部分是由高干推荐，一部分是从同志会先锋队中产生。经过多年的筛选，最后有近700名。

阎锡山宣称要向希特勒的经验学习，用党卫军先锋队等组织来约束部属。他

作者在太行山

把"民族革命同志会"置于军政所有部门之上，统称各个部门为"组政军经"。在专区和县设立"组政军经统一行动委员会"，以负责组织工作的人员为主任委员。也就是把军事、政治、经济都置于组织的领导之下。阎锡山让部下不要称其什么司令长官和其他官衔，而称其为"会长"。把党派上升为教会组织。

在《阎锡山统治山西史实》一书中，记载有这样的段落：

阎锡山用"山山铁血团"控制军队。

"山山铁血团"原初叫"三三铁血团"。因为首批参加的人，每人要介绍三人参加。后有人出于讨好阎的目的，建议改叫"山山铁血团"，以寓阎锡山控制山西之意。但这一名称只能眼看心记，不能说出口，更不能告诉任何人，否则即以纪律制裁。

守约上五言四句："铁血主公道，大家如一人，共生死利害，同子女财产。"

誓词："誓以至诚，亲爱团结，用铁、血拥护会长阎百川先生……以生命付诸组织，与组织共存亡……"

纪律：犯下列各条纪律之一者处死：一、脱离组织背叛组织者；二、阴谋破坏组织者；三、不服从组织决议及指示者；四、泄露组织秘密者；五、有诬蔑会长之言论和行动者；六、污蔑同志破坏亲爱团结者；七、不积极努力工作致组织受重大损失者；八、犯烟赌赃欺之一者。

这些条款得到阎首肯后，1939年11月15日夜间，在阎锡山家里举行了铁军组织的成立仪式。阎锡山与王靖国等十三名发起人环跪在地，痛哭流涕；然后各自用针刺破指头，在一块白绢上用血来写守约。之后，他们又跪在阎锡山面前宣誓，并自读纪律，在自己名字下面盖上血手印。然后，阎锡山叫出他的老婆和儿子与大家相见。阎一面与宣誓人握手表示亲切，一边介绍说："这是你某某叔叔，你们给行礼，咱们已成了一家人了。"最后大家在一起吃了一顿饭，交杯换盏，猜拳行令，表现出欢乐的气氛。

李维岳在《阎锡山的铁军组织——山山铁血团》[1]一文中，记载了加入组织的宣誓仪式：

> 宣誓时都在深夜，先把阎院子里的卫士撤到门外，由第一层的几个人代替，介绍人也参加。有的把门，有的守路。然后由王靖国引导宣誓人到阎锡山的住室。室内正面墙上挂着阎的肖像，靠墙放着一张短腿小长条桌，桌上燃着两支红蜡烛，并放着守约和纪律，前面铺着红垫子。桌旁摆着一把椅子，阎锡山坐在上面。另一旁站着司仪王靖国。宣誓人进室后，先向阎行个90度的鞠躬礼，向前走三步，跪在红垫子上，开始背诵纪律，表示决心。再用预带的针，用右手刺破左拇指，在纪律最后自己的名字下盖上血印。阎锡山开始指着红绸上的"铁血山山团"五个字说："看在眼里，记在心上，不准说出口来，如果你听到有人说，你就把他打死，你要说出，组织上就要处置你，父母妻子也不能告知。"宣誓人立起，阎同宣誓人握手，同时说几句鼓励的话。宣誓人退后三步，再向阎行鞠躬礼，向后转，走出房子，才算礼成。

阎锡山为培养他的"基干"可谓殚精竭虑，所以对他的"基干"寄予了厚望，把他的"五百基干"比作历史上的"田横五百壮士"。

"田横五百壮士"之典故，发生于"城头变幻大王旗"的秦汉改朝换代之际。司马迁在《史记·田儋列传》中记载：刘邦灭掉项羽，自立为皇帝，封彭越为梁王。田横（曾与堂兄田儋起事，自立为齐王，与刘邦、项羽一起逐鹿中原。田儋战死后，他继位为王）怕被杀，就跟他的部下五百多人退入海岛。汉高祖闻讯后，觉得田横兄弟久居齐地，齐国的贤德之人大多归附于他，现在居海

【1】李维岳：《阎锡山的铁军组织——山山铁血团》，《山西文史资料》第6辑。

岛，要是不降服这伙人，恐遗后患无穷。于是派使者去宣布赦免田横的罪并召他回来。还晓以利害：只要归顺，大则封王，小则封侯；如果不归顺，就发兵讨伐他。田横怕自己牵累其他人，就和两个侍从应命赴洛阳。田横在离洛阳三十里处停下，对两个侍从说："我当初和刘邦'俱南面称孤'，现在汉王当了天子，而我却'亡虏而北面事之'，还有比这更大的耻辱？！""遂自刭"。两个随同田横一起赴洛阳的侍从，"既葬，二客穿其冢旁孔，皆自刭"。其余五百人"闻田横死，亦皆自杀"，也都相继"蹈海"，把大海作为他们的墓场。这个海岛后来就叫作"田横岛"。

太史公在《史记·田儋列传》中称赞道："田横之高节，宾客慕义而从横死，岂非至贤！余因而列焉。不无善画者，莫能图，何哉？"太史公从田横和五百壮士的故事里总结出高节与义气。田横与五百壮士的故事，成为几千年封建史上，讴歌"士为知己者死"或"宁为玉碎，不为瓦全"的典范。

田横与五百壮士可歌可泣的故事，成为古今历代文人墨客笔下不竭的创作主题。"文起八代之衰"的韩愈，留下充满赞誉之辞的《祭田横墓文》。收复台湾的郑成功在《复台》一诗中写道："……田横尚有三千客，茹苦间关不忍离。"现代文学家郁达夫亦有诗云："万斛涛头一岛清，正因死士忆田横。"叶剑英元帅在同学录誓言中写道："成则周武三千，败则田横五百。"陈毅元帅有诗称："鲁连不帝秦，田横刎颈死。"1954年陈毅还在《初游青岛》一文中写道："其后有田横，抗汉鲁之顽。从义五百人，立懦而廉贪。"田横精神已成为义勇气节的象征。

大画家徐悲鸿用两年的时间，画出了他的代表作《田横五百壮士》巨画，把自己的五官相貌"移植"到画中五百壮士之一的脸上。田横精神在国共两党相争之际，成为重庆《新华日报》和延安《解放日报》的推崇精神。田横在日本也颇受尊崇，被奉为"武士道精神"的楷模。

"罢黜百家，独尊儒术"的炎黄传统文化，把孙子兵法中的"胜败乃兵家常事"，偷换成"不成功则成仁"的儒家文化！

张珉在《阎锡山堂妹阎慧卿和太原五百完人》一文中，记述了国民党败退台湾后，对梁化之、阎慧卿等人"杀身成仁"行为的宣扬和祭奠：

国民党政权逃往台湾后，根据"立法委员"吴廷环等36人的提议，"行政院"拨款新台币20万在台北圆山建立"太原五百完人成仁招魂冢"，除招魂冢外，还修建了牌坊、碑坛、祭堂等建筑。1951年2月19日全部建筑完工后，国民党政府举行了落成典礼，蒋介石率军政官员集体致祭并颁赠了匾额。

1951年，台北圆山，"太原五百完人成仁招魂冢"在这里落成，蒋介石赠"民族正气"、蒋经国赠"齐烈流芳"匾额，阎锡山题"先我而死"的冢匾并撰写了碑文和祭文。这座招魂冢纪念的是国共内战期间自杀于太原的阎锡山部下，在这份多达五百人名单里，排在第四位的是阎锡山的堂妹，她的名字叫阎慧卿。

……

阎锡山在祭文中写道：梁化之等人"杀身以成仁也"，其"誓生不与之两立，死不与之觌面，战至由巷而院，力尽物竭，集体自杀而焚其体……此生可谓得其结果而无憾矣！"阎锡山还撰写了"太原五百完人歌"，全文如下："民族有正气，太原出完人；海天万里招忠魂，歌声悲壮动三晋。何以为完人？生而能杀贼，死而不留身，大节凛然表群伦。谁能为完人？男学梁敦厚，女学阎慧卿，死事壮烈泣鬼神。赴汤蹈火全忠贞，救国救民重死生；五百完人齐尽节，太原今日有田横。民族有正气，太原出完人；日月光华耀国门，万古流芳美名存。"阎锡山亲手将他的部下送上了不归之路，此时又为他们唱上一曲挽歌来安慰他们的灵魂。

五百壮士为田横殉义，演变为"田横"为殉义的五百壮士立碑招魂。大概这正是历史的诡谲之处，说来竟有点荒诞不经的嘲讽意味了。

身陷绝境的孤军，究竟是应该坚持自己的政治信仰、保持军人的气节而宁为玉碎不为瓦全，还是应该以普通士兵与黎民百姓的宝贵生命为重而寻求和平？

有一种说法：在解放军发动总攻的4月23日中午，阎锡山终于发来电报："五人小组：太原守城事，如果军事没有把握，可以政治解决。"这也就是说，允许投降。当时阎锡山的电报均由梁化之亲译，24日上午9时许，梁化之自杀之后，这封电报才由梁化之副官的妻子赵佩兰发现并交给吴绍之，吴绍之为此慨叹道："就因拖延了这么几个钟头，竟把和平解放变成了投降。"

还有一种说法：阎锡山在4月23日午夜，以留沪基干会的名义发来电报："万一不能支持，可降；唯靖国、化之两人生命难保。"高干们传阅电报后，无人表示意见，梁化之看后，面色惨白，两手冰冷，薄毓相握住他的手说："你太累了，休息一会吧。"梁化之惨笑无语。谁都知道，太原的守或降，主要取决于梁化之与王靖国。孙楚私下里说，老汉表面说是可以投降，但其实还是想让我们死守到底。

两封电报大同小异，都真实地反映了阎锡山的矛盾心理：他既不能对生命过于漠视，又希望能完成他心中的"涅槃"。所以，非常了解阎锡山心理的梁化之、王靖国这些"基干"们，尽管阎锡山下达了允许投降的命令，但仍一直拼死抵抗到解放军攻入绥靖公署。

1949 年 5 月 18 日，章士钊和邵力子在写给李宗仁的一封长信中，对阎锡山死守太原的举止，这样评价它的功过是非："夫阎君不惜其乡人子弟，以万无可守之太原，已遁去，而责若辈死绥，以致城破之日，尸与沟平，屋无完瓦，晋人莫不恨焉。"

广仁在《田横五百死士：像流星一样照亮夜空》[1]一文中，论述了人性与"大义"的悖论：

> 田横临死前的一番话至为悲壮，堪与伍子胥的"此头须向国门悬"相提并论。不管是什么理由促使田横做出了最后的抉择，他的这种决心代表了那个时代人们推崇的一种生命价值取向的观念。那时人们也会认为生命诚可贵，但比生命价更高的，不是爱情，也不是自由，而是义。孟轲曾经提出，当生与死、义与利二者不可得兼的时候，仁人志士的选择应该是舍生取义。然而真正的舍生取义，历史上几人能够？
>
> 田横对归顺刘邦最大的顾虑就是他曾以酷刑杀害了郦食其。郦食其堪称张良第二，屡屡以奇谋良策为刘邦立下汗马功劳。田横当然有理由怀疑品行并不好的刘邦会如何摈弃前嫌来"善待"自己，更别说将来同殿为臣时要面对郦商眼里不断投射过来的仇恨。鸟尽弓藏的事情后来果然发生了，若干年后彭越竟被以谋反为由剁成肉酱分送给各地诸侯。彭越后来的遭遇足以证明田横的忧虑是正确的。
>
> 在对田横和五百壮士故事感佩之余，现代人也许会多了一层疑问。中国向来不缺乏慷慨悲壮的英雄。高风亮节、视死如归之士古来多有。但中国一直缺乏另外两类英雄，一类是为寻求真理和社会进步殉道的英雄，另外一类是平凡的坚韧

【1】广仁：《田横五百死士：像流星一样照亮夜空》，《当代人·下半月》2010 年第 9 期。

如圣徒般的平民英雄。这两种英雄行为在历史上既不为人称颂，也不为人效仿。

正如顾准先生所言，中国"好像只有一个类型，文天祥、史可法之类，而这已是中国专制政治到了末日时候的从容就义。不是社会上升进步中的殉道精神与自我实现了"。而缺少"像布鲁诺那样宁肯烧死在火刑柱上也不愿放弃太阳中心说"的追求真理和自由的英雄，这不能不说是一种遗憾。

"田横五百人安在，难道归来尽列侯？"如果田横他们当年选择了活下去，他们最终会有怎样的一个结局呢？

这是一个令人有些绝望的思考！历史也许已经给出了答案，历史也许从来就是用血写成。

存在主义的先驱哲学家克尔凯郭尔在《恐惧与颤栗》一文中说："人类最高的激情就是信仰"，并进而说："信仰是一种何等可怖的悖论"。"这个悖论居然能将谋杀变成让上帝开心的圣举"！

文天祥在《过零丁洋》中，所表达为信仰献身的精神让人血脉贲张。诗的起首一句："辛苦遭逢起一经"，让人感受到"信仰的力量"。文天祥将自己"虽九死而不悔"的视死如归的豪迈精神归之于寻找到了"一经"，"一经"找到，就"砍头不要紧，只要主义真"。这个"经"具有怎样的魔力？而对信仰的追求又怎么能施展出如此大的伟力！

"忠义"遭遇"主义"的拷问！"主义"又遭遇"人性"的颠覆！

娘子关扑朔话女权

娘子关扯出的历史谜团

2011年8月23日，山西作家太行采风团来到娘子关。

娘子关位于河北、山西两省交界处，最早为春秋战国时期中山国所建的长城关口之一；隋开皇时曾在此设置苇泽县；唐朝设立承天军戍守处，唐大历年间修建"承天军城"；宋代建"承天寨"；明代为"承天镇"；清代增建"固关营"。是太行山上内长城的重要关隘，有万里长城第九关之称。

娘子关是连接晋冀的咽喉，得娘子关者，西退可扼守三晋，东进则逐鹿中原，为历代兵家必争之地，两千年来风雨沧桑历经无数战役：唐建国之初，唐高祖李渊与窦建德、刘黑闼争天下，娘子关曾几度易手；唐长庆元年（821年），成德节度使王庭凑叛唐，宰相裴度亲自督师出娘子关讨伐；光化二年（899年），朱温部将葛从周从井陉关攻河东，首战就是打败承天军，攻占娘子关；五代后晋末年，河东节度使刘知远在晋阳称帝，不久，契丹兵灭后晋从开封北归，假道恒州袭击承天军，占据了娘子关，后刘知远又把它收复；秦末韩信灭赵走的是娘子关这条路；明末李自成的农民起义军出井陉关长驱直捣北京推翻了明王朝的统治，走的还是娘子关这条路线；其后，八国联军侵华战争中，最激烈的战斗就是发生在山西娘子关一线，清军将领刘光才、李永钦指挥忠毅军武功、晋威各营，自光绪二十六年十月至光绪二十七年二月，凭据娘子关之险，连续击败德法联军的多

次进攻；再其后，抗日战争时期，阎锡山组织的娘子关保卫战和彭德怀指挥的百团大战也都发生在此……

娘子关现存关城为明嘉靖二十一年（1542年）所建。有东、南关门两座和长约650米的城墙。东城门为砖券门洞，又称外城门，门洞上方镌刻"直隶娘子关"五字。南城门，也称内城门，下为砖券，上为门楼，复檐悬有"天下第九关"匾额，门洞上方额书"京畿藩屏"四个大字。城楼建于门洞之上，称"宿将楼"，石柱上镌刻有两副楹联："雄关百二谁为最，要塞三千此并名"；"楼头古戍楼边寨，城外青山城下河"。娘子关古城依山傍水，居高临下，确有一夫当关，万夫莫开之势。雄关门前仅有一条四十五度的石坡可通行，为著名的燕赵古道。

导游小赵向我们介绍着娘子关一名的由来："娘子关历史悠久，古称苇泽关。据传说，唐高祖李渊的三女儿、唐太宗李世民的妹妹平阳公主，曾率娘子军在此设防、驻守，故改名娘子关。……大家顺着我手指的方向看，看到没有？那座石砌高台，传说是平阳公主的点将台。据说，平阳公主在娘子关任帅期间，常常身不离鞍，手不离刀，表现异常勇敢，就在她与柴绍将军结婚以后，仍不忘军中生

娘子关风景

活。……还有承天寨、老君洞、烽火台、避暑楼等十多处景点，传说都为当年平阳公主驻防时所建。平阳公主是中国历史上有名的女中英杰，娘子关与她的英名共存，一直延续到今天。"

在导游小赵的解说过程中，发生了一个争执：

导游小赵说："……617年，唐高祖李渊在太原起义反隋，平阳公主与老公柴绍就一起起义了。平阳公主的婆家是陕西户县的，她在家乡变卖了所有家产，招兵买马，来到了咱们娘子关，就是这个苇泽关，以它为屏障，固守山西门户。从617年起义到623年去世，短短七年时间，平阳公主就拥兵七万，个个英姿飒爽，英勇善战，号称是娘子军……"

此时，一直在一旁认真听着讲解的散文家乔忠延插话说："小赵，咱们交流一下，据我所知，平阳公主的婆家不是户县。"

导游小赵肯定道："是陕西户县。"

乔忠延："那怎么是平阳公主呢？"

导游小赵有些疑惑了："在咱们娘子关镇上有记载，要不，她的娘家是陕西户县？"

乔忠延："婆家人是在陕西的户县居官，婆家在哪呢？就在平阳府，所以她嫁给平阳府的柴侯（柴绍），李三娘才变为平阳公主。我就是平阳人，你们那个地方志上的记载是错的。李三娘起事的时候，就是从长安到了户县，把农民起义军的几支力量合到一起，组成了这支娘子军。"

乔忠延的质疑，扯出了一个历史的谜团。

战争让女人走开

平阳公主作为中国历史上第一个统帅领兵的巾帼英雄，又贵为皇家血脉，理应名垂青史。然而实际上，在史籍中却连个名字也没留下。

著于五代后晋的《旧唐书》没为平阳公主专门列传，只是附于驸马柴绍的条目下："平阳公主，高祖第三女也，太穆皇后所生"。点明平阳公主是唐高祖李渊的第三女，与太子李建成、后来的唐太宗李世民是一母同胞。此后的叙述中，都是用一个"柴氏妇"替代了"尊姓大名"。著于北宋年间的《新唐书》记载："平阳昭公主，太穆皇后所生，下嫁柴绍。"一个"下嫁柴绍"，隐喻了男尊女卑的地位，似乎平阳公主是因了柴绍名列凌烟阁开国二十四功臣之十四，才"夫贵妻荣"地沾了丈夫的光。《资治通鉴》上司马光干脆一个"李氏"蜻蜓点水，根本无心无意去考证平阳公主叫什么名字。弄得后人提到平阳公主，或称其为"李三娘"，或称之为"李将军"。连写武侠小说的名家黄易也只好给她胡乱起了个名字叫李秀宁，也不知是有所史实依据还是作家的臆造想象？

平阳公主是唐高祖李渊的女儿，当然姓

娘子关原名"苇泽关"因唐代李渊之女平阳公主驻以重兵把守关口，故名"娘子关"。她在娘子关驻守期间，人们生活安居乐业，主要是靠种地、捕鱼为生、她领士兵开辟了自己的土地（现在的石榴园），让士兵们有了一个休生养息之处。每到秋收季节军民团结在一起分享收获的喜悦。

娘子关上的介绍

李。可是她的芳名叫什么，正史上不予记载。中国史书对待女子的态度，到唐后五代为之一变。五代以前，虽说汉武帝确立了"独尊儒术"的国策，但女子还未完全沦入"在家从父，出嫁从夫"的附属地位。史书上多半会留下她们的名字。但到宋朝盛行程朱理学之后，女子的地位每况愈下，姓名就不再公开记录在史册中了。越是尊贵的女子越是如此。反而是所谓的"女贼"，在史书上往往被直呼其名。

平阳公主不仅名字搞不清楚，连年龄也是一笔糊涂账。史载说她是唐太宗的妹妹，那么其父李渊起兵时，她仅芳龄二八，即16岁，这样一个妙龄少女，能在万军丛中横刀跃马纵横驰骋？于是后人推测她应该是太子李建成的妹妹、唐太宗的姐姐。这样在李渊起兵时她是20~26岁之间，还勉强说得过去。

《旧唐书·卷五十八》载：唐高祖"微时"，即还没有发迹当皇帝，还在为隋朝镇守太原时，就把第三个女儿嫁给"矫捷有勇力"，"任侠闻名于关中"的柴绍。柴绍是"晋州临汾人"。晋州临汾即今山西临汾，汉时称平阳。由于隋朝是杨姓，杨阳发音近似，隋朝认为不吉利，改为临汾郡。唐高祖太原起兵，即改回平阳郡，表明了坚决反隋的意图。至于封三女为平阳公主，那是唐高祖克长安称帝后的事了，为什么封为平阳公主，其中是否寓含了她在反隋平杨的战争中立下了卓著功勋，那就不得而知了。平阳公主的婚事是父亲李渊一手操办的，平阳公主的丈夫柴绍是一位武将，当时是"隋元德太子千牛备身"，所以婚后，平阳公主就"嫁鸡随鸡嫁狗随狗"地随丈夫柴绍定居长安城。

唐高祖太原将举义兵，"遣使密召之"，一时间柴绍有些进退两难。柴绍与平阳公主商量："尊公将扫清多难，绍欲迎接义旗；同去则不可，独行恐罹后患，为计若何？"平阳公主深明大义，劝说夫君："君宜速去。我一妇人，临时易可藏隐，当别自为计矣。"其实，平阳公主说此话时心中也未必有底，只是为了宽柴绍的心，不愿让自己成为夫君的牵挂拖累。

柴绍离开后，平阳公主"乃归鄠县庄所"，逃避隋王朝的捕捉。回到鄠县（今陕西户县）的李氏庄园，女扮男装，自称李公子。"遂散家资"，招兵买马，以呼应父亲唐高祖。当时天下大乱，长安虽然还掌握在隋朝手中，但周围的州县是群匪蜂起。其中最大的一股"胡贼何潘仁聚众于司竹园，自称总管"，手下聚有几万人马。平阳公主派家僮马三宝前去游说何潘仁归降，说得势力远远超过平阳公主的何潘仁居然甘居女流之辈手下。随后，又说得"群盗李仲文、向善志、丘师利等，各率众数千人来会"，一时队伍壮大到七万余人。这是个什么概念？当年其父李渊镇守太原，也不过统兵一万。唐太宗李世民渡黄河攻长安，也不过率兵数千。可以想象：平阳公主收编的这帮人马都是杀人不眨眼的强盗，各个山头的首领又都是"老大不尿老二"的角色，如果没有几分真本事，就是男人也镇不住他们。平阳公主怎么就能把这么一支"乌合之众"，在短时间内收编改造成一支能征善战所向披靡的劲旅？平阳公主的凝聚力和影响力由此可见一斑。《旧唐书》载："每申明法令，禁兵士，无得侵掠，故远近奔赴者甚众。"平阳公主的异军突起，引起了隋朝的惶恐不安，"时京师留守频遣军讨公主"，但平阳公主凭借自己高超卓越的军事才能，每次都把清剿之敌打得丢盔卸甲。平阳公主不断扩大战果，"掠地至鄠屋[1]、武功、始平，皆下之"。所以当李世民渡黄河从河东来到陕西时，"遣绍将数百骑趋华阴，傍南山以迎公主。时公主引精兵万余与太宗军会于渭北"，当堂堂武将的夫君柴绍，仅引数百骑与统帅数万精兵的娘子会合之际，脸上可有羞赧之色？谁说女子不如男！这些史书上当然不会提及，只说"与绍各置幕府，俱围京城，营中号曰：娘子军"。在此后攻克隋都长安的战斗中，平阳公主无疑是立下了汗马功劳。《旧唐书》记载："京城平，封为平阳公主，以独有军功，每赏赐异于他主。"

此段史实在《旧唐书·高祖本纪》中变成了另一副模样："柴氏妇举兵于司竹，至是并与太宗会。鄠县贼帅丘师利、李仲文，鄠屋贼帅何潘仁等，合众数万来降。"《资治通鉴》上说得与平阳公主的经历就更矛盾百出了：何潘仁、李仲文、向善志及关中群盗"皆请降于渊，渊一一以书慰劳授官，使其各居其所，受敦煌公世民节度"。构成平阳公主"娘子军"主力的何潘仁、向善志、李仲文、丘师利等部，早就为平阳公主所收编，怎么到这时才又"合众数万来降"，"皆请降于渊"？

【1】鄠屋，zhōu zhì，县名，在陕西省，今作周至。

又怎么均"受敦煌公世民节度"，成了李世民的部属？也许可以说李渊是唐军的最高统帅，归降平阳公主就是归降李渊？这也还说得过去，那么在《旧唐书·太宗本纪》中的记载："太宗自趣司竹，贼帅李仲文、何潘仁、向善志等皆来会，顿于阿城，获兵十三万。"归降李渊的人，又变成"贼帅李仲文、何潘仁、向善志等皆来会"李世民，看来历代史官为了颂扬唐太宗的武功文治，"贪天之功为己有"，把平阳公主的功劳都记到了唐太宗的身上。司马光的《资治通鉴》也沿袭了这一说法："及渊济河，神通、李氏、纶各遣使迎渊，渊与神通为光禄大夫，子道彦为朝清大夫，纶为金紫光禄大夫，使柴绍将数百骑并南山（非渭北）迎李氏。"

自此，平阳公主的红颜风采完全遮蔽在敦煌公唐太宗李世民的神圣光环之下。平阳公主就此在以后的史籍中销声匿迹了。

直到武德六年（623年）二月初，史书上才突如其来地记了一笔平阳公主的死讯。而之所以会记上这一笔，主要还是由于她的葬礼与众不同。《旧唐书》记载："六年，薨。及将葬，诏加前后部羽葆鼓吹、大辂、麾幢、班剑四十人、虎贲甲卒。"唐史载明：平阳公主是以隆重军礼下葬。平阳公主年纪轻轻，怎么就猝然死了？史书上没有记载，只是后人分析：平阳公主之死，可能有两种情况：一种可能性是在与突厥作战时身亡。当时中国内乱，北方突厥经常犯边侵扰，山西正是突厥经常袭击掠夺的地区。另一可能性是在消灭刘黑闼作战时身亡。622年11月，李渊派李建成统兵讨伐刘黑闼，开始双方互有胜负，直到12月25日才将其彻底击溃。平阳公主驻守的娘子关正当咽喉，当然会首当其冲，所以死在此役中也属顺理成章。再则，时间上也吻合：如果死于此役，其尸体运回长安差不多要半个月，又由于公主身份，下葬的准备工作也差不多半个月。

我想，作为巾帼英雄的平阳公主英年早逝，一定死得轰轰烈烈，所以唐高祖李渊才会用军人的最高礼仪为她下葬。但究竟如何死，史书上却没记载。只对她的葬礼记载这么一句："太常奏议，以礼，妇人无鼓吹。"认为用军礼为一个女人下葬，破坏了儒家尊卑有序的规矩。最后还是唐高祖拍板："鼓吹，军乐也。往者公主于司竹举兵以应义旗，亲执金鼓，有克定之勋。周之文母，列于十乱；公主功参佐命，非常妇人之所匹也。何得无鼓吹！"为一个女流之辈用"军乐鼓吹"

太行山风光

固然破例，但难道像平阳公主这样的人物，不也是史无前例吗？"遂特加之，以旌殊绩；仍令所司按谥法'明德有功曰昭'，谥公主为昭。"

中国的史籍一向看不起女人，尤其看不惯带兵的女人，被称之为"牝鸡司晨"。古籍都是历代大儒们笔下的产物，平阳公主的事迹大概就是这样湮没在历史的尘埃之中。这倒正应了现代那个流行词："战争让女人走开"！

以我之目力所及，在任何正史典籍中，没看到有关平阳公主镇守娘子关的记载。

娘子关传说的另一版本

导游小赵还向我们介绍了娘子关名来历的另一传说："你们看，关下的这条河流，我们把它称之为绵河。如果你对地方志有所了解，自然而然会联想到绵山。介休也有绵山，介休的绵山是因介子推的寒食节而得名的，咱们的这座绵山是因为介子推的妹妹介山氏，从介休来到咱们娘子关，砍柴百日，于第二年燃火自焚。咱们为了纪念她，就把这座山也叫作绵山了。是兄妹绵山，是兄妹关系。唐朝时山上建有一座妒女祠，就是祭祀介子推妹妹介山氏的。传说凡有妇女穿着艳丽的妆饰经过，必然雷电交加，所以人称之为妒女。现在这座妒女祠已荒废，当年唐人所立'妒女颂碑'，也移到山西省博物馆收藏。后来人们可能觉得叫妒女祠不好听，改为娘子庙。这就又和咱们的娘子关发生了联系……"

《平定州志》载："绵山，在州东九十里娘子关古城东，绵水出焉。"《魏书》记载："北魏时置关，唐设承天军，苇泽关前泽发水上在唐代大历年间建有妒女祠，妒女，介子推之妹。介子推之妹介山氏觉得兄长不应当要官图报，于是就在冬至后百五日寒食节这天积薪炽火，以变其寒食习俗，故称之为妒女。"南朝梁任昉所撰《述异记·上》载："并州妒女泉，妇人不得艳妆彩服其地，必兴云雨，一云是介子推妹。"清朱彝尊在《平定州唐李谭妒神颂跋》中称："斯关以娘子关称，殆因神而名之也。"可见导游小赵的讲解是言出有据。

我一直迷惑不解：介子推不任晋文公之官，避之而被焚绵山，为纪念"粪土当年万户侯"的这一高洁之士，人们设立了"寒食节"，到此日，人们熄火吃冷食，以表沉痛心情。对此，你作妹妹的何妒之有？要燃柴自焚，移风易俗把寒食节并入清明节？

介山氏的传说是由介子推的典故引出。

关于介子推与寒食节的渊源，在各种古籍中多有记载：最早见于西汉桓谭《新论·卷十一·离事》，后陆续载于《后汉书·郡国志·太原郡》、《后汉书·周举传》、曹操《明罚令》、《晋书·石勒传》、郦道元《水经注·汾水》、北魏《齐民要术·煮醴酪》、南宋周密《癸辛杂识》、元代陈元靓《岁时广记》等典籍。为了阅读方便，我取文白杂言的《东周列国志》来讲述。

《东周列国志》第三十一回写了晋文公重耳逃亡期间的一段往事：

> 再行十余里，从者饥不能行，乃休于树下。
> 耳饥困，枕狐毛之膝而卧。狐毛曰："子余尚携有壶餐，其行在后，可俟之。"
> 魏犨曰："虽有壶餐，不够子余一人之食，料无存矣。"众人争采蕨薇煮食，重耳不能下咽，忽见介子推捧肉汤一盂以进，重耳食之而美，食毕，问："此处何从得肉？"
> 介子推曰："臣之股肉也。臣闻：'孝子杀身以事其亲，忠臣杀身以事其君。'今公子之食，臣故割股以饱公子之腹。"

重耳垂泪曰："亡人累子甚矣！将何以报？"

子推曰："但愿公子早归晋国，以成臣等股肱之义，臣岂望报哉？"

髯仙有诗赞云：

> 孝子重归全，亏体谓亲辱。
>
> 嗟嗟介子推，割股充君腹。
>
> 委质称股肱，腹心同祸福。
>
> 岂不念亲遗？忠孝难兼局！
>
> 彼哉私身家，何以食君禄？

这就是介子推"割股事君"典故的由来。《东周列国志》第三十七回记载了晋文公重耳复位后论功行赏的情节：

> 晋侯大会群臣，论功行赏，不见子推，偶尔忘怀，竟置不问了。
>
> 邻人解张，见子推无赏，心怀不平。又见国门之上，悬有诏令："倘有遗下功劳未叙，许其自言。"特地叩子推之门，报此消息，子推笑而不答。老母在厨下闻之，谓子推曰："汝效劳十九年，且曾割股救君，劳苦不小，今日何不自言。亦可冀数锺之粟米，共朝夕之饔飧，岂不胜于织屦乎。"
>
> 子推对曰："献公之子九人，惟主公最贤。惠怀不德，天夺其助，以国属于主公。诸臣不知天意，争据其功，吾方耻之。吾宁终身织屦，不敢贪天之功以为己力也。"
>
> 老母曰："汝虽不求禄，亦宜入朝一见，庶不没汝割股之劳。"
>
> 子推曰："孩儿既无求于君，何以见为？"
>
> 老母曰："汝能为廉士，吾岂不能为廉士之母。吾母子当隐于深山，毋溷于市井中也。"
>
> 子推大喜曰："孩儿素爱绵上，高山深谷，今当归此。"乃负其母奔绵上，结庐于深谷之中，草衣木食，将终其身焉。
>
> 邻舍无知其去迹者，惟解张知之，乃作书夜悬于朝门。文公设朝，近臣收得此书，献于文公。文公读之，其词曰：
>
> > 有龙矫矫，悲失其所；
> >
> > 数蛇从之，周流天下。
> >
> > 龙饥乏食，一蛇割股，
> >
> > 龙返于渊，安其壤土；
> >
> > 数蛇入穴，皆有宁宇，
> >
> > 一蛇无穴，号于中野。

文公览毕，大惊曰："此介子推之怨词也。昔寡人过卫乏食，子推割股以进。今寡人大赏功臣，而独遗子推，寡人之过何辞？"即使人往召子推，子推已不在矣。文公拘其邻舍，诘问子推去处。"有能言者，寡人并官之。"

解张进曰："此书亦非子推之书，乃小人所代也。子推耻于求赏，负其母隐于绵上深谷之中，小人恐其功劳泯没，是以愚书代为白之。"

文公曰："若非汝愚书，寡人几忘子推之功矣。"遂拜解张为下大夫，即日驾车，用解张为前导，亲往绵山，访求子推。

……竟不得子推踪迹。正是："只在此山中，云深不知处"左右拘得农夫数人到来，文公亲自问之。农夫曰："数日前，曾有人见一汉子，负一老妪，息于此山之足，汲水饮之，复负之登山而去，今则不知所之也。"

文公命停车于山下，使人遍访，数日不得。文公面有愠色，谓解张曰："子推何恨寡人之深耶。吾闻子推甚孝，若举火焚林，必当负其母而出矣。"

魏犨进曰："从亡之日，众人皆有功劳，岂独子推哉。今子推隐身以要君，逗留车驾，虚费时日，待其避火而出，臣当羞之。"乃使军士于山前山后，周围放火，火烈风猛，延烧数里，三日方息。

子推终不肯出，子母相抱，死于枯柳之下。军士寻得其骸骨，文公见之，为之流涕，命葬于绵山之下，立祠祀之，环山一境之田，皆作祠田，使农夫掌其岁祀："改绵山曰介山，以志寡人之过。"后世于绵上立县，谓之介休，言介子推休息于此。焚林之日，乃三月五日清明之候，国人思慕子推，以其死于火，不忍举火，为之冷食一月，后渐减至三日。至今太原、上党、西河、雁门各处，每岁冬至后一百五日，预作干粮，以冷水食之，谓之"禁火"，亦曰"禁烟"。因以清明前一日为寒食节……

春秋战国时期介子推与晋文公的这段故事，得到了历朝历代文人的传颂：

《庄子》最早予以歌功颂德："介子推至忠也，自割其股以食文公。文公后背之，子推怒而去，抱木而燔死。"屈原在《九章》中也赞颂："介子忠而立枯（指抱树而死）兮，文君寤而追求。封介山而为之禁兮，报大德之优游。思久故之亲身兮，因缟素而哭之。"

《左传》和《史记》二书也均有记述。《左传·僖公二十四年》："晋侯赏从亡者，介子推不言禄，禄亦弗及……遂隐而死。晋侯求之，不获，以绵上为之田。"
《史记》："文公修政，施惠百姓。赏从亡者及功臣，大者封邑，小者尊爵……是

娘子关风光

以赏从亡未至隐者介子推。推亦不言禄，禄亦不及……使人召之，则亡。闻其人绵上山中，于是环绵上之山中而封之，以为介推田，号曰介山。"

诸多经典古籍连篇累牍众口铄金，都认为"介子推不言禄"，成为文人士大夫的典范楷模。于是，淹死了屈原的湖南汨罗江和烧死介子推及其老母的晋中绵山，产生了华夏民族历史上两个最深入人心的纪念性的节令：吃粽子的"端午节"和禁烟火吃冷饭的"寒食节"。

当然，"横看成岭侧成峰"，对介子推的行为，也有不同声音。网友西溪的一篇博文《介子推不言禄吗？》中，提供了认识介子推的另一视角：

说起介子推，恐怕人们都会为他远离功名利禄的悲壮之举而感慨，甚至愤愤不平，被认为是中正不阿、视富贵如粪土的典范，为世人所歌颂。

介子推真的不言禄吗？若将视线从他光芒四射的前身转至后背时，我们会发现，介子推不是不言禄，而是言得很厉害，没有张口说，而是用决绝的叛离在说。

……若完全视功名利禄如土的话，介子推何必诋毁那些加功晋爵的人呢？何必埋怨晋文公？又何苦把这些"鸡毛蒜皮"的小事告诉给自己的老母亲，让老人家分忧呢？

介子推为了撑住自己贤士的面子，把满腔的愤怨压在心底。

既然舍了生命中一些庸俗，何来愤愤？文公没有给介子推爵禄，但也没有降级啊，你介子推还是你介子推，大概不会影响吃饭穿衣，更谈不上心中有什么块垒了，说明，他的内心还是有太多放不下的东西，因为过分在乎，致使他不能够与那些他谩骂为盗贼的人比肩挨身地在朝为官，晋文公罩在他们头上的光环使得介子推心理上严重地失衡了。

为了不失自己所谓风度，介子推不言禄，但他言怨，又不能像个泼妇破口大骂，外在的沉默聚成内心巨大的波澜，此便是介子推不言禄的心态和状况。压抑、郁闷，使他难以承受，最终，他选择了逃避。

再换一个角度想，介子推有因晋文公的不辨真伪好坏而愤然离去的缘故，可若真为晋文公着想，何不把私下里说给母亲的一番心底话谏言给文公呢？若已洞穿文公的狡诈为人，也可以弃官种田去。可能介子推真的不看重封土与爵位，但他确实在意那个虚无缥缈的名气，那个在他心里暗自掂量过无数遍、导致他心灵的天平失衡的东西。

介子推没有向文公告辞，便带着老母亲隐居深山，弄得文公悔恨不已，到处寻找他，那把引介子推出山的大火也没有让他走出山林，他没有以宽阔的胸襟原谅晋文公的错误，最后，他抱树焚身而亡。

在悲叹介子推命运的同时，不禁让人沉思。

试问，介子推在乎功名利禄吗？若说他在乎，但他舍弃了繁华而走向空寂的深山；介子推不在乎功名利禄吗？说他不在乎，可他至死都心存不甘。

中国的文人一向矫情作态：明明心存入仕出相之志，却偏要口是心非地吟诵什么"不知腐鼠成滋味，猜意鹓雏竟未休"，装作无志于功名利禄的大头蒜。

看来，还是妹妹介山氏目光如炬，看穿了哥哥灵魂中的那点小九九："耻兄要君，积薪自焚"，为了自己的那点浮世虚名，竟连自己的老母亲也作为"陪绑"成了殉葬品。所以愤愤不平跑到娘子关下，积柴而焚，昭告世人：不要再相信什么"谁予言高洁，徒劳恨费声"了。

制造假象的哥哥名扬后世，说出真相的妹妹却成为"妒妇"，只留一个"介山氏"呼之，连芳名都未留下。

康有为曾有言："欧美妇女一嫁，即改姓从夫，本身之姓名永不得自立于大地之上，与强国灭人国土而自有之无异。"在西方文化观念中，女性的从属地位，大概是由塑造其文明的基督教即为之确立。《圣经》讲述：女人是从男人身上抽出的一根肋骨，那当然是归属于男性。《圣经》还告诉人们：夏娃和亚当在伊甸园偷尝了禁果，上帝的思维逻辑也认定"女人是祸水"，是夏娃把亚当引入了歧途，于是震怒之下对夏娃发出咒语："我必极大倍地添加你的痛苦，令你多育子女；你的愿望当符合你夫的愿望，而他必当支配你。"基督教的性别观甚至影响到西方最初的立法，根据 17 世纪的英国法律，女性完全处于对男性的依附状态，在婚前受父亲支配，结婚后则成为丈夫的附庸，她的一切法律权利都归丈夫所有。

其实深究之，男女关系的这一模式，岂止是欧美妇女，中国几千年来的封建史何尝不是女子一出嫁便随了夫姓家族，以一个"某某氏"称呼？所以才有"嫁出去的姑娘泼出去的水"之俗语。儒家"唯女子与小人为难养"、"女子无才便是德"更成为对女子明显歧视的定论。进而言之，我们从现代电视剧中也看到，日韩民族的女性在家庭中的从属地位。女性一旦走入婚姻的殿堂，马上只剩下"相夫教子"的责任和义务。在对女性的定位上，东西方文化倒是"殊途同归"，达成了高度共识。

平阳公主是一个时代的产物

在《关于中国古代妇女史概说》一篇资料中，我看到这样的文字：

> 唐朝是经济空前繁荣、思想空前活跃、妇女空前解放的时代……隋唐时期的汉族是以汉族为父系、鲜卑为母系的新汉族，唐文化体现出来的便是一种无所畏惧、无所顾忌的兼容并包的大气派……生活在这一时期的女性自然有许多别于中国封建社会其他朝代的女性之处。胡汉相融合的最大表现就是作为游牧民族的胡文化将一股豪强侠爽之气注入作为农业民族的汉文化系统内，唐人不仅气质上"大有胡气"，而且立法颇富"胡风"。唐代妇女在这种"胡风"文化的氛围中，在礼法薄弱的"胡人"社会，豪爽刚健，绝不类南朝娇羞柔媚和两汉的温贞娴雅。例如：唐朝女性在家庭生活中拥有一定的法定继承权，女性可以单独为户主，

具有较为独立的经济地位，在社会生活的许多方面发挥着作用等等。唐朝妇女也颇为"妒悍"。《西汉杂俎》中记载："大历以前，士大夫妻多妒悍。""吃醋"之说的典故便源自唐代。所谓"妇强夫弱，内刚外柔"、"怕妇也是大好"，竟成为唐人笔记小说中津津乐道的"题目"。

唐朝妇女审美观也因胡风浸染而由魏晋时期的崇尚纤瘦变为崇尚健硕丰腴。唐朝一些艺术作品中展示的妇女骑马击毬的情景，一反汉文化以阴柔为妇女典则的传统，透露出胡族女性活泼、勇健、无拘无束的性格。

在传统社会中的男性统治者看来，女属阴，男为阳，但在唐代，妇女参政议政的现象屡见不鲜，自武则天当政以来，这种妇女参政议政的现象更为突出。如上官婉儿的一生曲折动荡，并投靠多种政治势力，但是我们不难看出，其作为杰出的唐朝女性代表，在参政议政等等方面，都展现出了她独特的女性魅力和其不朽的才华，这是在"男尊女卑"的封建社会阴影下，其女性意识的强烈表现。也从另一个层面上，代表了唐朝女性开阔的思维方式，以及积极的思想意识。

唐朝妇女学习诗文更加蔚成风气，仅《全唐诗》中收录的女作者就有100余人，唐人笔下的美好女性几乎无人不能吟诵诗章，挥毫成诗。唐太宗长孙皇后喜爱读书，可以著述；徐贤妃4岁随父读书，能诵《论语》《毛诗》，8岁就能写文章；武则天文史兼通，故此才能替皇帝批阅奏章、代行朝政，从此登上权力的台阶；《女论语》作者宋若昭五姐妹自幼随父读书，她们都不愿意嫁人，立志要以学扬名，唐德宗时将她们召入宫中，称为"学士"。许多著名文士的妻子都是丈夫的闺中诗文之友，诗人元稹的前妻韦氏、继室裴氏，著名才子吉中孚之妻张氏，进士孟昌期之妻孙氏、殷保晦之妻封询都是才女，有的还常代丈夫作诗应酬或书写文卷。出身士人或平民家庭的著名才女、诗妓薛涛与女道士李冶、鱼玄机都是自由读书习诗。鱼玄机在观看新科进士题名时曾吟出"自恨罗衣掩诗句，举头空羡榜中名"的诗句，表达了对自己才华的自信和不能与男子同登金榜、一展雄才的遗憾。

从高宗到睿宗统治时期，武则天、韦后、安乐公主、太平公主、金仙公主、玉真公主等女性给社会造成一个所谓"女人国"的形象……

淮南为橘，淮北为枳。人无法拔着自己的头发超越生存的环境。正是唐代"富有特色"的社会环境，造就了武则天、太平公主、上官婉儿、薛涛、鱼玄机等一大批中国封建史上璀璨夺目的女性形象。平阳公主也正是这一时代的产物。

女性的社会地位衡量着社会的进步程度

往事越千年，关于男女性主从地位的话题，一直延续到 19 世纪以来兴起的女权运动。在我看到的这一时期诸多文学作品中，都表现了"女性解放"这一永恒主题。

中国在 20 世纪 80 年代，由遇罗锦离婚案引发的争议，联想到托尔斯泰的《安娜·卡列尼娜》的主题：人们唇枪舌剑地争论着安娜·卡列尼娜，应该不应该离开卡列宁而投身到沃伦斯基的怀抱？生理问题与伦理问题交织到一起。契诃夫的著名小说《挂在脖子上的安娜》，又尖锐地提出：女人是不是挂在男人脖子上的铭牌？是不是装饰家庭的花瓶？

挪威剧作家易卜生的《玩偶之家》，更成为妇女解放运动中一面飞扬的旗帜。

中国新文化运动的"五四"时期，陈独秀主编的《新青年》曾推出"易卜生专号"，胡适推崇并介绍过"易卜生主义"，一些有志于创造中国现代戏剧的青年，如洪深、田汉等，均把"做中国之易卜生"当做自己的人生理想。为什么中国人特别看重易卜生呢？鲁迅先生说："何以大家偏要选出 Ibsen 来呢？因为要建设西洋之新剧，要高扬戏剧到真的文学之地位，要以白话来兴散文剧。还有，因为事已亟矣，便只好以实例来刺激天下读书人的直感，这自然都确当的。但我想，也还因为 Ibsen 敢于攻击社会，敢于攻击多数。那时的绍介者，恐怕颇有以孤军而被包围于旧垒中之感的罢。"当年，易卜生最能打动中国人特别是年轻人之心的，是他的代表作《玩偶之家》，是主人公娜拉。在经历一场家庭变故之后，终于看清了丈夫的真实面目和自己在家中所扮演的"玩偶"角色，于是，在庄严地声称"我是一个人"之后，毅然走出了家门。"娜拉的出走"成为一个时代的标识，对于处于封建婚姻包办制度下的中国青年，娜拉成为他们崇拜的偶像。特别是对于在传统封建礼教重压下的中国妇女，受到了娜拉的启蒙，开始对自身的价值和女性的权利产生怀疑，不少知识女性走向觉醒。

鲁迅发表《娜拉出走以后》一文说："男性的占有首先表现为经济的占有。娜拉虽然因为经济的匮乏而出走，却可能因为经济的匮乏而归来。"深刻地指出"经济基础决定上层建筑"这一马克思主义的基本原理。随后，"娜拉"出走以后怎么办？引发了思想界的讨论热点，各种"问题剧"应运而生。丁玲的《莎菲女士的日记》可以称之为这一解放运动的代表作。

林贤治在《娜拉的出走与归来》一文中，说了这样一番话：

> 妇女解放被演变成胴体的解放，体力的解放，攻击本能的解放。男女平等观念被演变成"半边天"观念。一半对一半：分裂、对峙、同级斗争，于是不同性别的眼睛不复关注全体。
>
> 成群的女童失学；
>
> 成群的女工下岗；
>
> 成群的妇女被拐卖……
>
> 从莎菲出发，走向杜晚香。
>
> 在莎菲与杜晚香之间，丁玲写过一篇《三八节有感》，对延安的妇女受到普遍轻视和责难的现象，表示了一个准女权主义者的温和的抗议。然而，立即受到批判。四十年以后，一样是三八节，一样是女作家，而且在一样性质的报纸上著文，一样有感于在妇女和家庭问题上，封建主义思想的影响之大，说：只差"三从四德"没有说就是了！如一箭之入大海，不受注意，更不受批判。
>
> 谁说历史不是在走向进步呢？

从易卜生戏剧中的"娜拉出走"，到鲁迅笔下的"子君伤逝"，历史循环往复地上演着一个悖论的怪圈。武则天打破男性的一统天下，赫然登上女皇的宝座；慈禧老佛爷向往"龙在下，凤在上"的强势，用垂帘听政的现实演绎了一个女人的极致；然而，一个女性用自我的生命最强音，只不过在封建的泥淖上划下深深的印痕！结果还不是人死政亡，一切又复归男权的原样。"巾帼不让须眉"，以男性作为参照，结果还不是仍回到男性那里去；惟有以独立的"人"作为目标，才可能实现女性的"独立寒秋"。在当代政治史上，那么多的女性总统、女性总理国务卿受到民众的青睐，正是性别历史观的时代进步。

太行山风光

首先有人权，然后有女权。连人权也没有何来女权？皮之不存，毛将焉附！

1792 年 7 月，一个妇女给《女士杂志》写信道："我反对婚姻中的'遵从'一词……婚姻不应该被视作一个尊者和一个卑者的契约，而应是一个双向的权利联盟、一个不言而喻的伙伴关系。"

写出女权主义宣言代表作《第二性》的波伏娃认为："时至今日，大多数妇女仍然结婚，或者已经结婚，或者准备结婚，而且为结不了婚而苦恼。但是妇女一结婚，便附属于其配偶的天地了。姑娘的父母说他们将女儿'嫁出去'了，丈夫呢，则说他'娶了'妻。人们仍然和从前一样认为，性行为从女子方面来说，是她对男人应尽的'义务'。男人得到了快乐，作为交换，他应该给予一种补偿，那就是使她过安定的生活。"

波伏娃还说："这样，从他娶她为妻的那一刻起，他就是在愚弄她。婚姻的悲剧就在于，它许诺给人以幸福，却并不给人以幸福；它叫年轻女子忍受千篇一律和陈规陋习来对她进行蹂躏。她的命运只与一个男人相联系，又拖着一堆孩子，从此，她的一辈子就算完了。直到 20 岁以前，她生活得很丰富，学习，友谊，情窦初开，等待着爱情降临，这一切使她十分满意。而现在除了丈夫的前程之外，她自己则变得没有前途，也常常没有欢乐。因为传统的婚姻根本不会为女性性爱的觉醒和充分发展创造条件。如果没有自然的爱情的前奏作为准备，新婚之夜对处女来说，便好比是癫痫病患者的无端疯狂发作。"

波伏娃最后总结说："解放妇女，就是拒绝将妇女禁锢在她们与男子的关系中……只有消灭了人类的一半遭受奴役的状况及其包含的一整套虚伪透顶的制度时，充满人情味的夫妇才会恢复本来面目。"

在《关于中国古代妇女史概说》一篇资料中，我看到对唐朝婚姻与爱情的描述：

> 唐朝妇女女性意识上的自主性，表现为其女性地位和尊严的提高。盛唐时期，有登基制诰、号令天下的女皇帝，有设立幕府、干政决狱的女显贵，有挥翰作诗的女才子，也有擅长丝竹管弦、轻歌曼舞、色艺皆佳的女艺人……她们都得以抛头露面于社会。尤其当时诗坛巨擘、文章魁首、各界名流与青楼女子的密切交往，他们对于才艺出众的女子，不但悦其色，慕其才，而且还知其心，敬其人，做到心心相印，息息相通。像歌妓兼诗人的薛涛、鱼玄机、刘采春，女道士李冶等才女，周围有一批崇拜者，他们是社会名流、诗人文士。像元稹、白居易、刘禹锡与女诗人薛涛，元稹与刘采春，陆羽、刘长卿与李冶都是声色相求、情好志笃、诗词酬唱的诗旅挚友，决不像宫体诗作者把女性当物化审美和色情对象来描写，而是一种精神上的超越、思想上的共鸣。像元稹惊服薛涛的诗才、辩才，引为知己，赠诗称赞薛涛："锦江滑腻峨眉秀，幻出文君与薛涛。言语巧偷鹦鹉舌，文章分得凤凰毛。纷纷词客皆停笔，个个公侯欲梦刀。别后相思隔烟水，菖蒲花发五云高。"对薛涛的姿色、辩才、文采给予极高赞誉。另一诗人胡曾写诗称赞薛涛："万里桥边女校书，枇杷树下闭门居。扫眉才子知多少，管领春风总不如。"又如出家的道士、诗人李冶，为超脱不群的文士陆羽、僧人皎然、诗人刘长卿、朱放等器重，李冶与他们的交往也非常坦诚，感情真挚动人，交游之厚，与陈规陋俗、封建礼法格格不入。这种坦诚公开的男女社交在中国封建社会并不多见。唐代杰出女子以自己的才情赢得了正直文士骚客的尊重敬慕，这在中国女性生活史和妇女观念上都是值得注目和值得研究的，这种情况，不但前代绝无，而且影响深远，开启了后代尊重女性、男女平等的意识。唐代这种特殊的社会现象不是偶然的，是盛唐经济生活、文化精神的一种反映。开放的社会，繁荣的气象，博大包容的胸怀表现在文化思想上必定是兼容并蓄，允许所谓各种"异端"

存在的，表现在女性意识上也必然是自主性的、多元化的，不但以体现正统儒家的伦理价值、恪守道德礼教的、封闭内室的贤妻良母为唯一的女性模式，那种能给社会带来美感、乐趣的社会型女性如歌妓、舞女也是受到肯定的。她们当中的佼佼者，自然更受到同气相求的文士的尊崇。唐朝妇女们常常抛头露面外出，甚至男女同席共饮、谈笑唱和，而无所顾忌。唐朝皇室贵族中便男女无别，唐中宗韦皇后和权臣武三思同坐御床玩双陆，中宗还在一旁为他们点筹。边帅安禄山在后宫与杨贵妃一起吃饭、打闹，常常通宵不出。宫中的女官们时常"出入内外，往来宫掖"，结交朝臣外官。杨贵妃的姐姐虢国夫人与族兄杨国忠甚至并辔走马入朝。至于寻常百姓人家就更没有什么约束了。"君家在何处，妾住在横塘，停船暂相问，或恐是同乡"，这首唐诗便描写了一位船家女子与陌生人大大方方打招呼、攀谈的情景。白居易的名诗《琵琶行》叙述了一位商人妇在丈夫外出时夜半与一群陌生男子在船上聚会交谈并弹奏琵琶的事情。宋朝人洪迈曾感叹道："瓜田李下之疑，唐人不饥也。"唐朝妇女在社交上面体现的这种自主性，一扫六朝充斥着的铅华脂粉，体现出富丽堂皇、多姿多彩的美。

马克思说："社会的进步可以用女性的社会地位来精确地衡量。"列宁也说过："从一切解放运动的经验来看，革命的成败取决于女性参加运动的程度。"康有为也许可称之为是我国推动女权运动第一人，他也曾说过这样一番话："甚怪此大地之内，于千万年贤豪接踵，圣哲比肩，立法如云，创说如雨，而不加恤察，偏谬相承，尽此千万年圣哲所经营，仁悯者不过人类之一半而已，其一半得向隅而泣，受难无穷。"还说："佛号慈悲而女子不蒙其慈，耶称救世而女子不得其救。"

站立在高耸的娘子关城楼，两千年的历史风云扑面而来，它沧桑演绎着一个亘古不竭的女性话题。

蓬蒿居打捞高长虹

蓬蒿丛里掩埋的思想者

高长虹

辛卯年暮夏时节，山西作家太行山采风团一行来到高长虹故居。

高长虹故居在山西盂县路家村镇西沟村。在盂县城吃罢午饭，出县城沿着盂县到阳泉的公路，先来到清城。这是南来北往的交通枢纽，店铺林立商贾云集很是繁华。由清城向西约 1 公里，就是西沟村。雨后的路很不好走，大轿车开不进村，我们下车步行，沿着一片玉茭地走下去，几近"山重水复疑无路"之际，蓦然间拐过一个山坡，却是"柳暗花明又一村"，西沟豁然间就展现在了眼前。

西沟村规模不大，有五六百口人，村如其名，高低错落的民居杂乱地挤在一道沟里。这些古民居似乎大部分无人居住，一片荒芜破败的景象。陪同我们的阳泉市文联主席侯讵望介绍说："西沟的历史面临着危险，因为这些年挖煤，村下面已经掏空了，早几年就说要迁村，但始终停留在口头上，大概煤老板怕花钱，所

以，一直也没有迁。这倒因祸得福，高长虹故居虽然破败，虽然风雨飘摇，居然还在，还能让我们这些怀念者一睹历史的本来面目。"

　　高长虹故居前没有铭牌，也没有任何标记。连陪同我们前来的阳泉市文联的同志也是靠了村民的指认，才确定了高长虹故居的具体院落。院子是北方四合院的式样，正房依土崖掏成窑洞，分上下两层。青砖碧檐，窗棂雕镂精巧。东西房各有三间，西屋已经倒塌，南屋干脆形影无踪成为空地。久无人住，满院疮痍，蓬蒿萋萋，枯蔓萎萎，只剩破落的东屋，仍陪伴着正房倔强地屹立在风雨飘摇之中……从高长虹故居出东门，有一处院落，还住着人家，自称是高长虹的本家。出西门也是一处院落，但屋门虚掩，已然久无人住。据村民讲，这三个院子，过去都是高家的，中间是高长虹父母曾经居住的地方。从院落的规模和建造看，虽然岁月剥蚀，但往昔的繁华依稀从那些磨砖对缝的建筑上，可以感受到一二，高长虹应该是出生在一个比较富裕的书香门第之家。

　　阳泉市文联主席侯讵望指着院落中下院的一间靠东小屋的二层说："高长虹就生在这间屋子里。"

石评梅

侯讵望说着说着情绪激动起来："在阳泉，在现代文学史上，曾经产生过两位重量级人物，一位是高长虹，还有一位是石评梅。对于后者，许多人不但知道，而且能说出许多的故事。最动人的，莫过于石评梅与高君宇之间生不能同居，死求同穴的爱情故事。电视剧、电影、戏剧，以此为题材的创作有许多。而对于高长虹，以前就是禁区，谁也碰不得。"

前一天下午，我们也是在侯讵望主席陪同下，参观了石评梅纪念馆。侯讵望愤愤不平地说："同样是阳泉的文化名人，石评梅故居修葺一新，里面有作者的生平展览，展示着她的贡献和价值。石评梅广场开阔而壮观，石评梅的塑像高大而庄严。而高长虹一生只留下一张照片，他没有事迹展览馆，连故居也要因挖煤迁村而不保了，历史真会开玩笑……"

两者间竟然形成如此强烈的对比，如此巨大的反差！

高长虹是中国现代文学史上一个不容遮蔽的杰出人物。青年时代，高长虹受歌德"狂飙突进运动"的启发，1924 年 8 月，他发起组织了狂飙社。试图在中国也开展一场狂飙运动。初始，这只是一个地域性的组织，参加的是一群山西文学青年。但仅仅几个月后，就发展成为全国性社团，成员来自 10 多个省份，人数达 70 多人。相当于创造社、太阳社、未名社、沉钟社等五六个社团的总和，是自

与高长虹故居形成鲜明
对比的石评梅纪念馆

"五四"以来，我国现代文学史上仅次于茅盾领导的文学研究会的第二大文学社团。高长虹又是一位杰出的诗人、作家。20世纪20年代中后期，他创作和发表的文学作品和理论批评文章有上千篇，出版各种门类的著作17本；编辑出版过以《狂飙》为名的十几种杂志和六七种丛书；他的个人杂志《长虹周刊》出版了22期之多。高长虹又是我国作家中最早借鉴西方现代派手法的作家，他的作品一经发表，马上翻译成英德法日好几种外文，在国际上也有很大影响。高长虹曾得到鲁迅的高度赞扬和格外器重。鲁迅创办《莽原》，首先邀请高长虹参与编辑。鲁迅同乡文学青年许钦文出版第一本小说集，请鲁迅作序，鲁迅则"我以我血荐轩辕"，极力推荐高长虹写了序言，这在鲁迅来说是毕生唯一的一次。

然而，高长虹也许正应了一句古语："成也萧何，败也萧何。"正是鲁迅的高度赞赏，使高长虹在20世纪20年代的中国文坛声名鹊起；但后来，也是由于与鲁迅的论战，又把高长虹钉上了中国现代文学史的"耻辱柱"。

在《追许广平无望，高长虹撰文讽鲁迅》一文中，记载下这样的文字：

> 高长虹与许广平同岁，1898年生于山西一个破落的书香门第，从小就养成一种反叛和孤僻的性格。作家伊妮指出，意外的是，具有反叛性格的他，却乖乖地听从了祖父的安排，与一个无爱的乡下缠足女子结了婚，并生下了孩子，过着一

种麻木的生活。直到 1924 年下半年，他来到北京谋求精神与生活的双重出路。

……就在此时，高长虹发现了热情如火的许广平，并暗暗地爱上了她，只是鲁迅一点儿也不知道。许广平以她女性细腻的心，也许早有所察觉。目前并无史料可证明……随着鲁迅与许广平的恋情日渐公开化，高长虹才发现自己患的是单相思，这种失落的痛楚，令他寝食难安。到鲁迅与许广平比翼南下后，高长虹更陷入了精神崩溃的边缘。他公开向鲁迅挑战，他写了《1925，北京出版界形势指掌图》，把鲁迅热心支持青年创办文学刊物，说成是为了"得到一个'思想界的权威者'的空名"，到后来，则"戴其纸糊的权威者的假冠，入于身心交病之状况矣"！

一个形象就此改写。高长虹成为因与鲁迅争情人不成，而"忘恩负义"、反目为仇的一个"卑劣小人"。

好像是冥冥中天意的安排，上午，我们在骤急骤缓的阵雨中观瞻了藏山，领略了那个标志着忠义的"赵氏藏孤"典故；下午，雨后复斜阳，我仰望天空，曾期待着出现彩虹，然而终究没有。高长虹，原名高仰愈，曾用笔名"残红"，"零落成泥碾作尘，只有香如故"。"长虹"大概是他给自己取的另一笔名，后来一直沿用，作家一定是欣赏其中寄寓着"气贯长虹"的心理潜台词。"赤橙黄绿青蓝紫，谁持彩练当空舞？"彩虹的构成是需要诸多自身与天成的主客观因素的。高长虹稍纵即逝的人生，演绎出一道虚无缥缈的风景、一尊幻生幻灭的身影、一个身不由己的生命……

"桃色传言"的致命杀伤力

山陵之祸，起于豪芒。高长虹命运的转折点起因于一首"月亮诗"。名字是后人为了方便说事所命名，最初发表于 1926 年 11 月底的《狂飙》上，题为《给——》。这是一首"无标题音乐"，题目的含糊其词说明着所要表达内容的暧昧。

这首诗在整个事件中是一个关键的"物证"，之后的诸多歧义和误解，都围绕此诗而纠葛。我把它全文摘录如下：

我在天涯行走，　　　　　　　　我在天涯行走，
月儿向我点首，　　　　　　　　太阳是我的朋友，
我是白日的儿子，　　　　　　　月儿我交给他了，
月儿呵，请你住口。　　　　　　带她向夜归去。

我在天涯行走，　　　　　　　　夜是阴冷黑暗，
夜做了我的门徒，　　　　　　　他嫉妒那太阳，
月儿我交给他了，　　　　　　　太阳丢开他走了，
我交给夜去消受。　　　　　　　从此再未相见。

夜是阴冷黑暗，　　　　　　　　我在天涯行走，
月儿逃出在白天，　　　　　　　月儿又向我点首，
只剩着今日的形骸，　　　　　　我是白日的儿子，
失却了当年的风光。　　　　　　月儿呵，请你住口。

鲁迅在当年写给许广平的信中，对高长虹曾作如是评价："他很能做文章，但大约因为受了尼采作品影响之故罢，常有太晦涩难解处。"可见，高长虹的文章因"晦涩难解"多产生歧义，何况诗更是能从多角度去解读。

鲁迅对高长虹十分赏识：高长虹从山西到北京后，在《国风日报》副刊上编辑《狂飙》周刊，高长虹发于《狂飙》周刊上的多篇文章，引起文学界包括鲁迅在内的关注。鲁迅问过孙伏园等人：长虹是何许人？还表示《狂飙》周刊办得很好。孙伏园把这个消息传达给高长虹，于是有了高长虹对鲁迅的第一次造访。据《鲁迅日记》1924 年 12 月 10 日记载："夜风。长虹来并赠《狂飙》及《世界语周刊》。"高长虹在《我的回忆》一文中也留下这样的记载："有一个大风的晚上，我带了几份《狂飙》，初次去访鲁迅。这次鲁迅的精神特别奋发，态度特别诚恳，言谈特别坦率……我走时，鲁迅谓我可常来谈谈，我问以每日何时在家而去。此

《莽原》封面

后大概有三四次会面，鲁迅都还是同样好的态度。"据鲁迅日记，高长虹1925年4月去了7次，5月去10次，6月去7次，7月去6次，8月去11次，9月去7次。如此频繁地交往，由此可见两人关系的密切程度。

唐弢曾经问过鲁迅，是否真的帮青年提着皮靴去修理？鲁迅说是真的，还说这就是进化论。这个青年就是高长虹。高长虹的第一本杂感与诗的合集《心的探险》，是经鲁迅亲手选编、校正、画封面，编入"乌合丛书"与读者见面的。

二楼的小阁楼是高长虹的出生处

鲁迅在谈到创办《莽原》的目的时说："我早就很希望中国的青年站出来，对于中国的社会、文明，都毫无忌惮地加以批评，因此曾编印《莽原》周刊，作为发言之地。"他在给许广平的信中，常常谈起有关这刊物的事情："这种漆黑的染缸不打破，中国即无希望，但正在准备毁坏者，目下也仿佛有人，只可惜数目太少。然而既然已有，即可望多起来……"又说，"我总还想对于根深蒂固的所谓旧文明，施行袭击，令其动摇，冀于将来有万一之希望。而且留心看看，居然也有几个不问成败而要战斗的人，虽然意见和我并不尽同，但这是前几年所没有遇到的。"信中所说"居然也有几个不问成败而要战斗的人"，显然是指高长虹等新结识的狂飙社一帮年轻人。

然而，高长虹与鲁迅的亲密交往，短暂的就像是夏夜里的闪电，仅仅几个月，高长虹就冷落鲁迅而去。高长虹对鲁迅前后判若两人的举止态度，大概成为人们猜测缘由的风言风语。

高长虹还是极力试图搞好至少维持与鲁迅的友谊，在《一点回忆——关于鲁迅和我》一文中，他说了这样的话："那时，凡是能教我同鲁迅的友谊巩固起来的事，我都是断然去做的。但可惜我没有很多的办法来收到这样的效果。"

高长虹在《1925，北京出版界形势指掌图》一文中[1]，对与鲁迅之间由出现裂痕到终至决裂的过程作了这样讲述：

> 素园要我做稿，态度大似"鲁迅做稿，周作人做稿，某某人做稿，所以你也可以做稿"，这又是使我很不满意的。我以为既是来要我做稿，则只要我做稿好了……虽然他们把自己的稿子放在前面，拿我的稿子掉尾巴，然而我终还做稿，为所谓"联合战线"也！

> 于是"思想界权威者"的大广告便在《民报》上登出来了。我看了真觉"瘟臭"，痛惋而且呕吐。试问，中国所需要的正是自由思想的发展，鲁迅不也是这样说，然则要权威者何用？为鲁迅计，则拥此空名，无裨实际，反增自己的怠慢，引他人的反感，利害又如何者？反对者说：青年是奴仆！思想界说：青年是奴仆！自此"权威"见于文字；于是青年自己来宣告说：我们是奴仆！我真不能不叹中国民族的心死了！

> ……鲁迅去年不过四十五岁，如自谓老人，是精神的堕落！思想呢，则个人只是个人的思想，用之于反抗，则都有余，用之于压迫，则都不足！如大家都不拿人当人，则一批倒下，一批起来；一批起来，一批也仍然要倒下，猴子要把戏，没有了局。所以有当年的康梁，也有今日的康梁；有当年的章太炎，也有今日的章太炎；有当年的胡适，也有今日的胡适；有当年的章士钊，也有今日的章士钊。所谓周氏兄弟者，今日如何，当有以善自处了！

> ……我又见了鲁迅，我说了我的不满意。他很奇怪地问："为什么？"我便说了那个"某人……所以你……"的公式。鲁迅默然。停了一歇，他又说道："有人——就说权威者一语，在外国其实是很平常的！"要是当年的鲁迅，我不等他说，便提出问题来了。即不然，要是当年的鲁迅，我这时便要说，"外国也不尽然，再则外国也不足为例"了。但是，我那时也默然了！直到实际的反抗者从哭声中被迫出校后，我当晚到鲁迅家略谈片刻后，鲁迅遂戴其纸糊的权威者的假冠入于心身

【1】关于此文标题中的年代，有两个版本：《狂飙》周刊发表时题目上的年份为"1925"，单行本出版时年份为"1926"，此文中所谈北京出版界诸事，都发生在1925年，故以1925为准。

交病之状况矣！此后，我们便再没有能坦白的话。

高长虹显然是那种桀骜不驯天马行空式的人物，容不得任何"权威"的束缚。他早年写的《领袖主义》一文，颇能反映出他的思想："近来又有人宣传领袖主义了！我看了真不免头疼呢！20世纪果真只是一个领袖主义的时代吗"？"中国之所以倒霉，正是因为这领袖主义在作怪，然也一样的，中国领袖主义者在过去都失败了，谁做领袖，谁便失败。现在的那些领袖主义者都将去证实这一个趋势"。"谁也不要做领袖的空梦了吧"！

高长虹对鲁迅这种"反感任何形式权威"的思想，是很难用三言两语说清道明的。他在《一点回忆——关于鲁迅和我》中说："现在又是两年以后了。这中间，关于我和鲁迅，还不免有一种传说留存在人们的记忆里，甚至在去年的新加坡的报纸上，还有人把以讹传讹的风闻当事实讲，说我是鲁迅的什么敌人"。"所以，这种友谊，可以说是以《莽原》始以《莽原》终的"。

高长虹发于《狂飙》上的这首"月亮诗"，由于写得云遮雾罩朦胧含混，甫经发表立即引来文坛上种种猜测。鲁迅起初并未注意。是韦素园的一封信，"一语点醒梦中人"。

韦素园把文人圈内的一些议论告诉了鲁迅：高长虹的"月亮诗"是有所隐喻的。他以太阳自比，把许广平比作月亮，而"夜是阴冷黑暗"的，当然就是指鲁迅了。

鲁迅看了韦素园的来信，在1926年12月29日《致韦素园》的信中写下这样一番话：

> 至于关于《给——》的传说，我先前倒没有料想到。《狂飙》也没有细看，今天才将那诗看了一回。我想原因不外三种：一、是别人神经过敏的推测，因为长虹的痛哭流涕地作《给——》的诗，似乎已很久了；二、是《狂飙》社中人故意附会宣传，作为攻击我的别一法；三、是他真疑心我破坏了他的梦——其实我并没有注意到他做什么梦，何况破坏——因为景宋（许广平）在京时，确是常来我寓，并替我校对，抄写不少稿子。《坟》的一部分，即她抄的。这回又同车离京，到沪后她回故乡，我来厦门，而长虹遂以为我带她到了厦门了。倘这推测是真的，则长虹大约在京时，对她有过各种计划，而不成功，因疑我从中作梗。其实是我虽

高长虹故居

然也许是"黑夜",但并没有吞没这"月儿"。

如果真属于末一说,则太可恶,使我愤怒。我竟一向在闷葫芦中,以为骂我只因为《莽原》的事。我从此倒要细心研究他究竟是怎样的梦,或者简直动手撕碎它,给他更其痛哭流涕。只要我敢于捣乱,什么"太阳"之类都不行的。

以鲁迅对世事人情之深刻洞察,对于高长虹诸如"权威"、"偶像"一类的抨击,无疑是有肚量容纳的,但是现在一切都变了另一副面孔。一经韦素园"指点",原来的文字都变了滋味:直言批评成为别有用心,善意成为恶毒。

刊登"月亮诗"的《狂飙》一发表,高长虹就寄给了鲁迅,并在附信上写道:"新生的《狂飙》周刊已由书局直接寄你,阅后感想如何?"按正常逻辑而言,高长虹把新出的刊物寄予鲁迅,正是心中无鬼的坦荡。鲁迅确也没有细读。然而一经韦素园"捅破窗户纸",再来看高长虹信中的话"阅后感想如何",就成为向鲁迅的"叫板",带有挑战性质了!

鲁迅在1926年12月8日《致韦素园》的信中说:"我看了他近出的《狂飙》,才深知道他很卑劣,不但挑拨,而且于我的话也都改头换面,不像一个男子所为。"在同一天,鲁迅还写信给许广平,信中说:"北京似乎也有流言,和在上海所闻者相似,且云长虹之拼命攻击我,乃为此"。"用这样的手段,想来征服我,是不行的。我先前的不甚竞争,乃是退让,何尝是无力战斗。现既逼迫不完，我就偏又出来做些事……"鲁迅在动身前往广州之前，1927 年 1 月 11 日又给许广平一信，信中还说了这样的话："我这才明白长虹原来在害'单相思病'，以及川流不息到我这里来的原因，他并不是为《莽原》，却在等月亮。"

许广平的态度可能对鲁迅也起到"火上浇油"的效果。她在 1925 年 11 月 27 日给鲁迅的信中说："你在北京，拼命帮人，傻气可掬，连我们也看得吃力，而不敢言。……长虹的行径，却真是出人意外，你的待他，是尽在人们眼中的，现在仅因小愤，而且并非和你直接发生的小愤，就这么嘲笑骂詈，好像有深仇重怨，这真可说是奇妙不可测的世态人心了。你对付就是，但勿介意为要。"许广平信中所言"小愤"，是指《莽原》的用稿问题。于是，高长虹的所有举止，就成为"项庄舞剑，意在沛公"的居心叵测了。

当时，社会上对鲁迅的一举一动都是十分关注的。尤其是"女师大事件"后，关于鲁迅与学生许广平之间发生"师生恋"，因而抛弃原配夫人朱安等等流言不胫而走。更有好事者热衷于传播高、鲁、许之间的"三角恋"。各种关于鲁迅的流言蜚语，成为与鲁迅论战中的"重磅炮弹"。鲁迅对许广平说："我还听到一种传说，说《伤逝》是我自己的事，因为没有经验，是写不出这样的小说的。哈哈，做人真愈做愈难了。"正是这些敏感的背景，使得一向清醒地认为是"别人神经过敏的推测"的鲁迅，也"对号入座"了。

鲁迅愤怒了！

鲁迅写出了诸篇《所谓"思想界先驱者"鲁迅启事》、《"走到出版界"的战略》、《新的世故》等杂文予以回击。在《新时代的放债法》里，鲁迅这样说："你如有一个爱人，也是他赏赐你的。为什么呢？因为他是天才而且革命家，许多女性都渴仰到五体投地。他只要说一声'来'，便都飞奔过去了，你的当然也在内。但他不说'来'！所以你得有现在的爱人。那自然也是他赏赐你的。"这就是对高长虹"月亮诗"中"月儿我交给他了，我交给夜去消受"的辛辣嘲讽。

鲁迅以犀利的杂文作为投枪匕首犹觉不解气，还要"痛打落水狗"，又写出了《故事新编》中的《奔月》。《奔月》是鲁迅对"嫦娥奔月"这一中国古代神话的现代诠释。鲁迅对许广平这样说明自己的创作意图："那时就做了一篇小说，和他开了一些小玩笑，寄到未名社去了。"鲁迅还说："逢蒙这个形象就含有高长虹的影子。"

鲁迅在《奔月》中别出心裁抑或也可以说是别有用心地设计了"逢蒙"这么个人物。他是羿的学生，当他一旦以为自己羽翼丰满，马上忘恩负义，要把他的恩师后羿"射死"，以使自己成为天下第一箭手。鲁迅在故事中这样"新编"：

（后羿）只见对面远处有人影一闪，接着就有一支箭忽地向他飞来。

羿并不勒住马，任它跑着，一面却也拈弓搭箭，只一发，只听得铮的一声，箭尖正触着箭尖，在空中发出几点火花，两支箭便向上挤成一个"人"字，又翻身落在地上了。第一箭刚刚相触，立刻又来了第二箭，还是铮的一声，相触在半空中。那样地射了九箭，羿的箭都用尽了；但这时他已看清逢蒙得意地站在对面，却还有一支箭搭在弦上，正在瞄准他的咽喉。

……那时快，对面是弓如满月，箭似流星。嗖的一声，径向羿的咽喉飞过来。也许是瞄准稍微差了一点，却正中了他的嘴；一个筋斗，他带箭掉下马去了，马也就站住。

逢蒙见羿已死，便慢慢地蹩过来，微笑着去看他的死脸，当作喝一杯胜利的白干。

刚在定睛看时，只见羿张开眼，忽然直坐起来。

"你真是白来了一百多回。"羿吐出箭，笑着说，"难道连我的'啮镞法'都没有知道么？这怎么行。你闹这些小玩意儿是不行的，偷去的拳头打不死本人，要自己练练才好。"

鲁迅一旦认定了高长虹是"卑劣小人"，出手就毫无顾虑、毫不留情。初露锋芒的高长虹哪是鲁迅的对手，在文坛上就此再无立足之地。一个鲁迅曾寄予希望的"新星"就此陨落。

其实，这件事真正还原历史真相，恐怕其中还有许多蹊跷。

偏听则暗，兼听则明。让我们看看高长虹对此事件的记忆。高长虹在《一点回忆——关于鲁迅和我》中这样记载了与许广平的交往：

一天的晚上，我到了鲁迅那里，他正在编辑《莽原》，从抽屉里拿出一篇稿子来给我看，问我写得怎样，可不可修改发表。《莽原》的编辑责任是完全由鲁迅担负的，不过他时常把外面投来的稿子先给我看。我看了那篇稿子觉得写得很好，赞成发表出去。他说作者是女师大的学生。我们都说，女子能有这样大胆的思想，是很不容易的了。以后还继续写稿子来，此人就是景宋。我那时候有一本诗集[1]，是同《狂飙》周刊一时出版的。一天接到一封信，附了邮票，是买这本诗集的，这人正是景宋。因此我们就通起信来。前后通了有八九次信，可是并没有见面，那时我仿佛觉得鲁迅与景宋的感情是很好的。因为女师大的风潮，常有学生到鲁迅那里。后来我在鲁迅那里同景宋见过一次面，可是并没有谈话。此后连通信也间断了。以后人们所传说的什么什么，事实的经过却只是这样的简单。景宋所留给我的唯一印象就是一副长大的身材。她的信保留在我的记忆中的，是她说她的性格很矛盾，仿佛中山先生是那样性格。青年时代的狂想，人是必须加以原谅的。可是这种朴素的通信也许就造成鲁迅同我伤感情的第二次原因了。

后来我问了有麟，景宋在鲁迅家里的厮熟情形，我决定了停止与景宋的通信……

从许广平与鲁迅的通信中可以看出，许广平对高长虹很欣赏和敬佩。据《两地书》，许广平在 1925 年 4 月 25 日给鲁迅的信中，误以为高长虹发于 1925 年 4 月 24 日《莽原》周刊第 1 期的文章《绵袍里的世界》是鲁迅用新笔名写的。鲁迅在 4 月 28 日给许广平的回信中说明"长虹确不是我"。下面摘录一段此文中的文字以作管中窥豹：

我坐在一棵柳树下，面对着污水渠。渠内臭恶的空气蒸腾着。我为什么要讲卫生呢？世界不是比这道渠更为污秽，人类的毒菌毁灭我的灵魂不是比致病更为可厌吗？可厌的不是那促进死亡的，而是那在生命进行的路上作界石以阻挠之的……我身上这样沉重的压迫着我的这件绵袍，使我对于一切都没有希望，都想起而破坏之的……

从对《绵袍里的世界》一文的误读中，我们也可看出许广平对高长虹文章的欣赏。也许，高长虹的所谓"单相思"事出有因，并非像几十年来强势话语"蛮横"的"盖棺定论"？

蔡登山在《鲁迅爱过的人》一文中，对高长虹的"月亮诗"作出新的指认：

至于《给——》中的月亮，据学者董大中先生的考证，是另外一个月亮，而不是章衣萍夫妇认定的月亮——许广平。那另外一个月亮是女作家石评梅。高长虹在离开山西一中后，曾到北京大学作旁听生一年。1921 年春，他来到太原，在

【1】指《精神与爱的女神》。

太行山风光

石评梅父亲工作的山西省立图书博物馆当书记员。石父对高长虹的学识、才能，极为赞赏。他时常向高长虹说起石评梅，连她被臭虫咬得哭哭啼啼的样子，也说得绘声绘影。而此时的石评梅却在北京女子高等师范学校体育科求学，两人仅有过短暂的相见，那是石评梅放了暑假，回到太原，来博物馆看望父亲的时候。然而此时石评梅心中先有着吴天放，而后又有高君宇，似乎没有高长虹的位置。这期间高长虹虽也展开对石评梅的热烈追求，但石评梅却不为所动。1925年3月5日，高君宇病逝，高长虹认为石评梅在悲痛之余，必会另找新欢，而他将成为不二人选，于是他开始写下情诗集《给——》，甚至还有后来的小说《革命的心》。然而这对最终以身殉情的石评梅而言，是不会接受的，只能算是高长虹自己的"单相思"罢了。

可悲高长虹的又一次"单相思"！

高长虹的《给——》诗系列，是包含40首诗在内的一本诗集，上面所说"月亮诗"是其中的第28首。高长虹在《给——》的序言中说，"自己诗中有几个女主人，不愿意把她们说出来，徒使她们伤感。"据后来研究者说，高长虹的"给"中，有乡下的原配妻子、工厂姑娘、石评梅、认识或不认识的女人、心中暗恋的女性，以及虚拟幻想的女子。

据赖晨《鲁迅情敌高长虹之死》一文披露："现实中的高长虹在追求许广平

失败后，改追冰心。后来韦丛芜告诉鲁迅，高长虹给冰心写情书，已经三年了。1929 年冰心结婚后，将这捆情书交给了丈夫吴文藻，吴文藻于旅行时，随看随抛入海中，数日而毕。"

在众人笔下描绘的高长虹形象：他个子不高，白白的脸，很精干，不爱出风头。文章写得很漂亮，但口才却不行，当年写过许多妙语如珠像火一样热烈爱情诗的高长虹，其实在女人面前很是腼腆，有话说不出，说出来也前言不搭后语，所以他索性一言不发。许多被他才气吸引的人，"一见面，都很失望"。

命运对高长虹实在有些不公，在"情场"上一而再，再而三地失意。

高长虹写过一组《爱的憧憬》的诗歌，我摘录其中的部分诗句：

> 明月在天，照我孤眠，我思爱人，在彼西方。
> 西方凄清，爱人滞停，思我不见，泪下成冰。
> 冰泪如丹，历历胸前，我欲饮之，消我渴肠。
> 愁思如结，魂断欲绝。愿得天手，系魂解愁。
> 万念俱寂，我心惟汝，装心入简，将以寄之。
> 我本无生，而汝活之，愿作牛马，供汝驱驰。

读着以上凄婉悲怆的诗句，我有点为高长虹抱屈和鸣不平：与许广平同岁的高长虹，即便是"剃头挑子一头热"，即便是与鲁迅争夺"情人"了，那又有什么过错？即使他有过对许广平、冰心、石评梅等杰出女性的大胆追求，那也是他"爱的权利"。难道在爱情上也要"成王败寇"？

"花边新闻"遮蔽下的思想冲突

20 世纪 20 年代高长虹与鲁迅这场剑拔弩张充满硝烟味的论争，在"只准风月谈"的语境下，演变成吸引人眼球的"花边新闻"：《鲁迅、许广平与高长虹的恋爱纠纷》、《鲁迅不为人知的三角恋情》、《鲁迅情敌高长虹之死》、《追许广平无望，高长虹撰文讽鲁迅》、《高长虹与鲁迅的爱仇恩怨》、《从月亮诗看鲁迅与高长虹的冲突》等等连篇累牍。于是，一场蕴含着深刻文化、思想、时代诸多因素的冲突，简单化或曰庸俗化为"爱恨情仇"这一"永恒主题"。

今天，我们有必要穿透表层覆盖的"夺妻之恨"，重新认识深刻挖掘高长虹与鲁迅这场论战中的思想含量。

陈漱渝在《一个都不宽恕——鲁迅和他的论敌》一书的序言中，写着这样的话语：

> "一个都不宽恕"这六个字出自鲁迅遗嘱式的杂文《死》。鲁迅在留下七条遗嘱之后接着写道："此外自然还有，现在忘记了。只还记得在发热时，又曾想到欧洲人临死时，往往有一种仪式，是请别人宽恕，自己也宽恕了别人。我的怨敌可谓多矣，倘有新式的人问起我来，怎么回答呢？我想了一想，决定的是：让他们怨恨去，我也一个都不宽恕。"
>
> 显然，鲁迅素来不认同这种"勿念旧恶"的"恕道"，主张"拳来拳对，刀来刀挡"的"直道"。他认为人被压迫，且退让到无可退避之地的时候，反抗和斗争就成为唯一的选择。同样在杂文《死》中，鲁迅谆谆告诫他的读者——"损着别人的牙眼，却反对报复，主张宽容的人，万勿和他接近"。这也就是说，宽容的对象中，不应该包括那种一方面贼害于人一方面又骗以"宽恕"美名的伪善者。鲁迅的上述主张，一方面受到中国传统文化和吴越地域文化的明显影响，另一方面又受到中国社会现实的深刻启示。宋代理学家朱熹在《中庸》第十三章的注文中提出过"即以其人之道还治其人之身"的见解，被鲁迅引用到《论"费厄泼赖"应该缓行》这篇著名的战斗檄文当中。明末浙江籍佥事王思任所说"会稽乃报仇雪耻之乡，非藏污纳垢之地"，这句话也使鲁迅十分欣赏，并因身为越人而引以为荣。促使鲁迅反对对敌宽容的主要是中国历史上无数血的教训。在《庆祝沪宁克复的那一边》中鲁迅说："在中国，历来的胜利者，有谁不苛酷呢。最近例，则如清初的几个皇帝，民国二年后的袁世凯。对于异己者何尝不赶尽杀绝。只是他嘴上却说着什么大度和宽容，还有什么慈悲和仁厚……"(《集外集拾遗补编》)在《论"费厄泼赖"应该缓行》一文中，他设专章论述不"打落水狗"是误人子弟……"不打落水狗，反被狗咬了"，这就是鲁迅从许多血的经验教训中总结出的一个朴素真理。

由此可见鲁迅的"报复之制"，有着深厚的中国传统文化的积淀，或者说是一种哲学逻辑的惯性。

韩石山在《少不读鲁迅，老不读胡适》一书中说了这样一番话："鲁迅看这个世界是绝望的、狠毒的……鲁迅文章中有一股阴冷之气、杀伐之气，他说是受了俄国作家安特列夫影响。不是的，是他就有这样的气质，这样的品性。好多人说，他看鲁迅的文章，看到半夜会有毛骨悚然的感觉，这肯定是真的。"韩石山还说："读鲁迅的书读多了，确实对年轻人身心健康不利。不说坏人心术了，总是容易让年轻人变得阴狠起来。比如鲁迅就说过这样一句话：'我向来不惮以最坏的恶意来揣测中国人。'你想想，鲁迅念这句话的时候，一副咬牙切齿的样子。如果一个漂亮女孩子或是一个英俊的男孩子，一天到晚老是不惮以最坏的恶意来揣测中国人，那多可怕呀，时间长了会变成什么样子呢。谁敢和他在一起相处呀。"

　　高长虹在《一点回忆——关于鲁迅和我》一文中，这样描绘了印象中的鲁迅：

　　　成仿吾是他最不喜欢的批评家。有一次谈起成仿吾来，他很愤慨的，我向他说："你还记得那件事情吗？"他豹眼圆睁地昂然答道："他要毁灭我，我如何能忘记了呢？"这里所说的那件事情，就是成仿吾在《创造周报》写过的对于鲁迅的作品的一篇批评，而所谓毁灭，就是说，把他的作品批评坏了。鲁迅对于同时代的作家们，以对成仿吾的感情最坏。这是说把徐志摩等除外的，因为他根本不把他们当做作家。他对成仿吾所以这样坏，原因就是他批评了他的作品。有一次还有别的朋友在一道，大家说笑话，鲁迅又说了："只要有成仿吾把在艺术之宫的门口，我是不进去的。"这话，他说过不止一次。

　　　我本来以为成仿吾批评鲁迅时的态度，已经是很尊重的。如只是意见上有出入的地方，作家对于批评家也不必过于苛求。那时写批评的人本来很少，批评鲁迅的文字，更是少见，成仿吾对他的批评，不但是写得最好的，也是把他批评得最好的。所以鲁迅对成仿吾的态度，我以为是矫枉过正。

　　　鲁迅对自己的作品的认识绝不像他对于别人的作品认识得一样确当和不可动摇。一个作家对自己的作品做一种正面的声明，这也是常有的事。鲁迅却向来不做这个。他很希望有人来批评他的作品，可是批评的结果，他又常是不能满意的，甚而至于以为是含有恶意的。

　　　……从谈话的经验看来，我对于《呐喊》的批评鲁迅是不能十分赞成的，比如谈到《阿Q正传》时，我也说过第一段闲话说得太多了。《呐喊》描写的深刻处，在当时是无与比伦的。写实中间，常有热情流露。有根深蒂固的人道主义做创作的轴心。这些都是鲁迅的生命。然而文字的生硬，形式的偏于欧化，人物的缺乏活跃性、平面性，都在说明这书的思想价值……

比《呐喊》谈得更多的是《野草》。我那时比《呐喊》，更喜欢《野草》。态度比《呐喊》战斗，情调比《呐喊》紧张，文字比《呐喊》精炼，形式比《呐喊》民族，表现比《呐喊》深刻。只是，百利之外，不免一弊：厌世主义的思想也比《呐喊》更为深厚。如王品青一类人常反复传述：《野草》是周先生的哲学。我认为它是一种写意的象征主义的散文诗。在当时，鲁迅对于他的这种厌世主义是并不讳言的，他有时候，把这叫做是同自己的生命战斗。

他同人斗争的方法，好像是等人来厮打的。就如徐志摩，陈西滢，起先只是传言传语，是他先写文字骂起来的。骂徐志摩的一篇文章利害的，把徐志摩比作一只不老实的小雀儿，自比是真正的鸱的恶声。骂陈西滢时，就都是用杂笔了。他骂人不是把他骂得不能说话，或者骂得敬悔，却骂得人不能不回骂。被骂的人一回骂，他就激昂起来，真像一个寻人厮打的人，摩拳擦掌的样子。陈西滢是他最理想的对手。因为隔一月，陈西滢要回骂一次，这一月鲁迅就有文字写了。可是对于章士钊，这方法却不生效力，他总不回骂……

鲁迅是一个很现实的人，他不很相信理想（鲁迅有一句名言：与其二十一世纪的牛奶，不如现时的一杯白开水）。最喜欢嘲笑的是黄金世界，那是永远没有的。不过循环理论、厌世主义在他的思想里是很深刻的。他时常攻击我是理想的人，说，"再过五十年还是这样，这里有《莽原》，那里有《现代评论》！"

"悚听荒鸡偏阒寂，起看星斗正阑干"，在高长虹的文学里鲁迅犹如一只耸起浑身羽翅的好斗公鸡。

1977 年 7 月，北京师范学院中文系鲁迅书信注释组编辑一本内部参考资料《"围剿"鲁迅资料选编》，其中记录了鲁迅与众多论敌唇枪舌剑论战的文章。在该书的"出版说明"中，写下这样一段话：

伟大领袖和导师毛主席多次教导我们，要学习鲁迅。毛主席还明确指出，1927 年到 1937 年是一个新的革命时期，"这时有两种反革命的'围剿'：军事'围剿'和文化'围剿'"，共产主义者鲁迅正是在这时的反革命"围剿"中，"成了中国文化革命的伟人"。

太行山风光

鲁迅被毛泽东称之为："鲁迅的骨头是最硬的，他没有丝毫的奴颜和媚骨"；"鲁迅是在文化战线上，代表全民族的大多数向着敌人冲锋陷阵的最正确、最勇敢、最坚决、最忠实、最热忱的空前的民族英雄"。鲁迅的好斗精神十分吻合毛泽东的斗争哲学。

韩石山在《少不读鲁迅，老不读胡适》一书中，概括出了一个理念："鲁迅和毛主席共同发动了'文化大革命'。"韩石山解释说："前面我说了，是毛主席和鲁迅合作搞起文化大革命，那是形象的说法，不是说两个人商量着搞起的，是说'文化大革命'的理念，有毛主席的，也有鲁迅的。"

按说，一个社会存在论争原本是十分正常自然的现象，"灯越拨越亮，理越辩越明"。在中国春秋战国时代，也一度呈现过"百家争鸣"的局面。《孟子·滕文公下》一文中，记载了孟子对他的弟子公都子说的一句话："予岂好辩哉？予不得已也。"儒家学说有一个重要的价值观，即"和而不同"。"和"是对和谐有序的重视，"不同"是对人的独立人格和独立思想的不懈追求。《尚书·舜典》曰："八音克谐，无相夺伦，神人以和。""八音"指的是金、石、土、革、丝、木、匏、竹这八类乐器。不同音色的乐器有序地演奏，才能奏响感天动地、人神共享的乐章；如果只鸣响一种音色，那宇宙之间会损失多少绚丽斑斓呵！然而，如果在论辩中强行加入"强势话语"，非要让一种观点、一种主张独统天下，那么，真理向前迈进一步即成谬误。尖刻人易出好文章，深刻往往伴生极端，锋芒锐利常常难免情感偏激，在鲁迅的辉煌光芒之下，是否也有着某种"灯下黑"？

以鲁迅的阅世之深，他早看透了中国的问题，从"救救孩子"的呐喊到"以笔回敬他们的手枪"，鲁迅从来没有放弃过他的抗争。然而，淮南为橘，淮北为枳，鲁迅也无法超越他生存环境的制约和局限。在这个古老的有几千年专制历史的国家，专制文化所给予鲁迅的负面影响，使鲁迅陷入了无边的黑暗之中。鲁迅与黑暗抗争、与黑暗捣乱的同时，他自己的心灵世界也被黑暗所毒化了。鲁迅有的只是恨，以致他的爱常常被恨所淹没。"无情未必真豪杰，怜子如何不丈夫"，鲁迅的温情常常包裹在冷硬的甲胄之中。鲁迅的一生论敌遍地，他所深恶痛绝的"新月派"代表之一叶公超在他身后却连写两文，对他作出客观、公正的评价；鲁迅生前曾痛骂过胡适，而胡适对鲁迅却是一种宽容的态度。他从未写文章或发表谈话与鲁迅对垒；鲁迅身后，胡适直言批评苏雪林对鲁迅的攻击，帮忙出版《鲁迅全集》，到晚年胡适还对人说："鲁迅总是自己人。"胡适不夸大与鲁迅的分歧，而是在底线上认同鲁迅和他的相同点。这些都是斑斑史实。胡适与鲁迅的不同也许就在这里。鲁迅所缺乏的，恰恰是一种来源于西方自由主义的人文理想。鲁迅晚年反对"费厄泼赖"，主张"一个都不宽恕"，固然与当时环境的险恶有关，但与缺乏强调宽容、爱和自我反省的精神不无关系。

摩罗曾在《面对黑暗的几种方式——从鲁迅到张中晓》一文中指出，我们这个民族的黑暗给鲁迅内心带来的伤害，而且伤害得十分"成功"，从而形成了他"石头般的冷硬"，使他"不敢抱着希望去努力，而只是给黑暗捣乱，给正人君子们留下一点不舒服和不完满"。一句话，鲁迅所选择的方式无助于用自己内心的光明照亮外部的黑暗，即无助于改变黑暗本身。

与鲁迅不同，基督、释迦牟尼、甘地、哈维尔，还有托尔斯泰与索尔仁尼琴，他们却选择了另外的方式。托尔斯泰始终倡导不以恶抗恶的思想，以他悲天悯人的宗教情怀，深刻体现了人性高贵的一面。索尔仁尼琴曾遭受过各种各样严酷的迫害，他所处的环境远比鲁迅险恶，然而他的文体是"那么明白晓畅"。1974年他曾发表《莫要靠谎言过日子》一文，直截了当地呼吁——从唾弃谎言做起反抗极权的桎梏。他们面对黑暗的方式就是以自己内心的光明去照亮身边的黑暗，而不仅仅是"与黑暗捣乱"。透过这两个精神巨人，我们看到俄罗斯知识分子特有的精神气质、人文关怀和人道追求。与他们相比，中国知识分子身上缺乏的东西太多了。鲁迅与索尔仁尼琴他们面对黑暗时的不同选择，就是两个民族的优秀分子最大的区别之一。以鲁迅之伟大，也被黑暗所蚕食、所伤害，尽管还没有被吞没。因此，仅有鲁迅的精神资源是不足以支撑起一个全新的时代的，这也是我们长久徘徊于现代文明门槛外边的原因之一。

近年来，人们还把关注的目光投向了米奇尼克，《走近米奇尼克》、《米奇尼克在中国的意义》、《米奇尼克：人、角色、思想》等篇目屡见不鲜，这正反映出一个大历史背景下的文化哲学心理。

高长虹与鲁迅的这场论争，可算是鲁迅众多论战中一个颇具典型性的案例。鲁迅这种做法注定了是一种"人敬我一分，我敬人十分；人伤我一分，我伤人十分"的"防卫过当"。高长虹就此栽倒，一生不复翻身。

我本楚狂人

姚青苗先生是我读山西大学时的老师，他在授课之余，常向我们讲起他亲历的现代文学史上一些文人们的趣闻逸事。他讲到，1941年秋，高长虹赴延安之前，曾在当时阎锡山的"二战区司令部"驻地——陕西宜川县秋林镇停留了两个多月。姚青苗先生当时跟他同住在一个窑洞里。姚青苗先生讲，在那漫漫长夜，一盏油灯火苗如豆，无法看书就成了聊天的好机会。两人朝夕相处，无话不谈。姚青苗先生在描述他眼中的高长虹形象时，用了李白的一句诗文："我本楚狂人"。姚青苗先生说，高长虹很欣赏鲁迅的小说《狂人日记》，他就是鲁迅笔下的那个"狂人";姚青苗先生说,高长虹是中国现代文化史上的一位"奇才",可也是一个"怪人"。高长虹非常崇拜尼采的哲学,推崇那个名句:"天行健,君子当自强不息";姚青苗先生说高长虹,"一生自由散漫我行我素,受不得任何束缚;天马行空,独往独来,显得有些不合群";姚青苗先生还说"他读的书很多很杂,知识面很广。但他坚持自己的思想观点,很少受书的影响或别人的影响"。姚青苗先生还把高长虹比作五台山上的"孤魂野子"。他说:"世人都崇拜释迦牟尼,而我则同情孤魂野子。孤魂野子是佛徒中的'屈原'。我希望自己在有生之年,能拟托孤魂野子之名写出一部仿《离骚》,以象征主义的诗作来寄托我对高长虹的思念!"

姚青苗先生的讲述,在我初期的印象中描绘出一个桀骜不驯特立独行的高长虹形象。就像高长虹自己写的那样:"是在一个夜里,有一个人踽踽而行,像在寻求着什么。他从此处望到彼处,从彼处望到此处。"感受着自己的"寂寞开无主"。

高长虹刊载于 1924 年 12 月 28 日《狂飙》周刊第八期上的《精神的宣言》,我们不妨看作是他的自画像:

> 我是一只骆驼,我的快乐只有负重。我的希望只有更大的负重。
>
> 我不愿走坦道,因为这样的一日将要来了:在这坦道上,将要为尸首所充塞了。在我则,最安全的路只有崎岖的山路。我将披坚执锐,而登彼最高之巅。朋友,你们将要笑我狂吗?庸人于其所不知,则谓之狂,你们真是庸人呵!我最大的希求,便是远离你们而达于狂人之胜境。无伟大之灵魂者,必为狂人之国所摈弃。我将使你们于被摈弃之羞辱中而得到卑下的自欺和自慰。

鲁迅是孤独的,孤独得那样决绝。一种连"身影"都不愿意留下的孤独。有人把鲁迅喻为"漫漫暗夜中的独行者"。孤独是人类具有哲学深度的一种生存状态。

存在主义的先驱克尔凯郭尔自称"像是一棵孤立的枞树,私自地自我封闭,指向天空,不投一丝阴影";尼采也自比植根于绝望而悬视深渊的一棵枞树。而鲁迅自己也描画过独立寒秋,铁似的枝干刺破苍穹的枣树。还多次书写古人诗句:"风号大树中天立",以孤树自况。

高长虹也是孤独的，他还说过这样一层意思的话："我那时以为，一个文艺家其实是一个孤独者。"鲁迅与高长虹的相逢，是两个孤独者的遭遇！鲁迅在初期之所以喜欢高长虹，惺惺相惜，因为高长虹与鲁迅实际上有着许多相通之处，都是受着尼采"超人哲学"的影响。高长虹误读了鲁迅，而鲁迅也误读了高长虹。两个孤独的人就是两颗相互有着强大排斥力的星球。

让我们看看论战期间高长虹攻击鲁迅的文章，那也是个牙口锋利嚼人不吐骨头的主：

《我走出了化石的世界，待我吹送些新鲜的温热进来！》：

鲁迅近来在几个定期刊物上给《狂飙》及我个人大登其反广告，我真不明白一个人的思想何以有时竟混乱到这步田地。我对鲁迅是从始至终不得不以同情相与的，虽我有时忍不住气也不免要攻击他一些，我绝不是"严霜"，宁可以说是新的"热风"，这倒是鲁迅心里一概明白的。只是彷徨者有时便不免变成完全的黑暗，不是彷徨于艺术的明暗之间，而竟至彷徨于艺术与名利的明暗之间了。这其实是我已有预感的，我所以开始攻击他者，正是想预先给他一个警告。

我始终是最明白鲁迅，而且是最同情鲁迅的一人，我知道他有时发昏，但毕竟有时还可以觉醒。鲁迅用启事所做成的，将来总有一天用眼泪去洗掉。

鲁迅有时竟不免退居到无灵魂的世界，唉，唉，这个自命为中国的灵魂的发掘者！他有时倒真能够认识真的灵魂，但有时又不免敌视这灵魂了！鲁迅一生充满矛盾，美慕新的时代，而又不毅然走进新的时代，厌恶旧的时代，而又不毅然退出旧的时代，他有时竟又帮助了旧的时代来袭击新的时代了……

不妨直言，鲁迅颇有衰老之感，所以常给他一些过分的同情，却不料鲁迅有时竟将友作仇，暗加中伤，乃竟至这次恼羞成怒，反说我别有作用。我一生为愿意要人了解，然而毕竟有些太难说了，这离奇的事实所给与我的酬报。

《鲁迅梦为皇太子》：

鲁迅梦为皇太子，醒了时，笑了，却仍假装在梦中。天才曰：糊涂虫！

鲁迅梦为思想界权威者，醒了时，则猖猖然"狗"也，于是而用捣鬼与造谣而假装其若权威者。天才曰：糊涂虫！

天才曰：真糊涂优于假聪明，是故鲁迅者，非岂明所可及也。然则当如何？曰：岂一变，至于鲁，鲁一变，至于道。

再让我们看看高长虹在《1925，北京出版界形势指掌图》上的几段文字：

我是主张批评的，我以为如不批评，思想革命是没有结果的，而且连界限都分不清。鲁迅却是主张骂，不相信道理。但是，骂的结果又怎么样呢？像做了一个噩梦，醒来时连主张过的思想革命都也像忘怀了！

我在这里顺便要批评几个人了。鲁迅是一个直觉力很好的人，但不能持论。如他对自己不主张批评，我不反对。但如因为自己不能批评，便根本反对批评，那便不应该了，我同他在初期的谈话里他倒并不反对批评，我以为还是那时的态度好些。以后的态度，我以为那是被感情、地位、虚荣等所摇动了。

虽然内部的同异是有的，然大体上却仍然是虚与委蛇。最先对于当时的刊物提出抗议的人却仍然是狂飙社的人物，我们攻击胡适，攻击周作人，而漠视《现代评论》与《猛进》。我们同鲁迅谈话时也时常说《语丝》不好，周作人无聊，钱玄同没有思想，非攻击不可。鲁迅是赞成我们的意见的。而鲁迅也在那时才提出思想革命的问题……

一是因为《莽原》内部的问题，一是为想给与少数真正的反抗者以一些感兴。虽然人们从此便有以为我是专好骂人的，然而我的文字却并不是为骂人而作，倒是人们没有看懂。而且骂人的地方其实也很少。不过，人们既谓之曰谩

作者与山西作家协会党组书记张明旺（左）在太行山上

骂，则我亦"谩骂"之而已！实则，我倒是反对谩骂的一人。但思想既与人们不同，这些处所当然也无从分辨，故当时也只好将错就错，听之而已！但要找当时骂人的口实时，则也怕远是从我开始的吧！直到现在还很风行的"他妈的！"那几个字，便是《莽原》第一期我在《绵袍里的世界》才初次使用。

高长虹的文章中，对他与鲁迅短暂的交往作了这样的总结："我那时以为已走入一新的世界，即向来所没有看见过的实际世界了。我与鲁迅，会面不止百次，然他所给与我的印象，实以此一短促的时期为最清新，彼此时实在为真正的艺术家的面目。过此以往，则递降而至一不很高明而却奋勇的战士的面目，再递降而为一世故老人的面目，除世故外，几不知其他矣。"这就是高长虹给鲁迅的盖棺定论：每况愈下，一蟹不如一蟹。

俗话说："对骂无好言。"当论辩达到白热化，争强好胜的论战双方，都恨不能把对方一气喷倒，一口生吞活剥。一场论辩下来，伤痕累累两败俱伤。冤冤相报何时了？纯洁营垒清理营垒的结果往往是削弱了自己的阵营。

高长虹在《给鲁迅先生》一文中，说了这样的话："普天下能赏识《狂飙》者，只有你，郁达夫先生……达夫外恭而内倨，仅一次往来，遂成路人。"高长虹不仅与赏识他的鲁迅论战，同样与赏识他的郁达夫也"搅不到一个锅里"。由此可见，高长虹倒是与鲁迅有着异曲同工殊途同归的对人处世风格。

高长虹在《1925，北京出版界形势指掌图》一文中，讲述了他与郁达夫相交的情节：

> 我将转而一述郁达夫矣。一日下午，我同两个朋友——此中一友，今已不在人世，我哭之不及矣！——围炉座谈，门外有叫长虹声音者，我走出去。来者说："你是长虹！"我也说："是，你是达夫！"于是围炉者添一新友，而为四人矣！此时达夫出其雄谈，滔滔不绝，我等几无插言地。达夫去后，我谓此人态度率真，特言多宣传，隐含傲意，未能真正认识我等。在此以前，达夫给过我两次信，我则报以一诗，而无复信，但我却找过他两次，都没有遇见。我亦一骄傲人也，即我之友人，亦不乏斥我为骄傲者，他更无论。然我低头真理，面视坦白，蔑弃世故——然我亦非不识世故之童呆，我曾饱经世故，历受挫折，但我终不为彼所屈服——此则我敢于私心自信者。我当日晚上，便给达夫写了一率直而骄傲

的信，我说，"明日下午想请你来，大家喝一次酒，我觉得你身体很弱，但不知我能否帮助你些什么？"我何以请他来而不找他去呢？因为我曾问过他何时在家，他说，每天常在外面跑，改日他再来谈。并不像去今两月以前，达夫在北京遇见仲平，要他改日去谈谈，仲平未去，达夫便大生其气。不料到次日，我们等到晚上，达夫仍不来，我们才饿着肚子出去吃饭。而且连回信都没有。我尤疑惑或者信未接到，也说不定。又次日，我同高歌及另一两个朋友同去找他，入其凄凉之客厅，等候了好久，主人才拐着腿走来，谈话亦应酬多而真挚少矣。我现在再述一琐事，万一达夫贵眼见此贱文，以助其唤起当时的回忆。达夫指高歌问我曰："此位？"我说："高歌，我的弟弟。"达夫笑曰："看见倒像你的哥哥。"我笑说："舆论向来如此！"别有一事，则达夫谓张资平常发不平，说自己的小说比他的好，他也以为资平的话是对的。说着，把《东方杂志》上资平的一篇小说撕下来给我看。此文我回去只看一段，至今再未翻过。但从别处看了资平的几篇小说，则非小说也。我顺便报告给达夫我的意见。从这一次会面，我才知道了真相，因为达夫说信已收到，因他断酒，亦未复也。然而真相怕还不只于如此吧。我们从此以后便再没有见面，也便无从证实了。

要求没有缺点的朋友，便也就没有了朋友。高长虹表现了与鲁迅相同的"一个都不宽恕"的革命坚定性。

鲁迅对中国现当代文人的影响是潜移默化的，"随风潜入夜，润物细无声"。写文章的人不知不觉间就要朝着匕首投枪一路走，充满了战斗性，充斥着火药味。读鲁迅把自己也读成了鲁迅。犹如莽莽丛林中暴风骤雨后疯长的一嘟噜一嘟噜蘑菇，冒出来众多二鲁迅、小鲁迅。

一个巴掌拍不响，在鲁迅与高长虹的论战中，其实有着耐人寻味的一个民族几千年沉积的文化哲学背景，也有着一个时代和社会的烙印。

"精神病"的悲剧人生

我们一行在高长虹风雨飘摇的蓬蒿居前伫立了很久很久，思绪万千。

耳畔时断时续地回荡着阳泉市文联主席侯讵望的感叹："在人们的眼里，高长虹有点神经病[1]，总会有些异于常人的举动：辛亥革命武昌起义成功，高长虹还是一个 10 岁刚出头的小学生，他就自作主张剪掉了头上的辫子；在太原上山西省立第一中学时，原本热衷于参加各种政治活动的高长虹，却拒不参加学校组织的为阎锡山投靠袁世凯搞的"提灯会"，因得罪校方而被迫离校；在抗日救亡的八年中，高长虹是既抨击重庆的国民党，也批评延安的共产党。他写出《我们为什么还没有胜利？》一文，内容是谴责国民党当局政治腐败，谋取私利，置国家民族存亡于不顾。1941 年，他不顾阎锡山等人的收买，满怀憧憬地徒步前往延安。到延安后，高长虹曾被推举为陕甘宁边区文协第二次理事会筹委会副主任，这是一个很高的职位了，但他却没有接受。延安起初很欢迎他，特意派周扬作陪，请他到鲁艺[2]做了一次报告。在鲁艺的历史上，除了高长虹，只有丁玲和欧阳山有此殊荣。他在延安，又看不惯延安的许多做法，就口无遮拦地提出意见，引起一些上层人物的不快。康生曾怀疑高长虹是青年党，想找机会加以批判，只是在博古的保护下才没有得手；更让人觉得不可思议的是，1942 年 5 月，延安文艺座谈会召开之前，高长虹收到毛泽东、凯丰署名的座谈会请柬，这是何等的殊荣，这是多少文化人梦寐以求的机遇？可高长虹竟然以自己是研究经济的为托词，拒绝与会……这样的例子在高长虹身上真是数不胜数：抗战期间，他曾发动人们捐款买飞机打日本人。抗战胜利后，他又鼓动人们到东北开金矿，支援即将到来的国家建设，这些都成为人们茶余饭后的笑柄……"

据当年文艺界人士回忆：在延安时期，作家草明曾经去看过他，认为他"生活虽疏于自理，精神还算正常"；可是据舒群回忆："高长虹早在延安时精神就不对劲，到 1946 年时更加不正常。"据东北诗人侯唯动回忆：1953 年，在东北旅社看到高长虹被服务员训斥，生气地喝退服务员。他来到高长虹面前，望见他披肩的银发和乞丐般落魄的样子，不由掉下眼泪。然后，侯唯动去找保卫科的人，他们说高长虹是个喜欢大叫的疯子，侯唯动当即劝他们善待高长虹。接下来，侯

【1】这里指"精神病"。口语中常混淆。

【2】指延安鲁迅艺术学院。

唯动去高长虹的房间看他，并问他为何要大叫，高长虹解释说，他在无聊时用德语朗诵歌德，用英语朗诵拜伦，别人听不懂，就以为他在说疯话。由此可知，高长虹虽然苦闷至极，但到那时也还没有疯，只是有苦楚无处申诉。据舒群回忆：1949 年，高长虹终于住进东北旅社楼上的精神病房，虽然他那时可能还没有疯。有一次，他跑出来找舒群诉苦，舒群给他 100 元钱，还请他喝酒。喝酒时，高长虹忍不住哭了……

我蓦然间联想起契诃夫的名著：《第六病室》。

第六病室里关着五个精神病人，各自发病的原因不同。伊凡·德米特里总觉得警察要抓他，总觉得有一千条会被警察误会和冤枉的理由，见了警察就紧张，自己吓自己，整天生活在恐怖之中，神经之弦终于崩断了。格罗莫夫总是有些莫名其妙的念头，发表一些奇谈怪论，与正常人不一样。别人听不懂，或者是根本不愿意听，他却滔滔不绝地自言自语地说那些大家认为是疯疯癫癫的话，于是，格罗莫夫也被送到了第六病室。医生拉京，本来是一个精神很正常的人，可怎么被自己治疗的病人格罗莫夫所吸引，总到病房中同他聊得津津有味，废寝忘食，人们渐渐也看出了他的精神不正常，于是，拉京也被送进了第六病室……

我心中猛然间冒出了时下的流行词："被神经"！在高长虹的身上，我读到了极为丰富的然而又不为世人所理解的精神内容。

秋风萧瑟，寒意逼人。歌曲《霸王别姬》中屠洪刚那悲怆凄婉的歌声在云空中回荡：

> 我站在猎猎风中 / 恨不能荡尽绵绵心痛 / 望苍天，四方云动 / 剑在手，问天下谁是英雄 / ……伤心处别时路有谁不同 / ……归去斜阳正浓。

虎头山拜谒孙谦墓

郭沫若墓前的失之不恭

大寨虎头山如今更像是一座陵园。这块"风水宝地"上，青松翠柏掩映着众多耸立的纪念亭、纪念碑和墓碑。有周恩来题词的纪念亭，有当年大寨的领头人陈永贵、贾进才的墓碑……而其中尤其令人注目的是，共和国文学史上两个著名人物郭沫若和孙谦的骨灰也安葬在此。

2011年8月22日，我们山西作家"红色之旅"太行采风团，慕名来到大寨虎头山，既是对那个已然逝去的"农业学大寨"旗帜性人物陈永贵的凭吊，更是对郭沫若和孙谦这两位文人的拜谒。

距陈永贵墓地右侧大约20米处，我们看到了一代文豪郭沫若的墓碑。1978年四五月间，郭沫若在弥留之际，郑重其事地向身边的夫人于立群和几个子女交代后事："我死后，不要保留骨灰。把我的骨灰撒到大寨，肥田。"6月12日，这位共和国的文坛泰斗走完了自己86个春秋的人生历程。在举行了高规格的追悼大会之后，郭沫若的骨灰用飞机撒在了大寨虎头山上的层层梯田之中。1992年11月16日，在郭沫若100周年诞辰之际，大寨党支部和村委会为郭沫若立起了一座汉白玉纪念碑。纪念碑正对着狼窝掌沟。墓碑正面刻着"郭沫若同志永垂不朽"；墓碑背面刻着的是郭沫若的手迹《颂大寨》："全国学大寨，大寨学全国。人是千里人，乐以天下乐。狼窝成良田，凶岁夺大熟。红旗毛泽东，红遍天一角。"1965

大寨陈永贵陵墓

大寨郭沫若纪念碑

年12月，郭沫若率中国科学院代表团参观了大寨，这首《颂大寨》诗就是写于此时。一首在当年历史背景政治时势下写的应景诗，竟作为一代文豪的代表作镌刻于墓碑上，细想一下，实在是让人读出了某种荒诞。它让人联想起米兰·昆德拉的一句名言："历史有时候是会开怀大笑的。"

为配合"农业学大寨"，郭沫若确实留下了不少"脍炙人口"的诗词：

1964年2月10日，《人民日报》头版发表了长篇通讯《大寨之路》，并配发了社论《用革命精神建设山区的好榜样》。周恩来总理在三届全国人大一次会议的政府工作报告中，又多次提出了"大寨精神"。于是，郭沫若首次写出歌颂大寨的诗篇："传统作风雪里梅，大寨精神从此来。已见黄河清澈底，要教宇宙共春回。"同年12月初，郭沫若在太原参观大寨展览馆，在题写馆名之后又以一首七律咏怀："大寨人人是愚公，神州争效此雄风。百年基业防涝旱，千米山头待柏松。勤奋力将全国学，虚心赢得普天同。为防自满寻差距，绝不因循步自封。"尤其让人叹为观止的是，1976 年年底，正在病中的郭沫若为老友关良所画鲁智深题诗一首："神佛都是假，谁能相信它！打破山门后，提杖走天涯。见佛我就打，见神我就骂。骂倒十万八千神和佛，打成一片稀泥巴，看来禅杖用处大，可以促进现代化，开遍大寨花。"原本风马牛不相及的鲁智深和大寨，也不知在具有奇诡想象力的大文豪思维里，是怎样产生的"蒙太奇"链接？

读着这样的诗句，你能相信，这就是那个曾写出《女神》、《凤凰涅槃》这样经典名篇的大诗人？你能相信，这就是那个曾写出《十批判书》这样犀利文章的知识分子？也许，在共和国成立后的某一时刻，作为巨星，郭沫若的闪耀光芒已然销声匿迹。据比尔·布莱森所著《万物简史》称："我们一直神圣仰望的北斗星，实际上也许在此之前 4 年，或 14 世纪初以后的任何时候就已经熄灭，我们现在所看到的，我们至多只能说——永远只能说——是它在 680 年以前发出的光。"这是时空造成的误差。这是我们人类视觉的局限。

1979 年，钱锺书访问美国期间，曾与夏志清有一番问答。夏志清在《重会钱锺书纪实》中记载下这一细节：夏志清奇怪，郭沫若"为什么要写贬杜扬李的书"？钱锺书回答："毛泽东读唐诗，最爱'三李'——李白、李贺、李商隐，反不喜'人民诗人'杜甫，郭沫若就听从圣旨写了此书。"

我至今仍记得 40 年前读郭沫若《李白与杜甫》一书时的惊诧与愤慨。

郭沫若题"大寨展览馆"

韩愈有诗句："李杜文章在，光焰万丈长。"我们两千年来的文化传承，一向把李白、杜甫并称。可偏偏这个郭沫若，要运用自己深厚的古典文学功力，做出"扬李抑杜"的论证。

郭沫若真不愧是那个时代富有代表性的一代文豪。从其身上我们看到的是一个时代的悲剧。

1976年初，周恩来逝世前留下遗嘱：不留骨灰，把它撒在大海里。两年后，郭沫若也留下遗嘱：把自己的骨灰撒在大寨的梯田里。也许，对晚年的郭沫若而言，此举也是顺理成章的逻辑必然。

叶落归根与《言大必空》

孙谦故乡文水县财政局干部王学礼，对自己的"乡亲"孙谦可说是一往情深。他以"孙谦家乡人"之名，开了新浪博客，收集整理了一切有关孙谦的资料。他在《叶落不归故乡有何考虑》一文中写道：

> 人常说：叶落归根。孙谦虽然早年参加革命，但他的出身是农民，一生接触的是农民，作品歌颂的还是农民，农家的风俗他是清清楚楚的。他生前情牵大寨，我们能理解。但死后不回故里，似乎与他晚年日益浓重的乡情、对家乡亲人的怀念和牵挂多少有些矛盾，让人有些不得其解。

> 孙谦虽然对大寨有着特殊的感情，但是他念念不忘家乡……"记忆中的故乡，多么亲切，多么生动啊！久别的故乡，多么使人眷念和想望呵"，"故乡，我的母亲，我会回去的"！这是孙谦生前发自真情、非常恳切而又付诸文字的一段话。他离休后又创作了大量回忆家乡人家乡事、回忆父母和二弟三弟、回忆童年少年生活的散文，像《文学贵创新》《买书记》《闹红火——缅怀俺爹》《小货郎迷路》《演戏及其它》《忆二弟》《红裤带》等等，这些都是他晚年有的还是临终三四年前写的。生前他一遇见来自文水的乡亲和领导，就主动介绍说："我是文水人。"从中我们能感受到他对故乡的无限眷恋和依依深情。

我问孙谦的夫人王之荷："人之常情，总是希望叶落归根。我感到有些纳闷，孙老的临终遗言，为什么不是想把自己的骨灰埋回故里，而是要撒到大寨的虎头山上？"

王之荷："我也问过他，可是他摇了摇头。老孙最终有个遗憾，就是觉得没给家乡文水写什么东西。他写过，也是批评的。他常跟我讲，这是他的一个遗憾，他说他也没给县里做什么贡献。最早，反右之前，我们回太原之前，对县里的工作提出批评，写文章批评县委工作的假大空。但他批评的也是事实，也是应该给他们指出的。"

王之荷所提到的文章，是指孙谦 1957 年发表于《山西日报》的一篇杂文：《言大必空——就商于文水县委领导同志》。这篇短短的杂文颇能凸显孙谦的文风和个性。

我找到了这篇文章：

> 每个人都爱他的出生成长地——故乡。每个离开家乡参加革命工作的人，都会十分自然地关心故乡的一切变化。我是文水人。我常常通过亲戚朋友打问故乡的生产和生活情况，我拿起报纸来总希望能读到文水的消息。
>
> 上月七日，《山西日报》登了一则电话新闻：五月六日晚，文水县委决定干部参加劳动，下乡的县委书记县长和其他干部实行半天劳动、半天工作的制度；同时还号召每个干部自备锄头、铁锹、镰刀，作为随身三件宝……
>
> 我为这条新闻欢呼——文水百姓有幸，县区干部的主要毛病——工作不深入、作风轻飘——将要很快纠正了！
>
> 五月九日，《山西日报》又登了一则电话新闻：文水县委成立了整风办公室，决定立即在全县开展整风运动；同时还确定半天工作、半天整风，以便做到整风、生产两不误……
>
> 我也为这条新闻欢呼——文水农民有幸：今年的农业丰收有盼望了——据我所知，去年文水有不少农业减产了，减产的主要原因是干部的主观主义和官僚主义——干部们整风以后，农民再不要为那些悬空的规划和那些虚假的数字苦恼了！
>
> 五月十六日，我在《山西日报》上读到了文水县委的整风计划。我把这个计划读了三次，读过以后，我想欢呼，但欢呼不出来了。我不明白这是怎么一种情绪，我不明白什么原因使我对文水县委的整风计划发生了怀疑！
>
> 我把前几天的《山西日报》找出来，仔细地查对了文水县委的决定和决议，

我明白了。

　　文水县委在对参加劳动和开展整风运动的问题上，仍存在着不实事求是的作风。两个决议（参加劳动和展开整风运动）之间有着明显的矛盾，文辞和具体做法上都显得浮夸。

　　比方，文水县委决定下乡干部半天劳动、半天工作，又决定整风期间县级各机关半天整风、半天工作，试问，这是切实的吗？还有，县委号召每个干部每人自备锄头、铁锹、镰刀，这当然是好事，可是县委委员们就不考虑一下这三种农具要值多少钱？据我的调查，三种农具要值十元人民币；而且在一个小县城的商店里，很难一下子买得到那么多的农具。参加劳动重要，工作也重要，整风更重要。挤来挤去，势必把参加劳动的时间挤掉。结果是什么呢？农民为县委的决议欢欣鼓舞，而实际上县委干部并不能每日都参加半天劳动，更不能带自备的"三件宝"和农民一起劳动，那时候，就会引起农民的埋怨和不满。

　　又如，据我所知，文水各农业社去年的生产和分配计划大部分都落空了。这是为什么？这就是说领导和农业社（即农民）之间存在矛盾，而且是当前农业生产中最突出最主要的矛盾。但在文水县委的整风计划里没有有力地强调这种矛盾，设法解决这种矛盾，而是强调什么"矛盾排队"、"调查矛盾"等等。矛盾很多，一下子不可能全部解决，放下主要矛盾不管，而想全面开花，那只能是：反本求末，凑凑热闹。文水是农业县，重点应该放在农业上，我在文水县委的整风计划上，只看到要和机关干部、民主人士、小学教员座谈，却没有看到要和农业社长、社干、社员——特别是同老农民座谈：应该问问那些农民去年的生产计划为什么没有完成；去年的分配计划为什么比原计划少了许多；为什么各种作物一定要实行密植；为什么棉花不让打顶；为什么要让农民多种不好吃的玉米，而不让农民多种喜欢吃的高粱；为什么高高兴兴参加了农业社农民会在秋收以后，对他自己喜欢的农业社有了各种各样数说不尽的意见……

　　整风、参加劳动的目的是为了纠正缺点、改进领导作风，密切党与群众的关系，和群众一块儿建设社会主义，绝不是为了宣传，为了写几张空头支票。

　　语云：空雷不雨，瞎喜一阵；我云：言大必空，徒增牢骚。未知文水县委负责同志以为然否。

这真有了"以子之矛，攻其之盾"的意味。都是从白纸黑字的官方报纸上，却看出了其中的"猫腻"之处。

　　王之荷在访谈中对我说："老孙他和一般的人不太一样：他不在意小事上，

但大事上他非常清楚。比方说对大跃进，他那个时候就有看法，在下面说，'就是胡说八道，生产那么多粮食，骗谁去呀，最后还不是苦了老百姓。'除了他的作品外，我再给你讲讲他的人格，我记得的，50年代，搞运动，人家都是往前跑，领导得带头吧？他不，运动里那些"左"的东西，他不干。他写的文章，棉花摆得一片，在地里没人去收；反对官僚主义的，他也是写文章。而且他还给中央写信。那时候谁敢？他给中央写信，干部作风浮夸、虚报产量等等，他写了。他写了以后，内心非常矛盾，怎么办呀？他就是看到现实和宣传中的距离，他晚上睡不着。我怎么知道呢？我睡一觉醒来，看见烟头还在那儿亮着呢。他睡不着，躺在床上，一支接一支地抽烟，到后来就得了神经官能症。头疼，他就睡不着。我说你睡觉就不要吸烟了。他说，我睡不着，老百姓都吃不上了，还在那儿吹产量多大多大。要不那段时间，他写了好几篇杂文。后来他就给中央写信，就等于是告状，告当地政府的状。他写好，是我给他找的人，我那时候还在北京，我找人送到中南海。后来信就转到山西，他不是来了山西，下乡了解的情况。很快就开始反右派了，就是反中央呀，暴露阴暗面呀，那一段可把我吓坏了。吓得我就睡不着，多久都睡不着。后来总算没打成右派……"

王之荷说："后来有人说，他为什么要回山西？他是怕打成右派了跑回山西。"

山药蛋派代表人物之一胡正在访谈中也向我讲到孙谦的这件事情："李束为（当时文联主席兼党委书记）给省委宣传部写了个报告，把我们几个一个个批点一回：……说孙谦是玩物丧志，孙谦那时候在他家院里挖了坑养蚯蚓，喂乌龟。……啊呀，这下子可气坏了。孙谦气坏了有道理，他经历过一次反右倾，反右倾的时候写过两篇文章，对大跃进人民公社不满意。他了解文水的情况，就给当时文水的县委书记写了一篇，叫《言大必空》。很有名的一篇文章，就被批判成右倾机会主义，在北影受了处分。他在北影受了一场冤枉，才跑到山西。孙谦火了，说，我哗哗地写东西吧，说我是宣传资产阶级生活方式，是老右倾。我养病，不球写了，又说我玩物丧志。怎么弄球也不对，怎么做也是个挨批。"

孙谦在1979年11月22日写的《自传》中说：

写《大寨英雄谱》时的孙谦

建国以来，从批判教条主义、概念化、无冲突论、干预生活、写个人命运到"文化大革命"的全面大否定，哪一次运动我都是被批判的对象……

1954年冬，我写过一篇叫做《奇异的离婚故事》的短篇，发表在《长江文艺》上，1956年，我把它改编为电影剧本，影片完成后，导演改名为《谁是被抛弃的人》。1956年夏，我和海默同志合写了杂文《会爆炸的食品》、《不管小事的税务局长》、《油漆的缺点及其它》；我自己在1956年和1957年，又写了杂文《橡胶树的厄运》和《言大必空》。为了那一篇小说、一部电影、五篇杂文和我在1956年写的另一个短篇《有这样一个女人》，在1958年召开的长春电影创作会议上，我受到了批判。1958年反右倾，我又被"炒了一次回锅肉"，好几家报纸和杂志发表了批判我的文章；在党内，把我的错误性质定为反党分子，并给予留察和降级处分。

……我便病倒了。1959年和1960年，我是在病中接受批判的。1961年和1962年，我在疗养院养病，头晕得连报纸都不能看，哪里还能再写文章？

俗话说："故土难离。"孙谦不愿"叶落归根"的选择中，也有着"性格决定命运"的因素。

孙谦与大寨、与陈永贵的不解情缘

王之荷讲："老孙那个时候是在生病期间，他那时候就不能看东西了，一看就头晕，在晋祠疗养院还住了一段时间。他那时候脑神经不太好，神经官能症，看人都是无精打采痴痴呆呆的那个样子。一天，他无意间听到广播，说大寨遭了灾，就是《山西日报》那篇文章，说大寨怎么怎么样抗灾。他听后就激动得不行，眼睛发亮，精神好像也一下好起来。那时候大寨还没像后来宣传得那么厉害，许多人还不知道山西昔阳有这么个小山村。他听了广播，躺不住了，带了些药，带病就去了大寨，住在那儿，一直到写出初稿。……是这么个背景，我是给你讲他这个大寨的情缘。"

是大寨把孙谦从命运的困厄中解救出来。撰写大寨，成为孙谦命运的拐点。

1963年8月，晋中地区昔阳县一连下了7天7夜大雨，降雨量高达500多毫米，超过了前一年全年降雨量。作为小山村大寨，突然间遭遇到巨大的灾难，山洪暴发江河横溢房倒屋塌。全村100多间房和100多孔窑洞，塌得只剩下12间房和5眼窑洞可以住人；360多口人无处安身；村里泥泞不堪，陈永贵带领大寨人苦心经营了11年的梯田，也毁了个一塌糊涂；山沟里到处是稀乎乎流下来的泥滩，玉米地倒成了一片；10年来垒下的100多条石坝也塌了；苹果园里，不少果树东倒西歪地露出了树根。人们被突如其来的灾难打击得垂头丧气悲观失望。陈永贵此时此刻表现出

陈永贵雕像

孙谦（左二）与郭凤莲（左一）在大寨

他是鼓动农民的天才。陈永贵是很有演说口才的，灾害发生时，他正在县里开人大会，出乎所有人的意料，陈永贵回到村里见到愁眉苦脸的乡亲们时，拱起双手说："我回来是给大家贺喜哩！"乡亲们都愣住了，你看看我，我看看你，陈永贵是不是疯了？陈永贵是不是酒喝多了？陈永贵扫了一眼呆呆望着自己的乡亲们，反问一句："人在还不是大喜？自古常说，留得青山在，不怕没柴烧。山是人开的，房是人盖的，有人就甚也不怕！刮了地我们能修，塌了土窑我们修瓦房，塌了瓦房修新房！坏事能变成好事！"沧海横流，方显出英雄本色。大寨人此时此刻需要的正是主心骨。别看陈永贵是个农民，但他却极具号召力，具有很好的演讲口才。此刻他施展出他鼓动农民的天才能量，唤起了全村人的信心。在毁灭性的灾害面前，大寨人在陈永贵的带领下，表现出一股勇于战天斗地的英雄气概。陈永贵呼唤起蕴藏在普普通通农民心底的理想主义的奋斗精神。大寨人提出了"五年恢复土地，十年修建房屋"重建家园的计划。

遭灾不久，一位公社领导给陈永贵打电话，说拨给了他们80块钱医药补助费。陈永贵答道："把钱给别的兄弟队吧，我们没有伤病员。"

过了几天公社又来电话，说拨给100块钱买苇席，搭些席棚当临时住处。陈永贵又谢绝了："我们大寨有苇地，也有钱来买席，救济别的兄弟队吧。"

第三次救济来得动静很大，一辆马车拉着寒衣进了大寨。陈永贵和几位干部招待车把式吃了顿便饭，没让卸车，在众目睽睽之下又让人家把衣服原封不动地拉回去了。

不少大寨社员对此也不能理解，说别人"找还找不到，寻还寻不来，送上门来，你们不要，这光景还怕过得太富裕了吗？"有的骂："傻瓜子干部！"还有的说："不就是为了要当模范嘛！"

陈永贵很善于把自己的想法变为大寨大队党支部的集体想法，进而再变为全体村民社员的想法。一天早晨，陈永贵和贾进才相遇，蹲下抽烟，聊起了救济的事。陈永贵问贾进才："你说咱要不要国家的救济？"贾进才一贯忠厚，善于替别人着想，他说："我想是不能要。水泉大队今年遭灾，劳动日每个预分5分钱，怎也得先救济他们才对。"

陈永贵召集党支部会议，他们分析了有利条件和不利条件，研究了政治影响和经济利益，最后坚定地提出"救灾三不要"的口号：即国家的救济粮不要，救济款不要，救济物资不要。大寨在三次拒绝了小额的国家救济之后，又第四次谢绝了国家拨给的恢复土地和修建房屋的款，把这笔钱转给了水泉大队和孟山大队。

陈永贵说："我们真的傻？我们不傻。国家是我们的国家，集体是我们的集体，人民是我们自己的人民，我们自己能够战胜的灾情，能够办到的事情，为什么要依赖国家呢？不能只看到当时国家给我们那么多财富，要看到另一个问题，就是那样下去，会不会使大寨的贫下中农社员养成遇到困难就依赖国家，躺到国家身上呢？"

大寨人在灾害面前，继提出"三不要"之后，很快又提出了"三不少"：即社员口粮不少，劳动日分值不少，卖给国家的粮食不少。

我们现在有不少的县，把能申请成为'贫困县'，吃上国家的救济粮，认为是聪明能干，占了便宜。躺在国家身上坐吃现成，就是不想办法脱贫。现在是，物质刺激压垮一切，再不提什么精神的作用……

激情是打火机，它能把人点燃得热血沸腾。孙谦被陈永贵的人格力量所打动，为大寨的这种精神所感动。人毕竟不是动物，人总还是要有点精神的。孙谦和陈永贵在人格力量上发生了共鸣！

孙谦说："1963 年，我在大寨住了 40 来天，写了报告文学《大寨英雄谱》。"

一向擅长写"中间人物"的山药蛋派，塑造出了英雄的典型形象，一时间获得了极大的好评。刘白羽在《英雄之歌》一文中赞扬道：

> 读了孙谦同志的《大寨英雄谱》，禁不住想把自己激动喜悦的心情写下来。这是充满时代精神、革命精神的文学作品，这是我们殷切期待着的作品，它以强大的现实生活内容感染着你，这也以与生活相适应的豪迈的艺术力量感染着你。你读着它，就觉得浓郁的生活气息扑面而来，你就看着一个个亮堂堂的人在大踏步行进。我们很久以来注视着，寻找着，总没能从文学作品中发现陈永贵这样高大的社会主义时代新型农民形象。现在他做出了革命文学所应该做的：为英雄的时代，谱出了英雄之歌[1]。

大寨人为孙谦所镌刻的墓碑上有这样的文字：

> 1963 年大寨遭受特大洪灾后，他深为大寨人民艰苦奋斗、自力更生的精神所感动，带病深入采访，与全村人民同吃同住同劳动，写出了具有巨大反响的长篇报告文学《大寨英雄谱》，以后又多次到大寨深入生活。他认为，大寨人民的艰苦奋斗精神代表了中国亿万农民改变贫穷落后面貌的强烈愿望。在他以后所写的作品中，始终贯穿这一精神。

> 他的《大寨英雄谱》介绍了大寨事迹，引起中央重视，毛主席发出"农业学大寨"号召，使大寨驰名中外。

孙谦生前，我与他谈起过他的《大寨英雄谱》。我说，我还在中学生时代，就读过您的这篇报告文学，正是从您的笔下，让我了解了一个大寨，一个陈永贵。那是一个放飞理想的时代，榜样的力量是无穷的。孙谦说：我就是个农民，所以大寨面对灾害时的事迹，就特别能打动我。我又没球多少文化，不是我写得好，是大寨精神感人。孙谦在谈到《大寨英雄谱》的轰动效应时还说："我搞了多年创作，电影、小说、剧本都写过，没有料到一篇小小的报告文学《大寨英雄谱》会打得这么响。"

【1】刘白羽：《英雄之歌》，《文艺报》1964 年第 5 期。

王学礼在《孙谦编话剧和电影——孙谦和大寨（三）》一文中写道：

> 为了了解大寨人的真实思想、情感，孙谦讲了一些他在大寨采访中的趣闻轶事。陈永贵好喝酒，他下去采访时带了一箱子汾酒，夜深人静时，他和陈永贵举杯对酌，让陈永贵"酒后吐真言"，向他讲述自己的心里话；别的干部、记者到大寨采访时吃派饭，他自己"讨"饭吃。他想了解谁家的情况了，就到人家家里，人家干什么他就搭把手帮着干，边干活边拉家常，到吃饭时候想走人家也不放他走，在干家务、吃饭当中感受和了解社员们的真实思想；吃饭时间，社员们端着饭碗在大柳树下围成圈，有时他也端着碗挤到圈里听大家拉家常，说闲话；下雨天或晚上社员们在大队办公室里下棋、打扑克，他也挤进去参加，同他们一起嬉笑怒骂；地里谁家婆媳、兄弟、夫妻吵了嘴，他主动去劝说，有的人还误认为他是"公社派来的调解员"……就这样，他对大寨的家家户户了如指掌；人们的喜怒哀乐，他心中一清二楚。所以，写起来得心应手，《大寨英雄谱》才那样真切感人。

孙谦说过的一句话，给我的印象特别深："至于陈永贵当政治局委员、国务院副总理，那是后来的事。我完全是把他当一个朋友。他也是把我当朋友，心里有什么憋闷的话，也愿意对我说。"

1965年初，中共中央华北局通知，春节后，在北京举办华北地区话剧歌舞剧现代戏观摩演出。省里决定，请孙谦将他的报告文学《大寨英雄谱》改编成话剧，由山西话剧团排演参加华北地区观摩演出。剧本名叫《太行高风》，在北京的华北观摩演出上拿回大奖。华北区观摩大会结束，根据周恩来总理的提议，省里又要求将《大寨英雄谱》改编为电影文学剧本。孙谦向省里提出："这是重大题材，我一个人扛不动，要两个人抬"，把马烽也拉了进来。孙谦说："这个电影剧本是我所有电影剧本中写得最艰难的一部，耗时一年半，写了三稿，还没最后完成，'文化大革命'就开始了，材料和底稿被全部抄走；1972年，我和马烽在插队劳动期间，中央文化组和山西省委又令我们重新写作，又耗时4年，写了21稿，1975年冬交出剧本，定名为《山花》，发表在《汾水》上。"我在《马烽与陈永贵的三次喝酒》一文中，对孙谦、马烽两人创作从《千秋大业》到《山花》的过程有详尽讲述，此处不再赘笔。

由此，孙谦与大寨、与陈永贵结下了不解情缘。

1984 年 10 月 16 日
孙谦在壶关紫团洞

对孙谦生命具有重要意义的紫团洞

　　孙谦的女儿王笑宓向我讲述了孙谦在弥留之际嘱托后事的情形："也不知是怎么回事，那天他在病房里就那么说，他说，骨灰也不要了，就撒到大寨的虎头山上做肥料，就这么说。我感到很意外，没想到。他可能是对陈永贵有比较好的认同感，这是我这么想，不是他说的。我事后回想起来，因为当时他一说出来，我们家的人都有些意外。"孙谦的小女儿笑非表示了不同的观点，她说："我因为在大寨插过几年队，亲眼看到父亲与大寨人亲同一家，父亲对大寨人有感情，大寨人对父亲也有感情。所以我很能理解父亲的想法。"

　　王之荷在一旁插话："这个是后来我求他了。我说，你把骨灰撒到大寨，那时交通也不方便，那么远，你叫我怎么跑去祭奠你？你总得给我们留下一些……"（王之荷泪水夺眶而出）

　　王笑宓："我记得当时我就说，骨灰也不留了。既然如此（王笑宓声音也哽咽了）……为什么不把骨灰撒到对他的生命来说，同样具有重要意义的紫团洞呢？"

紫团洞是孙谦获得政治生命的地方。孙谦在《紫团洞，紫团洞——我入党的前前后后》一文中作了这样的介绍：

> 我们到达"民艺"不久，日寇便占领了长治县城，学校被迫分散活动；直到初秋，学校才集中到一个叫作紫檀洞的山村。……九月间，唐桂龄极隐秘地塞给我一张用有光纸印的入党申请表格：当我把填写好的表格塞给他后，他便引我到村外的树丛中。我们既没有悬领袖像，也没挂镰刀斧头旗；唐桂龄让我读了一次表上我写的誓词，便算仪式完成。在回村路上，唐桂龄对我说："现在，党处于秘密状态，不要乱说乱道。有事，只能找我联系。记住：你入党的时间是'九一八'国耻纪念日，地点是紫檀洞村。"
>
> 紫檀洞啊，紫檀洞！她是我的新生地，她也使我在"文革"中吃了苦头！
>
> 造反派要查我的"党籍"问题，提我去"拼刺刀"。我一进门，便听到一阵吆喝，又喊口号又是叫，看样子，是想把我"镇"住。我的脾气，大概造反派他们也清楚：吃软不吃硬——软起来像团棉花，硬起来却像块钢铁。静场后，造反派文绉绉地问道："你是在何地入党？"我答道："紫檀洞。"他们又问："紫檀洞在何州何县？"我像吞了一颗刚烧熟的小山药蛋，烧得烫心，却欲咽不得，欲吐也不得！——战时行军住宿，只问村名，谁能来得及问它在哪州哪县？我被"修理"了一通后，不仅没软下来，反而引起了我的犟劲："紫檀洞在太行山里。不信，你们去查山西地图！"有个酸溜溜的家伙，嘿嘿地笑了："你编造的地名，军用地图上都没有！你要老实交待，别想蒙混过关。
>
> 紫檀洞啊，紫檀洞！你究竟在哪州哪县？
>
> 1984年秋，我到壶关县采访，无意中读到一份旅游宣传品："县东南有翠微山，盛产党参中之珍品，山半壁有钟乳石溶洞，名紫团，故其党参亦称紫团参，其药效类似吉林野人参。据传说，紫团洞曾有紫气吐出，乡人于洞口设坛奠拜，故亦称紫坛洞……"
>
> 哈哈，原来紫檀洞就是紫团洞！
>
> 我找了张壶关县地图，图上既没有翠微山，也没有紫团洞。第二天，我便驱车直奔翠微山。山上没公路，只好徒步攀登。沿途村庄，家家晒党参，村村刨土豆。党参名贵，土豆特别肥大……有了这两种宝，紫团洞的农民穷不了！登上翠微山绝顶，顿觉脚下的众山皆小。阳光下，松杉挺拔，柞榛金黄，使人觉得心旷

神怡。沿着羊肠小道，下到紫团洞口。洞口约二尺许，边周的青草上挂着闪闪的小水滴；不见有祭坛踪迹，惟见乱石累累。引路人说：洞内甚宽阔，雪白的钟乳石千姿百态。我欲俯身爬进洞里，引路人却坚决不让，说洞里路极难走，又没带照明设备。我只好坐在洞边，请随行的同志给我摄影留念。……等照片洗出来一看：在"紫团洞"赫然三字的崖刻前边，坐着一个衣冠不整、满脸皱纹的干瘦老头！

此次太行山之行，我在壶关县的旅游介绍中看到对紫团山紫团洞的描绘：

> 紫团山距壶关县城东南60公里，因山有紫气缭绕成团而得名。山区万峰突兀，方圆百里。古称抱犊，风光绝佳，有"南五夷（山），北抱犊（山）"之说，是"海内不可多得"之胜境。历史上有颂扬它的诗词百余篇及36景诗传世。

> ……紫微洞亦称紫团洞，是紫微道人面壁之处。洞如迷宫，宽窄不等，最高处达50余米，最宽处达30余米，最低窄处则仅容一人侧身而入。洞中有"天神"、"罗汉"、"八仙过海"、"玉龙捧寿"等溶岩层景点151处……

这样一个"风水宝地"，又与孙谦的政治生命有着重要关联，他却没有"托体同山阿"，可见在孙谦心目中，有着比紫团洞更为值得寄托灵魂的地方。

江青在大寨拍摄的照片（前排为江青秘书和警卫、后排中为陈永贵、左三孙谦、左五郭凤莲、右二马烽）

生前友好身后伴

十一届三中全会以后，陈永贵从他人生的辉煌顶点跌落下来。

1979年12月17日上午，昔阳县革委会大楼的二楼会议室里举行了一次县委常委扩大会。上午10点整，李喜慎宣布开会。他简短地说了几句开场白，便宣读了［晋中地干字136号］文件，大意是经山西省委常委讨论同意，地委通知，免去陈永贵的昔阳县县委书记职务。月晕而风，础润而雨，这是最初发出的政治信号。

1980年2月23日，十一届五中全会召开，会议决定批准汪东兴、纪登奎、吴德、陈锡联的辞职请求，免除或提请免除他们所担负的党和国家的领导职务。这些人与陈永贵的关系都很不错，尤其是纪登奎和陈锡联，与陈永贵过从甚密。

1980年8月30日，五届人大三次会议在北京举行。大会接受了陈永贵要求解除他国务院副总理职务的请求。

1982年9月1日，中国共产党十二大开幕，代表团里没有陈永贵的踪迹。身为中共中央委员、中央政治局委员的陈永贵在家乡山西落选。

雪中送炭三冬暖，雪上加霜三伏寒。

因陈永贵的"飞黄腾达"，孙谦与他已久未联系。当得知陈永贵已经从副总理的职位上下来了，分配到北京东郊一个农场里当顾问；家也从钓鱼台搬到复兴门外的一套公寓里闲住。1982年秋，孙谦与马烽为修改一部两人合作的电影剧本，住在北影招待所，猜想陈永贵此时的心情一定不好，平日里门庭若市，如今门可罗雀。在这种情况下，作为老朋友理应去看望他。于是，两人上街买了两瓶好酒和一些下酒菜，又请北影食堂赵师傅连夜做了两只卤鸭子。赵师傅在海淀区一带是颇负盛名的厨师，他最拿手的菜就是卤煮鸭子。

马烽讲述过这次他与孙谦一起去看望陈永贵的情形：

"在喝酒闲聊中，看来陈永贵对从副总理职务上下来，并没有什么不满情绪，完全不是我们猜想的那样。他觉得这样倒好，无官一身轻。他唯一不满意的是，让他去京郊农场当顾问，而不让他回大寨。他说大寨的干部和社员，不断有人来看他，都希望他早点回大寨去。可是这事不由他，他得听从组织的分配。不过他迟早还是要回大寨去，他离不开那里的土地和干部社员。他说如今他们受到社会上很大压力，一提起这事，陈永贵不由得就激动起来，特别是喝了几杯酒以后，竟然对着我俩发开火了。他说，大寨人把陡坡修成梯田，开山打料石筑起那么多田埂，流了多少汗水？你以为大寨人天生就那么贱？那是没有办法的办法。建设社会主义不靠自力更生艰苦奋斗，靠什么？天上能掉下馅饼来？陈永贵还说，如果说工作中有缺点，有失误，我承认。主要应该由我陈永贵承担，不能让大寨所有的干部和群众分摊。别人谁爱说什么说去吧，我不在乎。反正这些年修下的高标准海绵田在耕种，修下的渠道还在浇地，旋下的新石窑社员们住着。这些年上缴了多少公粮，卖了多少统购粮，粮库里账本上记着，我相信一句话：金盆子打了分量还在着哩！"

孙谦曾对我说过这样的话："陈永贵跟我一样，他就不球是个当官的料。硬是活生生让政治给毁了。"陈永贵谈起他当副总理的事，说过这样一番话："这副担子太重，老实说，我挑不动。可是没有办法，毛主席周总理安排的，只能硬着头皮挑！"他说他曾向中央写过辞职报告，没有批准。毛主席批示：每年三分之一时间在中央，三分之一时间到外地，三分之一时间回大寨。他此后就是遵照毛主席的批示安排工作。

孙谦还向我讲述过陈永贵当副总理后的生活细节：

陈永贵的烟瘾很大，他抽烟有个特点，就是从进门点着第一支烟开始，就不断火。左手指夹着的烟刚抽了半截，右手已拿起另一支，慢慢用手捏烟头，挤出一些烟丝后，把那半截烟栽在上边继续抽。他做这些动作十分熟练，连看也不看一眼。一盒烟抽完，烟灰缸里只有一根火柴棍，连一个烟屁股也不见。陈永贵一天得抽两三盒烟。那时候，中央首长都有特供烟，不是"熊猫"就是"中华"。但陈永贵从来不抽好烟，他最常抽的牌子是三毛八一盒的"三七"和一毛八一盒的"阿尔巴尼亚"。（孙谦抽烟也有个特点：口袋里总是装着两种烟。待客用牡丹大前门，而自己则总是抽大生产。）

陈永贵到中央后，不仅老婆和孩子仍是农村户口，靠工分吃饭；他这位堂堂副总理也没有城市户口，也挣工分。没有城市户口就没有粮票。每年秋后大寨分粮食，要专门拿出陈永贵的那份口粮送到公社粮店，换成全国粮票给陈永贵捎去。陈永贵不算城市居民，也没有正式的国家干部的工资，自然就要在大寨挣工分。大寨大队给这位国务院副总理记满分画满勤，结结实实地算一个壮劳力，每天劳动工值一块五毛钱。除了大寨的这笔工分收入外，山西省每个月还发给陈永贵这位省级领导干部六十块钱。搬出钓鱼台之后，买粮买菜抽烟喝酒全得陈永贵自己掏钱了，山西便把一个月六十块提高到一百块。此外，中央每天也给陈永贵一块二的生活补助，一个月就是三十六块钱。一百三十六块外加一个壮劳力的工分，就是陈永贵可以挣来的全部月收入。

陈永贵经常在大寨接待站陪客吃饭，按规定可以不交钱，可是陈永贵要带头不搞化公为私，让自己的秘书交了一百块钱。陈永贵说："规定不出，我们要出。不然，吃着香，屙着光，要着钱了扎饥荒。"

俗话说，谁家锅底没点黑。可陈永贵就敢于自揭家丑。陈永贵自己在支部生活会上说："我坦白一件事，就是一个河北搞修建的，送给我家一瓶香油，六支小挂面，一斤花生。据家里说是接待站的九昌相跟送去的。现在人也找不到，要赶快还给人家……"

孙谦说："陈永贵每次出镜头，总是头缠白毛巾，身穿粗布衣。这么副打扮，仅仅是在做表面文章？不，我认为他始终还保持了一个农民的本色。"

孙谦写过一篇文章，题目就叫：《不是当官的"料"》。

孙谦是我印象里对当官最淡泊之人，按说，在山药蛋派西李马胡孙（西戎、李束为、马烽、胡正、孙谦）"五老"中，他资格最老。马烽在回忆孙谦的文章中谈到过这段经历："在前方，我与孙谦朝夕相处，同甘共苦整三年，他一直是我的顶头上司。……他不论当队长还是当排长，从来没摆过干部的架子。对他领导下的小青年们，一视同仁。行军时看到谁走不动了，他就不声不响地把背包夺过来，加在自己的背包上；发现谁脚上打起泡，晚上就找根马尾，抱着你的臭脚给你穿刺，任你哭喊他也不松手。平素，他不在生活琐事上对我们吹毛求疵。可是如果你违反了军纪，或者是不认真学习、工作，他发起脾气来也够你受的。不过，大家都还是愿意在他的领导下生活。"后来，其他四老一个个都"后来者居上"，成了孙谦的顶头上司，他却一点不计较，反而风趣地说："这个世界上即使就剩下两个人，我也永远是那个被领导的。"

孙谦大概正是从陈永贵身上，发现或者说是寻找到一种惺惺相惜的共鸣。

职务并不能给人带来崇敬，当年，郭沫若大概可称之为"成功文人"的典范，身兼数职权势炙手：曾任政务院副总理、中国科学院院长、中国科技大学校长、中国科学院哲学社会科学部主任、全国政协副主席、全国文联主席、全国人大常委会副委员长等职。然而伟人早就有言："粪土当年万户侯"，"伤心秦汉经行处，宫阙万间都做了土"。胜者为王化作土，败者如寇亦成土。只有那人性的高风亮节，永世留芳于百姓的口碑之中。

1994年，山西作协与省电视台到大寨拍孙谦的专题片。孙谦一进村，就上了虎头山，带了一瓶汾酒，到陈永贵墓前祭奠。他情不自禁，老泪纵横。也许就是在那次祭奠中，孙谦已然下定决心，身后要去陪伴无比寂寞凄凉的生前友好陈永贵。

跪拜是发自肺腑的敬仰

王笑宓在访谈中说："1996年安葬的时候，我爸他并没想的还要建坟，说的是把骨灰撒到虎头山上做肥料。可大寨郭凤莲说，不能这样，大寨人不能忘记孙谦对大寨的贡献，大寨人为他建了坟，当时还没来得及刻墓碑。上了虎头山，我妹笑非一边抽泣一边从手中的骨灰盒中取出白白的骨灰撒在沿途的树根下。郭凤莲还说，象征性地撒一点就可以了，还是要安葬在墓园里。那次，作协的许多同志都去了，还在大寨的招待所开了个座谈会。郭凤莲还动情地讲了话，回忆起我爸当年在大寨采访时的点滴往事，以及大寨人对我爸的深刻印象……"

作者拜谒孙谦墓

王笑宓还说："我爸他当时这样说的，不要开追悼会，不要树碑，就是一切从简，不要搞花架子，就把骨灰撒到大寨的虎头山上就行了。他为什么这样想，当时都没解释，我猜测：他也不是有多高的觉悟多高的境界，他只是一种朴实的感情。我爸可能认同陈永贵这个人，认同陈永贵代表的这种'大寨精神'，我是这么想。而大寨人为我爸所做的一切，也是对他人格的一种认同吧。"

我说："我完全可以理解孙老的这种感情。孙老去世时已经是 1996 年了，那时关于大寨的功过评价早已尘埃落定，陈永贵也已经失去了当年头上的光环，也早已退出政治舞台甚至退出了人们的记忆，而这时孙老还认定要把骨灰埋到大寨，与陈永贵做伴，则表现了孙老不以荣辱交朋友的人格，以及对自己认准了的信念，一种执着和坚守！时间是最好的显影剂，在貌似一样的形式下，掩饰的却是截然不同的心理内容。"

解说员在孙谦墓地讲解时，发生了一个令人啼笑皆非的细节：

"我们现在来到了孙谦的纪念碑前，他是以赵树理为代表的土豆作家之一……他生前遗嘱就是把他的骨灰移我们大寨，他是我们大寨陈永贵的好朋友。我们大寨大队党支部为了纪念他，在墓碑的背后题了一首诗："铁肩担起民间义，妙手绘出农家情，生前笔下英雄谱，身后大寨安忠魂。"

在一旁的山西作协党组书记张明旺向解说员更正说："你刚才的讲解词中，把'山药蛋'说成'土豆'了。"讲解员振振有词："山药蛋不就是土豆嘛？！"张明旺再予以强调："吃的山药蛋可以说就是土豆，但作为一个文学流派，你不能把'山药蛋派'说成是'土豆派'。你在今后的讲解中，一定要纠正过来。"

我问解说员："除了你背的解说词，你还了解孙谦些什么？"

解说员："当然知道……"

我问："现在大寨新成长起来的一代年轻人，还知不知道孙谦是谁？"

解说员笑笑："那肯定不知道。"

一个民族的记忆竟然这样如风易逝，我心中不由升起一阵悲怆。"其兴也勃，其亡也忽"，喜爱热捧追星必然降温也快容易健忘。

在孙谦墓前，山西作家协会敬献了花篮。机关党委书记冯彬仍在一板一眼地主持着一应程式：孙老师，我们看望你来了，我们全省的作家们看望你来了。大家三鞠躬：一鞠躬……再鞠躬……三鞠躬……

仪式已经结束，周宗奇意犹未尽："等等，我得磕两头。"说着，跪下："孙老师，'这后生'来了。"周宗奇多次向我说起过，当年孙谦带他深入生活时，总是管他叫"这后生"。周宗奇的声音有些哽咽了："孙老师，你当年叫的'这后生'，如今也都成老头了。"说着，一连磕了四个头。

男儿膝下有黄金。跪拜是发自肺腑的敬仰！

藏山行解构忠义观

秋风秋雨的哀鸣啜泣

我们山西作家太行山采风团一行，辛卯年秋天来到盂县藏山。藏山坐落在太行山西麓，位于山西盂县城北 18 公里处，东临石家庄，西接太原市，南望娘子关，北倚五台山，境内重峦叠嶂、峰岩巍峨，有许多碑刻铭文、浮雕壁画、古鼎古钟、庙宇楼阁，是国家 4A 级风景区。

藏山四季的景色时时入画，春夏秋冬各具特色。著名的"藏山十景"：如龙盘凤袅的"龙凤松"、清澈泓碧的"饮马池"；再如风雨不侵的"藏孤洞"、凌崖悬空的"梳洗楼"；还有僻静幽深的"黑龙潭"、喷珠溅玉的"滴水岩"；飞岩楼石壁夕照、南嶂峰笋板笔立；七机岩、报恩祠……犹如一幅幅画卷，为游人展现着藏山的四季美景。然而，先人留存的更多诗句，更是对藏山秋色的吟诵。明代诗人乔宇数度来藏山。第一次，他在《题藏山庙》一诗中写有"仇犹遗墟秋草碧，盂山残黛晚霞红"，显然是对秋色的描写；第二次《游藏山》的诗："云屏半展雪峰翠，石鼎旋开霜叶红"，似乎仍是对深秋景色的描绘；明末清初的山西奇人傅山先生访藏山也是在秋天，当他走到藏山山口"七机岩"时，不禁吟诵："劳人寻幽山，青鞋破秋紫。"九九重阳日，傅山再临藏山，更是触景生情吟诵出"落寞藏山客，凄凄白露天"；"沈绵期一豁，秋气重三台"等咏秋名句。在其他游藏山的古代诗人笔下，诸如"出关唯落，晓亦秋声"，"藏山迟雁过，一叶已先秋"，"古殿

千年史话垂青史——**藏孤洞**

古洞深藏赵氏孤，忠勋后嗣岂客无。

仇犹地本多邱垄，凡有名贤便觉殊。

据《史记》记载，公元前597年
赵朔好友程婴，为延续赵氏血脉，历经千难万险
带着赵氏孤儿逃到鲜为人知的仇犹古国，
也就是我们盂县藏山，
在藏孤洞中忍饥挨饿，忍辱负重，
隐居避难长达十五年之久。

藏山藏孤洞介绍

荒凉涧水东，薄云高义啸秋风"等等对秋色的吟诵更是数不胜数。

秋天是最为感时伤怀的季节，"自古逢秋悲寂寥"，古人向有"悲秋"情结。"秋风起兮白云飞，草木黄落兮雁南归"（西汉刘彻《秋风辞》）；"秋风萧瑟天气凉，草木摇落露为霜"（三国曹丕《燕歌行》）；"萧萧远树疏林外，一半秋山带夕阳"（北宋寇准《书河上亭壁》）；"孤村落日残霞，轻烟老树寒鸦"（元代白朴《天净沙·秋》）等等。秋风萧瑟，万物枯萎，一个轮回的生气勃勃走向暮气沉沉；"荆溪白石出，天寒红叶稀"；"渐霜风凄紧，雨色秋来寒"，"只有一枝梧叶，不知多少秋声"。巾帼不让须眉的女杰秋瑾就义前的名句"秋风秋雨愁煞人"更是把触景生情的秋色推向极致。而藏山的肃杀秋色，更具有另一层历史蕴含的象征意味。

陪同我们参观的地方文联的同志，向我们介绍了藏山的历史渊源：藏山原名盂山，春秋时代的晋国，文武不和，武将屠岸贾专权，他在晋灵公面前诬陷文臣赵盾。尽管赵盾是晋灵公的亲家，但到晋景公一家三百余口还是惨遭杀戮，驸马赵朔也未幸免。公主不久生下了赵朔的遗腹子赵武。屠岸贾为斩草除根，派大将军韩厥把守驸马府，声称谁盗走孤儿，灭门九族。赵家门客程婴冒死将孤儿藏匿于药箱带出，被韩厥发现。程婴晓以大义，韩厥毅然放行，自刎而死。屠岸贾

藏山寺

程婴藏孤雕像

得知孤儿逃走，下令谁人献出孤儿有赏，不然，三日内杀尽全国与孤儿同龄的婴儿。程婴为此献出自己与孤儿同岁的儿子，并向屠岸贾招认"藏匿"之罪。他找到赵盾另一门客公孙杵臼求他抚养孤儿。公孙对程婴的义举深为感佩，他自知年老不能胜任抚养孤儿之责，愿代程婴舍弃性命，让程婴去向屠岸贾"告发"是他"藏匿"了孤儿。屠岸贾便从公孙家搜出了"孤儿"，用剑劈死。公孙也撞阶而亡。屠岸贾认为已经达到了斩草除根的目的，于是放松了警戒。程婴为了逃避屠岸贾的再度追杀，就带了用自己亲子换下的赵氏孤儿，藏匿到了这座盂山里。为了忠臣的血脉，韩厥、公孙杵臼前赴后继舍生取义、程婴舍己救人藏孤苦育，正是因了这段悲壮侠义的历史故事，所以盂山改名为藏山，并立祠祭祀，距今已有2600多年的历史。

　　古往今来，人们到名山大川游览，大多是赏山玩水，但对藏山却是个例外，更多的人到藏山是抱着一种崇敬瞻仰的心绪。藏山的秋色，红叶滴血，黄草凄迷，景色中寄寓着多情善感的人们对历史的悼祭。多次谒临藏山留下诗句的乔宇一语点明宗旨："遥访名山晋鄙东，我来非是为观风。"

　　藏山的秋天，常常是阴雨寒云。我们观瞻藏山之日，"山抹微云，天粘衰草"，不巧抑或是赶巧在一场云雾弥漫细雨绵霜之中，"断虹霁雨净秋空"，淫晦的秋雨如诉如泣，为我们的藏山之行增添了一份"山河破碎风飘絮，身世浮沉雨打萍"的沧桑色彩。

藏山庙名曰"文子祠"，以赵武之谥号赵文子命名。祠庙始建无考，现存碑碣中有金大定十二年（1172年）重修碑记。文子祠有一副傅山先生题写的对联："赖有藏山俨畤昔寒云不动；幡仇下室到而今灵雨偏多。"我久久地凝视着这副意味深长的对联，感悟着藏山所隐含的一个深刻主题。

景点传说在史籍中的讲述

关于藏山这个春秋时期"搜孤救孤"的典故流传甚广，几乎达到家喻户晓妇孺皆知的程度。冯梦龙、蔡元放所著《东周列国志》一书，第五十七回"娶夏姬巫臣逃晋，围下宫程婴匿孤"一章生动而详尽地讲述了这个历史典故：

> 时晋景公以齐、郑俱服，颇有矜慢之心，宠用屠岸贾，游猎饮酒，复如灵公之日。赵同、赵括与其兄赵婴齐不睦，诬以淫乱之事，逐之奔齐，景公不能禁止。时梁山无故自崩，壅塞河流，三日不通。景公使太史卜之。屠岸贾行贿于太史，使以"刑罚不中"为言。景公曰："寡人未常过用刑罚，何为不中？"屠岸贾奏曰："所谓刑罚不中者，失入失出，皆不中者。赵盾弑灵公于桃园，载在史册，此不赦之罪，成公不加诛戮，且以国政任之。廷及于今，逆臣子孙，布满朝中，何以惩戒后人乎？且臣闻赵朔、原、屏等，自恃宗族众盛，将谋叛逆。楼婴欲行谏沮，被逐出奔。栾、郤二家，畏赵氏之势，隐忍不言。梁山之崩，天意欲主公声灵公之冤，正赵氏之罪耳。"景公自战郏时，已恶同括专横，遂惑其言。问于韩厥，厥对曰："桃园之事，与赵盾何与？况赵氏自成季以来，世有大勋于晋。主公奈何听细人之言，而疑功臣之后乎？"景公意未释然。复问于栾书、郤锜，二人先受岸贾之嘱，含糊其词，不肯替赵氏分辨。景公遂信岸贾之言，以为实然。乃书赵盾之罪于版，付岸贾曰："汝好处分，勿惊国人！"

> 韩厥知岸贾之谋，夜往下宫，报知赵朔，使预先逃遁。朔曰："吾父抗先君之诛，遂受恶名。今岸贾奉有君命，必欲见杀，朔何敢避？但吾妻见有身孕，已在

临月，倘生女不必说了，天幸生男，尚可延赵氏之祀。此一点骨血，望将军委曲保全，朔虽死犹生矣。"韩厥泣曰："厥受知于宣孟，以有今日，恩同父子。今日自愧力薄，不能断贼之头！所命之事，敢不力任？但贼臣蓄愤已久，一时发难，玉石俱焚，厥有力亦无用处。及今未发，何不将公主潜送公宫，脱此大难？后日公子长大，庶有报仇之日也。"朔曰："谨受教！"二人洒泪而别。

赵朔私与庄姬约："生女当名曰文，若生男当名曰武，文人无用，武可报仇。"独与门客程婴言之。庄姬从后门上温车，程婴护送，径入宫中，投其母成夫人去了。夫妻分别之苦，自不必说。

比及天明，岸贾自率甲士，围了下宫。将景公所书罪版，悬于大门，声言："奉命讨逆。"遂将赵朔、赵同、赵括、赵旃各家老幼男女，尽行诛戮。当时杀得尸横堂户，血浸庭阶。捡点人数，单单不见庄姬。岸贾曰："公主不打紧，但闻怀妊将产，万一生男，留下逆种，必生后患。"有人报说："夜半有温车入宫。"岸贾曰："此必庄姬也。"即时来奏晋侯，言："逆臣一门，俱已诛绝，只有公主走入宫中。伏乞主裁！"景公曰："吾姑乃母夫人所爱，不可问也。"岸贾又奏曰："公主怀孕将产，万一生男，留下逆种，异日长大，必然报仇，复有桃园之事，主公不可不虑！"景公曰："生男则除之。"岸贾乃日夜使人探伺庄姬生产消息。数日后，庄姬果然生下一男。成夫人吩咐宫中，假说生女。屠岸贾不信，欲使家中乳媪入宫验之。庄姬情慌，与其母成夫人商议，推说所生女已死。此时景公耽于淫乐，国事全托于岸贾，恣其所为。岸贾亦疑所生非女，且未死，乃亲率女仆，遍索宫中。庄姬乃将孤儿置于裤中，对天祝告曰："天若灭绝赵宗，儿当啼；若赵氏还有一脉之延，儿则无声。"及女仆牵出庄姬，搜其宫，一无所见，裤中绝不闻啼号之声。岸贾当时虽然出宫去了，心中到底狐疑。或言："孤儿已寄出宫门去了。"岸贾遂悬赏于门："有人首告孤儿真信，与之千金；知情不言，与窝藏反贼一例，全家处斩。"又吩咐宫门上出入盘诘。却说赵盾有两个心腹门客，一个是公孙杵臼，一个是程婴。先前闻屠岸贾围了下宫，公孙杵臼约程婴同赴其难。婴曰："彼假托君命，布词讨贼，我等与之俱死，何益于赵氏？"杵臼曰："明知无益。但恩主有难，不敢逃死耳！"婴曰："姬氏有孕，若男也，吾与尔共奉之；不幸生女，死犹未晚。"及闻庄姬生女，杵臼泣曰："天果绝赵乎！"程婴曰："未可信也，吾当察之。"乃厚赂宫人，使通信于庄姬。庄姬知程婴忠义，密书一"武"字递出。程婴私喜曰："公主果生男矣！"及岸贾搜索宫中不得，程婴谓杵臼曰："赵氏孤在宫中，索之不得，此天幸也！但可瞒过一时耳。日后事泄，屠贼又将搜索。必须用计，偷出宫门，藏于远地，方保无虞。"杵臼沉吟了半日，问婴曰："立孤与死难，二者孰难？"婴曰："死易耳，立孤难也。"杵臼曰："子任其难，我任其易，何如？"婴曰："计将安出？"杵臼曰："诚得他人婴儿诈称赵孤，吾抱往首阳山中，汝当出首（告密），说孤儿藏处。屠贼得伪孤，则真孤可免矣。"程婴曰："婴儿易得也。必须窃得真孤出宫，方可保全。"杵臼曰："诸将中惟韩厥受赵氏恩最深，可以窃孤之事托之。"程婴曰："吾新生一儿，与孤儿诞期相近，可以代之。然子既有藏孤之罪，必当并诛，子先我而死，我心何忍？"因泣下不止。杵臼怒曰："此大事，亦美事，何以泣为？"婴乃收泪而去。夜半，抱其子付于杵臼之手。即往见韩厥，先以"武"字示之，然后言及杵臼之谋。韩厥曰："姬氏方有疾，命我求医。汝若哄得屠贼亲往首阳山，吾自有出孤之计。"程婴乃扬言于众曰："屠司寇欲得赵孤乎，曷为索之宫中？"屠氏门客闻之，问曰："汝知赵氏孤所在乎？"婴曰："果与我千金，当告汝。"门客引见岸贾，岸贾叩其姓氏。对曰："程氏名婴，与公孙杵臼同事赵氏。公主生下孤儿，即遣妇人抱出宫门，托吾两人藏匿，婴恐日后事露，有人出首，彼获千金之赏，我受全家之戮，是以告之。"岸贾曰："孤在何处？"婴曰："请屏左右，乃敢言。"岸贾即命左右退避。婴告曰："在首阳山深处，急往可得，不久当奔秦国矣，然须大夫自往。他人多与赵氏有旧，勿轻托也。"岸贾曰："汝但随吾往，实则重赏，虚则死罪。"婴曰："吾亦自山中来此，腹馁甚，幸赐一饭。"岸贾与之酒食。婴食毕，又催岸贾速行。岸贾自率家甲三千，使程婴前导，径往首阳山。纡回数里，路极幽僻，见临溪有草庄数间，柴门双掩。婴指曰："此即杵臼孤儿处也。"婴先叩门，杵臼出迎，见甲士甚众，为仓皇走匿之状。婴喝曰："汝勿走，司寇已知孤儿在此，亲自来取，速速献出可也。"言未毕，甲士缚杵臼来见岸贾。岸贾问："孤儿何在？"杵臼赖曰："无有。"岸贾命搜其家，见壁室有锁甚固。甲士去锁，入其室，室颇暗。仿佛竹床之上，闻有小儿惊啼之声。抱之以出，锦绷绣褓，俨如贵家儿。杵臼一见，即欲夺之，被缚不得前。乃大骂曰："小人哉，程婴也！昔下宫之难，我约汝同死，汝说：公主有孕，若死，谁作保孤之人！今公主将孤儿付我二人，匿于此山，汝与我同谋做事，却又贪了千金之赏，私行出首。我死不足惜，何以报赵宣孟之恩乎？"千小人，万小人，骂一个不住。程婴羞惭满面，谓岸贾曰："何不杀之？"岸贾喝令："将公孙杵臼斩首！"自取孤儿掷之于地，一声啼哭，化为肉饼，哀哉！髯翁有诗云：一线宫中赵氏危，宁将血胤代孤儿。屠奸纵有弥天网，谁料公孙已售欺？

屠岸贾起身往首阳山擒捉孤儿，城中那一处不传遍，也有替屠家欢喜的，也有替赵家叹息的，那宫门盘诘，就怠慢了。韩厥却教心腹门客，假作草泽医人，入宫看病，将程婴所传"武"字，粘于药囊之上。庄姬看见，已会其意。诊脉已毕，讲几句胎前产后的套语。庄姬见左右宫人，俱是心腹，即以孤儿裹置药囊之中。那孩子啼哭起来，庄姬手抚药囊祝曰："赵武，赵武！我一门百口冤仇，在你一点血泡身上，出宫之时，切莫啼哭！"吩咐已毕，孤儿啼声顿止，走出宫门，亦无人盘问。韩厥得了孤儿，如获至宝，藏于深室，使乳妇育之，虽家人亦无知其事者。屠岸贾回府，将千金赏赐程婴。程婴辞不愿赏。岸贾曰："汝原为邀赏出首，如何又辞？"程婴曰："小人为赵氏门客已久，今杀孤儿以自脱，已属非义，况敢利多金乎？倘念小人微劳，愿以此金收葬赵氏一门之尸，亦表小人门下之情于万一也。"岸贾大喜曰："子真信义之士也！赵氏遗尸，听汝收取不禁。即以此金为汝营葬之资。"程婴乃拜而受之。尽收各家骸骨，棺木盛殓，分别葬于赵盾墓侧。事毕，复往谢岸贾。岸贾欲留用之，婴流涕言曰："小人一时贪生怕死，作此不义之事，无面目复见晋人，从此将糊口远方矣。"程婴辞了岸贾，往见韩厥。厥将乳妇及孤儿交付程婴。婴抚为己子，携之潜入盂山藏匿。后人因名其山曰藏山，以藏孤得名也。

元人纪君祥所撰剧作《赵氏孤儿》，也描述了这一历史典故，被称之为中国十大古典悲剧之一。它在剧本的字里行间，更是点明了传唱这一典故的主题。

剧中，程婴有这样的唱腔："你道是古来多被奸臣弄，便是盛世何尝没四凶，谁似这万人恨千人嫌一人重？他不廉不公，不孝不忠，单只会把赵盾全家杀的个绝了种！"程婴在决心赴死时唱道："向这傀儡棚中，鼓笛搬弄，只当做场短梦。

藏山救孤藏孤碑记

猛回头早老尽英雄。有恩不报怎相逢，见义不为非为勇，言而无信言何用！……大丈夫何愁一命终，况兼我白发鬈松。"

于是，借助文人士大夫的"生花妙笔"，这个宣扬儒家忠贞仁义精神的故事不胫而走百世传颂。

后来，该剧又以《冤报冤赵氏孤儿》的剧名介绍到法国，这是我国传统戏曲中最早被翻译介绍到国外的古代戏剧作品，可谓是中国传统戏剧文化最早走出国门，弘扬世界的作品。法国大文豪伏尔泰看到马若瑟神父的缩略译本，即激赞："《赵氏孤儿》是一篇宝贵的大作，它使人了解中国精神，有甚于人们对这个庞大帝国所曾作和所将作的一切陈述。"王国维推崇《赵氏孤儿》，"……其蹈汤赴火者，仍出于其主人公之意志，即列于世界大悲剧中，亦无愧色也。"程婴、公孙杵臼的忠义人格和牺牲精神，凝结为儒家奉为楷模的典范。

"赵氏孤儿"背后的史实却是源起于"红杏出墙"的丑闻

关于藏山的这段传说，显然来源于《赵氏孤儿》剧本及《东周列国志》话本。而追本穷源是依据司马迁的《史记·赵世家》，司马迁称之为"下宫之难"。太史公直笔春秋的信誉，影响力遍及后世。

然而，司马迁笔下的这个历史典故，却与历史的真相相去甚远。

《东周列国志》中讲述这个惨烈的悲剧起因，含糊其词地透出这样一个信息："赵同、赵括与其兄赵婴齐不睦，诬以淫乱之事，逐之奔齐"。一语道破天机。尽管刻意做了掩耳盗铃，但仍难免欲盖弥彰。

左丘明所撰《左氏春秋》，是记载春秋战国这段历史最早的典籍。汉代改称《春秋左氏传》，简称《左传》。它记载了始自鲁隐公元年（公元前722年），终迄于鲁悼公十四年（公元前454年）近300年的春秋历史。

《左传》中，对这场"下宫之难"的起因，是这样记录的：

鲁成公四年（晋景公十三年）："晋赵婴通于赵庄姬。"

一段感天动地可歌可泣的忠义故事，山陵之祸，竟然是源起于"红杏出墙"。这是一个家族"日盛而衰"的故事。要梳理清这场"灭门之灾"中盘根错节的人际关系，需要从赵氏家族的血脉传承说起。

《史记·赵世家》记载："赵氏之先，与秦共祖。"赵氏是个古老的家族，与秦同祖，是传说中颛顼帝（黄帝之孙，号高阳氏）的后裔。传说颛顼的一个孙女叫女脩，女脩吞了一只燕子的卵，因而怀孕（这种情况一般都是野合的美化说法），生了个儿子叫"大业"。大业的儿子即是尧舜时代那个鼎鼎大名的伯益。伯益曾经协助大禹治水，并一度时期成为大禹的"接班人"。这个家族传到了中衍这代，中衍被商朝的帝太戊欣赏，命其为自己驾车，并把女儿嫁给他。中衍的后代中还出了个"名人"，那就是造父。"造父幸于周缪王"，"造父取骥之乘匹，与桃林盗骊、骅骝、绿耳，献之缪王。缪王使造父御，西巡狩，见西王母，乐之忘归。"周缪王就是让造父驾车西巡与西王母相会。看来，赵氏家族是"司机"出身，几代人都为皇室选中驾车，有高超的驾驭技能。"徐偃王反，缪王日驰千里马，攻徐偃王，大破之。乃赐造父以赵城，由此为赵氏。"造父后来在征伐徐偃王的反叛中立下大功，周缪王把赵城（今山西洪洞县）赏赐给造父，自此，这个家族就姓了"赵"。周幽王时赵氏传到叔带，叔带离开了周而来到晋国，叔带五世孙为赵夙。

《左传》记载，鲁闵公元年（晋献公十六年，公元前661年），晋献公扩充军队为二军，自将上军，太子申生将下军，由赵夙御公车，毕万为右乘，前往攻伐邻国，灭了耿、霍、魏三个小国，回来时，将耿赐给赵夙，魏赐给毕万，以为大夫，此即为春秋时赵氏之始立。

赵氏家族的崛起，与春秋五霸的晋文公还有一段不解之缘。鲁僖公五年（晋献公二十二年，公元前655年），晋献公派人进攻公子重耳，重耳逃往国外，开始了他长达19年的流亡生涯。这时，跟随重耳的"五贤"中有赵夙的弟弟赵衰。《左传·僖公二十三年》中记载："狄人伐廧咎如，获其二女：叔隗、季隗，纳诸公子。公子取季隗，生伯儵、叔刘，以叔隗妻赵衰，生盾。"流亡中，翟君把战争中俘获的两姐妹叔隗、季隗，小的嫁给重耳做妻子，大的嫁给赵衰做妻子，赵衰与晋公子重耳成为挑担连襟，叔隗为赵衰生下赵盾。僖公二十四年，赵衰随回国即位的重耳回到晋国，论功行赏，赵衰作为开国功臣，成为晋文公的股肱心腹。晋文公把自己的女儿嫁给赵衰，连襟变女婿，亲上加亲。《左传·僖公二十四年》记载："文公妻赵衰，生原同、屏括、楼婴。"赵姬为赵衰生下赵同（原同）、赵括（屏括）、赵婴（楼婴）三个男孩。此后，赵盾就生下了我们悲剧的主角——赵朔。据《史记·赵世家》所载，赵朔娶妻赵庄姬，为"成公姊"，后世的注家贾逵、服虔、杜预诸儒都认为庄姬是成公之女。孔颖达《左传·成公八年》疏云："赵衰妻是文公之女，若朔妻成公之姊，则亦文公之女。父之从母，不可以为妻；且文公之卒，距此四十六年，庄姬此时尚少，不得为成公姊也。"清人梁玉绳在《史记志疑》一书中，认为"谓'姊'是'女'字之误，或'成公'是'景公'之误耳"。梳理赵氏宗谱，我们就看清所谓"赵婴通于赵庄姬"，暗示了这是一起叔叔与侄媳妇通奸的丑闻。

《左传·鲁成公五年》记载："五年春，原、屏放诸齐。婴曰：'我在，故栾氏不作。我亡，吾二昆其忧哉！且人各有能有不能，舍我何害？'弗听。""原、屏"即赵同、赵括。在鲁成公五年（晋景公十四年），赵同、赵括认为庄姬的出轨，是赵氏家族不可容忍的耻辱，于是决定把赵婴流放齐国（笔者注：大概因此而出现"赵婴"与"赵婴齐"名字之差）。赵婴有些想不通：赵朔英年早逝，庄姬有胡人血统，少年守寡耐不得空房寂寞，两情相悦的生活私情，值得亲兄弟之间如此"吹毛求疵"，大动干戈？再说，有我在，栾氏等家族不敢轻举妄动，把我逐走，置政治大局不顾，这不是"自毁长城"吗？但赵同、赵括听不进去。

《左传·成公八年》记载：

> 晋赵庄姬为赵婴之亡故，谮之于晋侯，曰："原、屏将为乱。"栾、郤为征。
> 六月，晋讨赵同、赵括。武从姬氏畜于公宫。

赵婴被流放齐国后，郁郁寡欢而终。赵庄姬忍不下这口气，于是向晋景公进谮言，诬赵同、赵括要谋反作乱，栾氏、郤氏趁火打劫，也出面作证。于是有了

"晋杀其大夫赵同、赵括"。赵庄姬则带着赵武住进了晋景公宫里。

前代的史学家已经注意到这点。《左传纪事本末》一书中，特意将《史记》与《国语》关于"赵氏孤儿"的记载全文附入，并注明："司马迁序赵氏下宫之难，文工而事详，故与《左氏》迥异，此千古疑案也。自当两存之。"《左传》和《史记》两部史书，为"下宫之难"提供的是两个版本。其实细读之，司马迁的《史记》在《赵世家》、《韩世家》与《晋世家》对此事件的记录中，也多处出现自相矛盾的地方。对于著述严谨的太史公而言，似乎这是不应出现的"硬伤"。可以看出，《史记》的自相矛盾是由于采用了不同来源的资料。《晋世家》的来源可能是《左传》或者晋国的历史资料，因此与《左传》大体吻合。而《赵世家》与《韩世家》则可能采信的是三家分晋后赵国的历史资料《世本》与韩国的相关资料。历史从来都是由胜利者执政者撰写。《晋世家》忠实继承了《左传》记载的史

赵庄姬与赵婴私通引发的这场"下宫之难"，司马迁在《史记·赵世家》没有任何涉及。只是一句"赵婴死于前597年"。把一件宫廷丑闻记述得让人云山雾罩不识庐山真面目。

实，而《赵世家》在修订祖谱时，庄姬与赵婴通奸的"污点"，说出去无疑是给祖先脸上抹灰，是家族的耻辱，于是，赵人对祖先的"丑事"进行了掩饰与美化。司马迁在看到晋国、赵国、韩国乃至魏国史书的不同记载后，本着存疑的态度，干脆把两个版本的"赵氏孤儿"故事双双留给后人，这正是太史公秉笔直书的"用心良苦"处。

"下宫之难"的起因在《左传》与《史记》的记载中出现了极大差异：导致这场灾祸的罪魁祸首，在《左传》中是赵朔之妻庄姬；而在《史记·赵世家》中是屠岸贾。但对于屠岸贾，其人是否存在尚有疑问。清人高士奇《左传纪事本末》言："马氏绎史谓晋国无屠岸贾，然考之国语，迎文公者，有屠岸夷，贾或即夷之子孙乎？"屠岸贾其名不见于《史记》前的先秦史料。《史记·赵世家》记载，屠岸贾原为晋灵公宠臣，成公时任司寇之职。从司马迁言"贾不请而擅与诸将攻赵氏"一语来看，屠岸贾并未得到君命，是假借晋成公之名而"擅权滥杀"。但记载晋事甚详的《左传》及《史记·晋世家》中从未有过他的事迹，就是《赵世家》与《韩世家》中除其"灭赵氏"一事外，也不再见有他的踪迹。晋景公十七年前后，晋国正卿为栾书，此外主政者尚有知庄子、范文子及韩献子等人，诸卿中并不见有屠岸贾其人。屠岸贾不属于当时的任何一个强大家族，即使真的是当时的司寇，并且真的参与了陷害赵家的行动，其实力和能量也不可能达到背了晋景公而"擅权滥杀"。

太史公司马迁妙笔生花，把一个令人扑朔迷离的"红杏出墙"事件，升华拔高为一幕忠奸对立、邪不压正、可歌可泣、感天动地的"忠义"故事。

"投桃报李"的事与愿违

在《左传》记述的"下宫之难"事件中，有两点很让人沉吟：赵庄姬这个女人始而"红杏出墙"，继之"玩火自焚"，是这场灭门大祸的始作俑者，难道她真应了那句"头发长，见识短"的古谚？赵括、赵同与赵婴是骨肉兄弟，而且赵婴在被逐之前还谆谆告诫：堡垒最容易从内部攻破，兄弟阋墙是给其他家族以可乘之机。而赵同赵括兄弟仍要一意孤行，最终惹火烧身？在"伴君如伴虎"的官场中，历经几朝而不衰的赵氏家族，竟然是这样一群弱智之辈？显然，所谓"当局者迷"还有着他们自以为得计的更深一层心理逻辑。

《左传·僖公二十四年》记载：

> 赵姬请逆盾与其母，子余辞。姬曰："得宠而忘旧，何以使人？必逆之！"固请，许之，来，以盾为才，固请于公以为嫡子，而使其三子下之，以叔隗为内子而己下之。

晋文公把女儿嫁给赵衰，赵衰受宠若惊，有点"乐不思蜀"了。还是赵姬宽宏大度，让夫君把赵盾母子从翟国接回来，共享荣华富贵。赵衰大概误以为夫人是试探他，故意装出无所谓的样子。不料，赵姬是真心实意，反而责怪地说："执政者得新宠而忘旧爱，怎能使人信服呢？一定要将他们接回来！"赵衰把赵盾接回晋国后，赵姬见赵盾很有才干，又再三请求赵衰将赵盾立为嫡子，而让自己生的三个儿子作为庶子而居于赵盾之下。赵姬还主动提出：自己愿把正妻（内子）的位置让给叔隗，而自己甘做偏房。

家有贤妻，家和万事兴。当年赵氏家族的崛起，正是内部的融洽和合力，众人划桨驶大船。

赵盾大概深感于后母赵姬的"高风亮节"，在他晚年做了"投桃报李"的回报。《左传》记载："赵盾请以括为公族，曰：'君姬氏之爱子也。微君姬氏，则臣狄人也。'公许之。"赵盾把嫡子的地位让还给赵括一族，赵盾一支重新还原为庶子的地位。

自夏禹将举贤任能的"推举制"变为血统承继的"世袭制"，历朝历代都是以嫡长子继承王位。周朝分封诸侯，把其他诸王子分授领地，称为"别子"。他们在受封的领地形成新的诸侯国，便成为新的宗族始祖。他们的君位和封爵，也是由嫡长子继承，称之为"宗子"。这已经成为血缘承继的规则。它事关对权位和财富的承继。赵括由此获得了作为赵氏宗主统帅全族的权力。《左传》记载："冬，赵盾为旄车之族。使屏季以其故族为公族大夫。"赵盾此举的主观意愿是使众兄弟和衷共济，维护赵氏家族的整体利益。但这类嫡庶长幼序秩的变化，带来的是一系列随之而发生变化的人际关系，这恐怕是赵盾始料不及的。赵盾去世后，赵朔先任下军佐，后升为下军帅，其对于有关军政事务的处理，便明显地表现出与宗主赵括等人的不同态度。赵氏家族自赵盾让嫡以来，宗主之位已转移至赵括手中。按照宗法制的规定，身为赵氏宗主的赵括有"收族"之责，即赵氏支族均归其统率。其时，构成赵氏家族的主要有五支：以宗主赵括为首的赵氏大宗；赵朔小宗；赵同小宗；赵婴小宗；赵旃小宗。其中，除赵旃一支已立为"侧室"，与大宗之间的从属关系相对削弱外，其余三支小宗均与大宗保持着密切关系。张荫麟先生在《中国上古史纲》一书中，曾论及春秋时期卿大夫家族宗主的特征说："他出征的时候领着同族出征，他作乱的时候领着整族作乱，他和另一个大夫作对就是两族作对，他出走的时候，或者领着整族出走，他失败的时候，或者累及整族被灭。"从历史的记载看，赵婴表现出一种强势的能力，这在晋楚邲之战中就已显露；同时从赵婴被逐时的话语中也可听出，赵婴的政治能力对政敌栾氏有一定的震慑作用。也就是说，只有赵婴才能压得住阵。赵括赵同兄弟依然坚持放逐之，显然是忌惮赵婴与赵庄姬的暧昧关系，会引起宗族间地位发生变化。这是真正的一块心病。放逐是蓄谋已久的排挤赵婴的既定方针，是迟早会发生的事情，庄姬之事只不过是"瞌睡给了个枕头"。

同理，庄姬既然出身公室，身份自然高贵，从以后事态的发展来看，她对于沦落为赵氏支庶显然心怀不满。因此，郝良真、孙继民在《"赵氏孤儿"考辨》一文中认为："孟姬之谗"恐怕有着争夺赵氏嫡位的心理潜台词。

这也许正应了《红楼梦》中一句诗文："机关算尽太聪明，反误了卿卿性命。"

族大逼君，易为"君仇"

如果把"下宫之难"的历史背景，仅仅归咎于赵庄姬的"红杏出墙"，家族的"兄弟阋墙"，那还是把历史的进程梳理得太简单化了。其间有着更为复杂也更为深层的时代背景。我们对历史的解读，总是在层层剥茧中逐步逼近历史的真相，但永远无法完全还原历史的本来面目。

赵衰于鲁文公五年去世，赵盾很快就子继父位，进入晋国的权力中心。自此开始，赵盾掌握国政二十余年之久，历经晋襄公、晋灵公、晋成公三世。

《左传·宣公十二年》记载："夏六月，晋师救郑……赵朔将下军，栾书佐之。赵括、赵婴齐为中军大夫。……荀首、赵同为下军大夫。韩厥为司马。"整个"军委"班子里几乎都成了你赵家的人。赵氏家族势力的膨胀由此可见一斑。

《左传·文公六年》记载：文公六年八月乙亥，晋襄公死，太子夷皋（即后来的晋灵公）年幼，晋人怕幼君压不住阵发生祸乱，想改为"兄终弟及"，立一个年长的国君。赵盾主张立襄公之弟、正在秦国为亚卿的公子雍为君。认为公子雍"好善而长，先君爱之"，并有秦国的这层关系，继位后易结"秦晋之好"。而狐射姑（贾季）主张立文公另一子、正在陈国的公子乐为君。两个权臣争执不下，并各自派人去迎接自己选定的接班人。面对这一相持不下的乱局，赵盾冷血铁腕快刀斩乱麻，"使杀诸郫"，派人到陈国，去先干掉了一个潜在的争位公子。

《左传·文公七年》记载：赵盾派人去秦国迎公子雍。晋襄公的遗孀穆嬴白天抱着太子啼哭于朝："先君何罪？其嗣亦何罪？"你们要舍嫡嗣不立而到外国去求君，你们对得起先君对你们的重托吗？夜晚又抱上太子哭到赵盾家门，并不顾国母的身份下跪磕头道："此子也才，吾受子之赐；不才，吾唯子之怨。"如果这孩子继位，我是受你之赐，如果继不了位，我就唯你是怨！赵盾大概从国母穆嬴的哀告中有了什么感悟，或者是权衡了两种结局的利弊，总之是幡然改变了初衷，又决定还是让太子夷皋继位。而此时秦国送公子雍回晋的军队已在路上。于是，赵盾又出尔反尔，亲率中军半途拦截打败了秦军。

《左传》中的这两段记载，给后人透出怎样的信息呢？说明此时的赵盾已经是权势炙手可热，连立嗣拥君这样的大事，他都能翻云覆雨上下左右其手。在这种情况下拥立的晋灵公，当然只能是"儿皇帝"，是听任赵盾摆布的一个傀儡。

《左传》中记载有这样一段对话："酆舒问于贾季曰：'赵衰、赵盾孰贤？'对

曰："赵衰，冬日之日也。赵盾，夏日之日也。'"杜预注曰："冬日可爱，夏日可畏。"这段对话，记述了当朝大臣对赵衰赵盾父子的评价。作为开国元老的赵衰，"诸葛一生唯谨慎"，非常懂"伴君如伴虎"，"鸟尽弓藏，兔死狗烹"的官场险恶。一贯低调做人，曾三次让贤，不愿做高官。所以人们认为他是"冬日之日"给大家带来的是温暖；而作为"权二代"的赵盾，"得志便猖狂"，就像"夏日之日"把人灼热炙烤得无法忍受。

《史记·赵世家》还记载了赵盾生前所做一梦："初，赵盾在时，梦见叔带持要而哭，甚悲；已而笑，拊手且歌。盾卜之，兆绝而后好。赵史援占之，曰：'此梦甚恶，非君之身，乃君之子，然亦君之咎。至孙，赵将世益衰。'"这个梦颇具象征意味。兆示了赵盾的强势为自己的子孙后代埋下了祸患。

还有两件事可以作为赵盾强势的佐证。

《左传·宣公二年》记载：

> 宣子骤谏，公患之，使锄（chú）麑贼之。晨往，寝门辟矣，盛服将朝。尚早，坐而假寐。麑退，叹而言曰："不忘恭敬，民之主也。贼民之主，不忠；弃君之命，不信。有一于此，不如死也！"触槐而死。

赵盾多次劝谏，使晋灵公感到讨厌，晋灵公便派锄麑去刺杀赵盾。锄麑一大早就去了赵盾的家，只见卧室的门开着，赵盾穿戴好礼服准备上朝，时间还早，他和衣坐着打盹儿。锄麑退了出来，感叹地说："这种时候还不忘记恭敬国君，真是百姓的靠山啊。杀害百姓的靠山，这是不忠；背弃国君的命令，这是失信。这两条当中占了一条，还不如去死！"于是，钮麑一头撞在槐树上死了。

《左传·宣公二年》记载：

> 秋九月，晋侯饮赵盾酒，伏甲将攻之。其右提弥明知之，趋登曰："臣侍君宴，过三爵，非礼也。"遂扶以下，公嗾（sǒu）夫獒焉。明搏而杀之。盾曰："弃人用犬，虽猛何为。"斗且出，提弥明死之。

秋天九月，晋灵公请赵盾喝酒，事先埋伏下武士，准备杀掉赵盾。赵盾的车右提弥明发现了这个阴谋，快步走上殿堂，说："臣下陪君王宴饮，酒过三巡还不告退，就不合礼仪了。"于是他扶起赵盾走下殿堂。晋灵公唤出猛犬来咬赵盾。提弥明徒手上前搏斗，打死了猛犬。赵盾说："不用人而用狗，虽然凶猛，又有什么用！"他们两人与埋伏的武士边打边退。结果，提弥明为赵盾战死了。

《左传》上的这两条记载，《史记》上都采信了。这些都成了"晋灵公不君"的罪名。但是如果我们换个角度想一想，就会发现事情的不可思议之处：一般来说，雇用刺客去杀人，往往是弱势群体反抗强权势力，譬如荆轲刺杀秦始皇。而身为国君的晋灵公居然试图用如此的手段来解决问题，可见在晋灵公眼里，赵盾已经强势到恶奴盖主尾大不掉的程度。

赵盾在经历了两次风险之后，出朝时咬牙切齿对晋灵公所说的话："你舍弃人只信用狗，虽然凶恶又有什么用"，已经宣示了君臣的决裂。既然做不了"忠臣"，干脆就做强臣好了。大概在这一刻，赵盾已下了"换君"的决心。此后就发生了赵盾流亡，赵穿弑君的一幕。

晋国的史官在史书上写下这样的记录："赵盾弑其君！"意思是赵盾的流亡只是个幌子，连国境也没出。而赵穿弑君成功，你又返回来"收拾残局"，不仅不追究赵穿的弑君之罪，还派赵穿到洛阳去接回灵公的叔叔——公子黑臀回来继位。这不是合谋又是什么？这个不畏强权秉笔直书的史官就是后来文天祥在《正气歌》中赞颂为"在齐太史简，在晋董狐笔"的董狐。董狐的这段记载成为之后史书的依据。《左传》引董狐之笔，以赵盾"为正卿，亡不越境，反不讨贼"，所以应负弑君之罪。

盂县藏山

正是这段史实成为"下宫之难"中屠岸贾指控赵氏家族的罪名。《史记·赵世家》中记载:"(屠岸贾)将作难,乃治灵公之贼以致赵盾,遍告诸将曰:'盾虽不知,犹为贼首。以臣弑君,子孙在朝,何以惩罪?请诛之。'"

在整个春秋战国年间,王室("公室")与宗族("公族")的矛盾贯穿始终。"族大多怨",常成"怨府",族大逼君,易为"君仇",一族发展过速反易招致君主猜疑和他族忌恨,所以常有"诛杀九族"的惨祸。当时各国都有"公族"这样的集团,即历代国君的子孙(不包括继承君位的)繁衍的家族,如鲁国的"三桓",在国家掌握大权。而晋国,由于曾经深受兄弟争夺君位的痛苦,又由于当年郦姬为了夺取献公太子和诸位公子的地位,曾经和群臣发毒誓约定:除宗子外,国君的其他公子不许在国内生活。重耳与他的兄弟都流亡他国就是这一政策的后果。于是,晋国几十年来基本没有"公族"这个集团了。晋国由一个极端走向了另一极端。

《左传·文公七年》记载了宋乐豫这样一番话:

公族，公室之枝叶也，若去之则本根无所庇荫矣。葛藟（léi）犹能庇其本根，故君子以为比，况国君乎？……亲之以德，皆股肱也，谁敢携贰？若之何去之？

意思是公室（朝廷）如树干，公族是枝叶，对树干有保护作用，只要国君有德，公族就都是国家的栋梁，不会有什么乱子。作为"物极必反"的反弹，晋国决定恢复"公族"的建制，但并不是要发展公室成员的力量，而是由各个卿（六正）的嫡子组成"公族"队伍；同时，卿的余子（嫡子的同母兄弟）组成"余子"队伍，卿的庶子（非正妻所生）组成"公行"队伍，分别由专人管理，设置公族大夫等官职，负责卿的后代教育。这个举措使得国君的势力在国内更加薄弱了。从赵盾的这项改革中，可以看出他的机心深藏。此后的赵韩魏三族分晋就是对这一隐患的验证。

晋国在赵盾执政期间，一度出现"政在大夫"的局面。晋灵公因与赵盾争权，失败遭弑；晋成公自外归国即位，根基不稳，着意笼络卿族，实行了"宦卿之嫡以为公族"的制度，赵盾依然大权在握。赵盾去世的次年，晋成公薨逝，景公即位，赵氏势力依旧弥漫难羁。晋景公三年，邲之战，晋败失霸，赵氏兄弟难辞其咎，但并未受到追究。个中缘由，除赵氏与晋公室之间的姻亲关系外，赵氏势力强盛恐怕也是初登君位的晋景公投鼠忌器的一个重要原因。邲之战后，晋景公鉴于国内卿大夫势力急剧膨胀的形势，产生与楚媾和结盟的愿望。晋景公十二年，晋国把在邲之战中俘获的楚公子靷（yí）臣与连尹襄老的尸体送还，楚国也将晋俘放还晋国，这显然表明双方均有求和的意愿。然而，赵氏兄弟似乎并不领会景公的意图，张扬跋扈，一味主战。这就难免加剧景公对赵氏的反感。晋景公十三年，晋国擢拔下军将栾书为执政正卿，公室旧支的突兴显然是景公深思熟虑的结果，借此遏制作为异姓卿族代表的赵氏之意图相当明显。到景公十五年，晋国又作出迁都新田的重大政治举措，史书中没有记载晋国迁都的原因，然而据当时的局势来分析，很可能是由于旧都为赵氏等卿族势力所盘踞，景公为打破被动局面而有此迁都之举。攘外必先安内，晋景公在谋求与楚结盟的同时，已开始处心积虑地对付国内卿族，族大势盛却不懂得审时度势的赵氏无疑成为景公首要打击的目标。迁都两年后，"下宫之难"爆发。由此看来，无论是如《左传》所言，是赵庄姬的"谗言"；还是如《史记》所言，是屠岸贾的"使坏"，都只是为晋景公顺坡下驴借力打力制造出一个借口。

以上是对晋国"下宫之难"时代背景的一个大致勾勒。它从真实记载历史的《左传》起始，经由司马迁加工提炼的《史记》，到汉代刘向渗入儒家忠义观念的《说苑》，再到元代剧作家纪君祥笔下《赵氏孤儿》的悲剧，冯梦龙、蔡元放撰写的《东周列国志》话本……一出血雨腥风的宫廷权争，演变为泾渭分明的忠奸之剧。

国仕沦落为家臣

《东周列国志》第五十九回"宠胥童晋国大乱，诛岸贾赵氏复兴"里讲述了"下宫之难"事件十五年后的大结局：

> 悼公素闻韩厥之贤，拜为中军元帅，以代栾书之位。韩厥托言谢恩，私奏于悼公曰："臣等皆赖先世之功，得侍君左右。然先世之功，无有大于赵氏者。衰佐文公，盾佐襄公，俱能输忠竭悃（kǔn），取威定伯。不幸灵公失政，宠信奸臣屠岸贾，谋杀赵盾，出奔仅免。灵公遭兵普，被弑于桃园。景公嗣立，复宠屠岸贾。岸贾欺赵盾已死，假称赵氏弑逆，追治其罪，灭绝赵宗，臣民愤怨，至今不平。天幸赵氏有遗孤赵武尚在，主公今日赏功罚罪，大修晋政，既已正夷羊五等之罚，岂可不追录赵氏之功乎？"悼公曰："此事寡人亦闻先人言之，今赵氏何在？"韩厥对曰："当时岸贾索赵氏孤儿甚急，赵之门客曰公孙杵臼、程婴，杵臼假抱遗孤，甘就诛戮，以脱赵武；程婴将武藏匿于盂山，今十五年矣。"悼公曰："卿可为寡人召之。"韩厥奏曰："岸贾尚在朝中，主公必须秘密其事。"悼公曰："寡人知之类。"韩厥辞出宫门，亲自驾车，往迎赵武于盂山。程婴为御，当初从故绛城而出，今日从新绛城而入，城郭俱非，感伤不已。韩厥引赵武入内宫，朝见悼公。悼公匿于宫中，诈称有疾。明日，韩厥率百官入宫问安，屠岸贾亦在。悼公曰："卿等知寡人之疾乎？只为功劳簿上有一件事不明，以此心中不快耳！"诸大夫叩首问曰："不知功劳簿上，那一件不明？"悼公曰："赵衰、赵盾，两世立

功于国家，安忍绝其宗祀？"众人齐声应曰："赵氏灭族，已在十五年前，今主公虽追念其功，无人可立。"悼公即呼赵武出来，遍拜诸将。诸将曰："此位小郎君何人？"韩厥曰："此所谓孤儿赵武也。向所诛赵孤，乃门客程婴之子耳。"屠岸贾此时魂不附体，如痴醉一般，拜伏于地上，不能措一词，悼公曰："此事皆岸贾所为，今日不诛岸贾，何以慰赵氏冤魂于地下？"叱左右："将岸贾绑出斩首！"即命韩厥同赵武，领兵围屠岸贾之宅，无少长皆杀之。赵武请岸贾之首，祭于赵朔之墓。国人无不称快。

太史公司马迁在《史记·赵世家》中也痛快淋漓地写道："遂反与程婴、赵武攻屠岸贾，灭其族。"

潜渊咏史诗赞曰："岸贾当时灭赵氏，今朝赵氏灭屠家。只争十五年前后，怨怨仇仇报不差！"

纪君祥所撰剧作《赵氏孤儿》中，借程婴之口对赵氏孤儿赵武作了这样的教诲："谁着你使英雄忒使过，做冤仇能做毒，少不得一还一报无虚误。"在这样的教育下，赵武咬牙切齿地唱道："恨只恨屠岸贾那匹夫，寻根拔树，险送得俺一家儿灭门绝户！他，他，他把俺一姓戮，我，我，我也还他九族屠"，"将那厮钉木驴推上云阳，休便要断首开膛；直剁得他做一埚儿肉酱，也消不得俺满怀惆怅"。

儒家文化在宣扬"和为贵"的同时，也强调"报仇之制"。《礼记·曲礼上》言："父之仇，弗与共戴天。兄弟之仇，不反兵。交游之仇，不同国。"《礼记·檀弓上》曰："子夏问于孔子曰：'居父母之仇，如之何？'夫子曰：'寝苫枕干，不仕，不与共天下也。'""善有善报，恶有恶报，不是不报，时辰未到"。冤案得到洗清，恶人得到惩治。忠奸对立，你死我活，仇恨入心要发芽，血债要用血来还。历史在观念的演变中完成了儒家文化的忠义主题。

在藏山参观时，地方文联的同志自豪地介绍：盂县古时是赵国领地，自古燕赵之地多出慷慨侠义之士。我们大家都知道"荆轲刺秦王"的故事。战国末期，燕人面对强秦的进攻，为了刺杀秦始皇，樊於期（wūjī）不惜自杀将自己的头颅让壮士荆轲拿去以创造刺杀秦始皇的机会。这无疑与程婴献出自己儿子的生命，公孙杵臼慷慨赴死以救赵氏孤儿有着惊人的相似之处。荆轲刺秦临行时也正值秋天，那句脍炙人口的诗句"风萧萧兮易水寒，壮士一去兮不复还"，正是当时情景的写照。河北易县与山西盂县之间可谓是唇齿相依的毗邻之地，易水与藏山的秋天亦当类同。此情此景，触时伤事，也许只有悲烈的秋色秋风，才配作为对程婴、荆轲们义举壮行的祭奠吧。

县文联的同志还如数家珍地介绍说：藏山千百年以来，堪称是一个祭奠忠义的典型之地。对藏山的祭奠，历史上曾经出现过两次大的高潮。一次在11世纪之初，金兵南下和赵宋朝廷南迁之后，另一次则是在16~17世纪明末清初的时候。这两个时期，藏山受到当时世人尤其是封建士大夫们的格外推崇与重视。说穿了，是因为这两个时期在历史上都是王朝更替的多事之秋。南逃后的赵宋王朝为了挽回衰败之势力保半壁江山，以赵武的直系后裔自称，以拉拢文武百官像程婴、公孙杵臼一样，为其岌岌可危的逃亡政权卖命。于是乎，死去六百余年的程婴被加封为"忠节成信侯"，公孙杵臼被加封为"通勇忠智侯"，京城临安，就是今天杭州，出现了专祭这两位古人的"祚德庙"。金大定年间曾做过盂县县令的智楫，在为藏山撰写的《神泉里藏山庙记》碑文中，有这样的诗句："岁岁血祭，远近归祷。"由此可见当时藏山之祭的盛大与悲壮。

文联的同志还特意强调：藏山是历史留下来的一笔可贵的文化遗产。藏孤救孤的"忠义文化"是藏山文化之根基。

中国古往今来，留存下多少侠义的故事万世传唱。《史记》中有《游侠列传》、《刺客列传》；《汉书》中也有《游侠列传》；《唐宋传奇》中描绘了红线女、聂隐娘、昆仑奴、虬髯客等人的侠义之举；到了金庸、古龙笔下，侠客侠士更是层出不穷目不暇接，谱写出一曲曲侠肝义胆的忠义之歌。人们越来越多地把伸张正义除暴安良报仇雪恨拯救草民的希望寄托于"横空出世"的"救世主"身上。

苏中杰在《忠义人格的负面》一文中，作了这样的阐述：

> 在对选入金庸武侠小说的新编语文读本的叫好声中，有一种叫好声特别值得注意：西南师大文学教授韩云波说：武侠小说里面包含很多中国传统文化的东西，同时，侠文化中所表现出来的那种阳刚之气，正是中国文化深处的梦想，对国民的人格形成会有深远的影响。韩教授的这种认识带有相当的普遍性。
>
> 武侠小说对国民人格的形成的确有深远影响。可是，那是什么样的深远影响呢？这就不能不看一看武侠精神产生的社会历史基础和性质。

武侠精神的核心是忠义精神。按照文人学士们的传统观念，这种精神，无疑是神圣和美好的。可是，他们竟看不到由此而造成的历史的另一面竟是那样的悲苦和残酷。人们的生存，是要靠社会的有序化作保障的，而当人们把生存的希望全寄于忠和义的时候，其所依靠的就不是社会的有序化，而是转向对社会个体依赖，换言之，是对社会生存保障的绝望。当人们绝望于社会而只能依靠个人的时候，其间的关系就只能是忠和义！当然，人类道德中是应该有一定的忠和义的，但中国人却把忠和义，推向极端，扭曲而变异。

被黑暗逼出来的东西——忠义，又加深了社会的黑暗。因为忠义不是对全社会负责，而是对个人负责，大而言之是为某个团体负责。所以，这就决定了个人的品格和行为中的游民本质。为报"知遇之恩"，把生死置之度外，把"仁义"二字发挥到顶峰。忠义落实到组织上，规则和皇室毫无二致，上有草头王，下面等级森严，搞起处罚，或是产生内讧，总是血淋淋的。对内的感情维系是忠义，理性是等级。对外，尤其是对不利于己者，则无理性，无良知，所有的流氓无赖劲都可以使出来，甚至相当残酷毒辣。

这就是武侠精神——忠与义的本质：中国历史文化的毒瘤。在现代社会追求规则化和民主化的今天，用这个毒瘤能培养国人的什么人格？

这种模式的人际关系结构，是放大了的"奴隶制"，是变种了的人身依附。"良禽择木而栖，良臣择君而事"，一旦选择就得从一而终，家臣始终应当忠心为家主做事，不得有其他任何想法。作为主子卿大夫，要求臣仆的绝对忠诚，不能容忍家臣的丝毫背叛。在儒教文化教育下的家臣，也就认定自己应该守本分，只知道有家，不知道有国。正如叔孙氏的家臣司马鬷戾所言："我，家臣也，不敢知国。"

仕为知己者死，国仕沦落为家臣。

在观念信仰的祭坛上

新世纪之初，陈凯歌把《赵氏孤儿》的故事拍摄成了电影。陈凯歌在阐述自己的创作意图时说，他不想把《赵氏孤儿》拍成一部纯粹复仇的电影，而是想以现代社会的观念去重新解读，提倡宽容。陈凯歌让片中的主角口口声声说："不把自己的敌人当敌人那就天下无敌"了。然而，为了设置戏剧冲突，陈凯歌又独出心裁地把赵氏孤儿和屠岸贾这一对仇家，编造为亲密无间的干父子，最后却是自相残杀的结局。影片的英文名叫《牺牲》，但影片中没有牺牲，只有仇恨。程婴将赵氏孤儿当成可利用的工具，希望达到让敌人生不如死的目的，而最能让人生不如死的方式则莫过于被自己最亲近的人杀死。这样匪夷所思的改编真让人瞠目结舌。也许导演自己就没把思路理清。以其昏昏，使人昭昭。

陈凯歌在回答记者问时，说了这样一句话："如果是程婴主动献出孩子，就有点反人类。"这句话倒是歪打正着，说到了问题的骨节眼上。用自家孩子的生命换来赵家孩子的生命，救一人杀一命，哪点值得歌颂？大概现代人也品出了这个古老典故中的"人性缺失"，所以在向我们介绍时纠偏了这样一句："其实，程婴献出的不是自己的骨肉，而是从乡村找了一个'遗弃儿'。"

我曾一直为《圣经》中的一段故事震惊。《旧约》首篇《创世纪》中，讲述了亚伯拉罕"向上帝祭子"的情节：

> 上帝想要考验亚伯拉罕对自己的忠诚，就在一个夜晚降下神谕："亚伯拉罕，你要带着儿子以撒到摩利亚地去，把他当作祭品，敬献给我。"
>
> 上帝的话犹如晴天霹雳！亚伯拉罕心如刀绞。但他对上帝无比虔诚，不会有任何忤逆。他强忍心中悲痛，吩咐仆人准备好祭祀需要的东西，第二天清早就带着以撒出发了。他没有告诉任何人祭上帝的事儿，怕受到他们的阻拦。
>
> 他背着火把、木柴和刀，带着儿子以撒来到上帝指示的地方。路上以撒好奇地问："父亲，你没有带羊羔来，要用什么来献祭呢？"亚伯拉罕勉强抑制住自己的眼泪，万分怜惜地抚摸着儿子的头，不知说什么好。
>
> 他们到达了山顶，亚伯拉罕点燃木柴，然后狠下心肠，咬紧牙关，把以撒捆了起来，举起手中的尖刀，闭着眼睛砍了下去，以撒吓得大哭起来。
>
> 上帝一直密切注视着亚伯拉罕的动向，眼看惨剧就要发生，他立刻大声呼喊："亚伯拉罕，住手！快放下手中的刀子吧，我只是在考验你！看来你对我的确是忠心耿耿。我将赐福给你。"[1]

【1】译文采用（法）让·米歇尔著，韩凌编译的《圣经的智慧》，长江文艺出版社，2005年。

存在主义的先驱哲学家克尔凯郭尔的《恐惧与颤栗》一文，就是从亚伯拉罕的故事切入，论说了人类生存境遇的荒诞荒谬，论说了信仰与人性之间的悖论。克尔凯郭尔说："人类最高的激情就是信仰"，又说："信仰是一种何等可怖的悖论。"这悖论无可闪避！克尔凯郭尔还写道："这个悖论居然能将谋杀变成让上帝十分开心的圣举，这个悖论居然将以撒归还给亚伯拉罕。"耶稣说："爱儿女过于爱我的，不配做我的门徒。"这大概就是信仰所需付出的"做门徒的代价"。

在《三国演义》第十九回中，罗贯中写了这样一个细节："玄德途次绝粮，尝往村中求食。但到处，闻刘豫州，皆争进饮食。一日，到一家投宿，其家一少年出拜，问其姓名，乃猎户刘安也。当下刘安闻豫州牧至，欲寻野味供食，一时不能得，乃杀其妻以食之。玄德曰：'此何肉也？'安曰：'乃狼肉也。'玄德不疑，乃饱食了一顿。"为了表现刘备的"深得民心"，或者说为了表达民众对刘备的爱戴，就要杀妻以贡奉之。

加缪获诺贝尔奖后，在回答记者问时曾说了这样一句话："在正义和母亲之间，我选择我的母亲。"正是由于加缪这样直言不讳的选择，使他在当年整体"左倾"的法国知识分子群中成为"众矢之的"，甚至与好友萨特也"反目为仇"。

在我们从小受到的教育观念中，在我们蒙昧混沌的心灵里，是一直追求这种崇高的境界，宣扬这种无私的精神。

20世纪90年代，山西某县出了一个马牡丹，村里的房子失火，孩子们身陷火海。马牡丹冲进烈火中救人，救出了别人的孩子，却把自己的女儿留在大火中烧死了。一时间，各种媒体宣传机器一起开动，把马牡丹塑造成放弃了自己孩子"生的希望"，却无私地救了别人的孩子。山西作协的主席焦祖尧还专门写了一篇歌颂马牡丹的报告文学：《把爱长留在人间》。盂县籍作家张石山对"马牡丹的精神"做出这样的判断和评价："对此，我不以为然。假如一切正如媒体所说，那样的一个母亲根本不配当母亲"，"她的女儿，就不是祖国的花朵吗？自己女儿的生命，就不是宝贵的生命吗？所谓无私，就是这样的吗？女儿是母亲的私有财产吗？她有权剥夺自己女儿的生命吗"？张石山断言："不近

太行山风光

人情，必是大奸大恶！如果，马牡丹并不是大奸大恶，一定要把她塑造成为大奸大恶的作家写手们，你们怎么了？你们疯了，还是病了？抑或是精神不正常了？"

马牡丹这样的事迹绝非孤例：1994 年"一二·八"克拉玛依油田发生大火，有一个女人，是教师也是母亲。起火时，她一下子拉起身边的两名学生冲出大门，但她 10 岁的儿子却死于火场。这一事迹后来拍成纪录片广为宣扬了一阵。我们就是这样一种"口径"的宣传，我们对生命与道义的关系就是这样一种认识。两千多年来，一个民族的智力并没有太大长进。

刘纳在《谈与孩子有关的事，并谈开去》一文中，写下了这样的语词：

> 信念与孩子之间的取舍，是人类自古就有的命题。
>
> 中国，西方；古代，现代，都有"丢掉一个小孩是有多数小孩子要获救"的牺牲者，有的被载入历史。……《赵氏孤儿》的"中国精神"通过程婴等人悖于常情常理的极端行为体现。
>
> 出自佛家的谚语"善有善报，恶有恶报"不可信。善未必有善报，而虚拟的

报应也吓唬不住作恶者。如果为了善报而善，岂不成了投资行为？如果明知没有善报，还要不要善呢？

看电视剧吧。却原来近几年谍战片热了又热，却原来20世纪前半段战旗猎猎的背后谍影幢幢。编导者设置紧张惊悚的情节，又须掺入对人物也是对观众的感情折磨，于是频现已成俗套的叙事环节——与孩子有关。信仰坚、情怀烈的俊朗男儿或娇俏女儿为高远理想出入生死险境，以诡秘身份行诡诈之事。当他们被敌人抓捕，秉持坚定信念和坚强意志熬过酷刑，还需面对信念与亲情之间的抉择：当刀架在自己孩子头上，不可舍弃的二者中必须舍去其一。如此凛峻的两难据说最能考验人，革命者兼为人父母者被逼到极端情境下的死角。

一个女革命者见到孩子像待宰小鸡，崩溃了，屈服了："只要放过我的孩子，我愿意合作。"这一刻起，革命者成为叛徒。因她的招供，同志们一个个被抓。组织布置新任务：除掉叛徒。她死在以前同志的枪口下，死得很难看，不英雄也不悲壮。

我仿佛豁然有悟又仿佛惘然困惑。

刘纳在《谈与孩子有关的事，并谈开去》一文中，还讲述了自己的一段亲身经历：

那时我在农村中学工作：正逢公社布置"红海洋"活动，其中一个项目是"家家升起红太阳"，领导派教师分别带学生到各家各户去"升太阳"，即贴上领袖像，再画半圆的红色太阳和左右各三道光芒。领导交代任务时引用"语录"："严重的问题是教育农民。"我不解：我们不是要接受贫下中农再教育吗，怎么配教育农民？领导说：有的老太太迷信、顽固，供奉佛龛，要耐心劝，别拿政治压，人家农民不怕……

那是1968年，"扫四旧"的风潮早席卷过了，但这仅距京城100多里的乡村，仍然保存"迷信"。我带学生到农户家，看到供养的并不都是领导所说"佛龛"，供什么的都有：菩萨、大仙、寿星、仙姑、娘娘（不知是哪方娘娘）、老祖（不知是谁家老祖），也有供动物为神的：牛王、狐仙、兔仙等等，大多只是画像，如果不打听很难分辨这个神与那个仙。最令我惊讶并且至今难忘的，是在一位慈眉善目的老太太家所看到的——

这家供奉神的位置竟挂一张灰糊糊、脏兮兮的动物皮毛，学生七嘴八舌地告诉我，这是黄鼠狼皮。吓得我够呛，也很替那早已死去的黄鼠狼不平：你剥了人家的皮，凭什么还保佑你们家？老太太指着那块黄鼠狼皮解释：它也算"狐仙"。

那年代的中国农村似乎是男权社会，但家里供什么大多由老太太做主。不劳我们多劝，这位老太太就爽快同意撤下黄鼠狼皮。……老太太说，拜啥也是拜，为的是儿女，拜啥都行。

信仰可以"与时俱进"，而只有"人性"亘古不变，万世长存。

调整视野的焦距再看藏山

参观藏山而引出的话题，说到此处，可能已经是马屁股上钉掌，有点离蹄（题）万里了。我想，当年，太史公引入这个情节跌宕的"赵氏孤儿"故事，本意可能只不过是奖掖忠臣烈士，匡正社会风气。然而，令太史公始料不及的是，智者千虑，必有一失。有火就有灰，一利存一弊。在拔高升华的主观努力中，却是误入了观念的歧途。我们现代之人现实之人，应该不应该重新修正我们思想的观念，重新调整我们视野的焦距，回眸再看藏山景点所蕴含的哲学文化底蕴呢？

洗耳河感悟权力场

洗耳河的民间传说

　　山西作家太行山采风团第三程来到晋东南的黎城县。黎城县有四条经典旅游线：性空山仟仵线、漆树宽章线、黄崖洞善陀线和板山洗耳河线。

　　2011 年 9 月 5 日上午，我们从黎城县城驱车 30 公里，先是"跃上葱茏四百旋"，直攀崎岖险峻的板山，继而飞"车"直下三千尺，来到了久闻其名的洗耳河。洗耳河位于黎城县西井镇。驻足洗耳河畔，目睹了大自然的鬼斧神工，四周群峰笔立刀削、峭拔挺立，源于 25 亿年以前的那次地壳大变动，造就了太行山奇观。海沉陆隆此起彼伏，断裂与岩溶的双重作用，使这里兼具云台地貌和嶂石岩地貌两种特征，代表了"太行山地貌景观"的精髓。发育于中元古代紫红色石英砂岩和寒武纪—奥陶纪碳酸盐岩，形成丹崖红岩，"祖国山河一片红"，使得我们的红色之旅赢得了地理学的真正含义。村民们利用得天独厚的原生态奇特环境，在洗耳河畔的村落里投资开发了全国性书画家写生摄影创作基地，雕梁画栋小桥流水古色古香，吸引了许多国内外书画家在这里作画写生拍照。食农家饭、喝山泉水，古朴的民俗村落，令艺术家们沉醉忘返。我们驱车到此，一下车就看到一条醒目的大横幅："红山民俗文化村谷堆坪欢迎您！"还有一条横幅写着："中国硅都、世界红山、宜居古城"。

　　导游向大家介绍了"洗耳河"的由来：

黎城洗耳河

　　"洗耳河"原名叫"草儿河"，因其草木茂盛，河水清澈甘洌，所以当地的老百姓长年用它洗脸，有着明目养颜延年益寿的神效。早在尧舜时代，大家知道尧帝是一个十分开明贤达的君王，他求贤若渴，四处寻求能治国安邦之才，甚至愿意将自己的帝位让贤。他先是在一座山上找到了王倪，王倪听罢尧帝的禅让之言，大笑不止，说，草民只是随兴妄言，哪有治国的能耐！王倪不受，向尧帝推荐了啮缺和蒲伊，尧帝在山林里找到了他俩，二人正在树下对弈。尧帝说明来意，啮缺和蒲伊说，我们是晓些事理，可更痴迷于棋事，让我们治理天下，就怕要贻误国家了。于是又向尧帝推荐了许由。尧帝听说后匆匆赶路，又去找许由。好不容易找到了许由，许由听尧帝谈说国事，皱眉不语，待说到要禅位于他，立即站起，扬长而去。边走边说，羞死吾也，羞死吾也。说罢走下高坡，直抵河边，竟然洗耳朵去了，以清除他耳中的"污言秽语"……由此，便有了许由洗耳河之名。

　　《庄子·天地》篇中，有关于许由与王倪、啮缺的记载：

　　　　尧之师曰许由，许由之师曰啮缺，啮缺之师曰王倪，王倪之师曰被衣。
　　　　尧问于许由曰："啮缺可以配天乎？吾藉王倪以要之。"
　　　　许由曰："殆哉圾乎天下！啮缺之为人也，聪明睿知，给数以敏，其性过人，

而又乃以人受天。彼审乎禁过，而不知过之所由生。与之配天乎？彼且乘人而无天，方且本身而异形，方且尊知而北驰，方且为绪使，方且为物絯，方且四顾而物应，方且应众宜，方且与物化而未始有恒。夫何足以配天乎？虽然，有族，有祖，可以为众父，而不可以为众父父。治，乱之率也，北面之祸也，南面之贼也。"

这段话的意思翻译成现代汉语[1]是：

唐尧之师叫许由，许由之师叫啮缺，啮缺之师叫王倪，王倪之师叫被衣。

唐尧问许由说："啮缺可以匹配天道吗？我想借助王倪要求啮缺担任天子。"

许由说："岌岌可危啊天下！啮缺的为人，聪明睿智，精通数术而敏锐，天性超过常人，而又以人道僭代天道。他只知禁止过错，却不知过错产生的根源。他可以匹配天道吗？他将会驾乘人道而无视天道，将会依据自身而排斥异己，将会推尊心知而背道而驰，将会被琐事役使，将会被外物拘束，将会四顾而应酬外物，将会应酬众人之宜，将会随物变化而没有恒德。那样如何足以匹配天道呢？尽管如此，有族类，有宗祖，啮缺可以成为众人之父，却不可以成为万物之父。整治天下，是大乱的先导，是民众的灾祸，是君位的窃贼。"

【1】译文取自张远山《庄子复原本注译》，江苏文艺出版社，2008年。

由此可见，民间传说往往是历史的一种折射。

关于许由洗耳河还有另一出处：说洗耳河发源于河南汝州市与登封市交界处的箕山，源头距汝州城 25 公里。《通典》记载："洗耳河源出箕山，在汝州城北五十里。许由避尧之让，隐于箕山，洗耳于此故名。"《河南通志》："箕山在河南府登封县，昔许由隐此，有墓在焉。"北魏郦道元《水经注·颍水》："（其）县南封箕山，山上有许由冢，尧所封也。故太史公曰：'余登箕山，其上有许由冢焉'。山下有牵牛墟，侧颍水有犊泉，是巢父还牛处也。石山犊迹存焉，又有许由庙，碑阙尚存。"河南人引经据典论证，许由避尧之典故应是发生在河南登封县。

近年来，此类打文化牌，开发地域旅游资源的争议层出不穷，我很能理解。但我从历史的眼光看，许由避尧的典故似乎还是发生在太行山境内比较合乎历史逻辑。

民国年间编纂的《山西通志·帝王类》中有这样的记载：

> 尧为黄帝五世孙，生长居处于伊耆二地，即今黎城县也。尧初号为伊耆氏，实源于此。继受封于唐，故又号唐陶氏。旋徙晋阳，及即位，乃定都平阳，即今临汾县也。

追根溯源"英雄出处"，尧的"生长居处"是在长治黎城。尧生于黎城，长于黎城，发迹于黎城。而许由也是黎城人，"老乡见老乡，两眼泪汪汪"也就是顺理成章的事了。洗耳河是黎城的一条古老的河流，许由与尧的故事也已经代代相传了几千年。

我并无意考证许由洗耳河孰真孰假，而只是从中品味民间传说与史籍记载中所凸显的关于"庙堂话语与江湖话语"的碰撞。

洗耳溪边枕细流，高步追许由

庄子在《逍遥游》一文中，讲述了尧要把帝位禅让给许由的故事：

尧让天下于许由，曰："日月出矣，而爝火[1]不息；其于光也，不亦难乎？时雨降矣，而犹浸灌（灌溉）；其于泽也（润泽），不亦劳乎（这里含有徒劳的意思）？夫子立而天下治，而我犹尸之[2]；吾自视缺然[3]，请致[4]天下。"许由曰："子治天下，天下既已治也；而我犹代子，吾将为名乎？名者，实之宾也[5]；吾将为宾乎？鹪鹩[6]巢于深林，不过一枝；偃鼠[7]饮河，不过满腹。归休乎君，予无所用天下为！庖人（厨师）虽不治庖，尸祝[8]不越樽俎[9]而代之矣！"

这段话翻译成现代汉语[10]：尧打算把天下让给许由，说："太阳和月亮都已升起来了，可是小小的炬火还在燃烧不熄；它要跟太阳和月亮的光亮相比，不是很难吗？季雨及时降落了，可是还在不停地浇水灌地；如此费力的人工灌溉对于整个大地的润泽，不是显得徒劳吗？先生如能居于国君之位天下一定会获得大治，可是我还空居其位；我自己越看越觉得能力不够，请允许我把天下交给你。"许由回答说："你治理天下，天下已经获得了大治，而我却还要去替代你，我将为了名声吗？'名'是'实'所派生出来的次要东西，我将去追求这次要的东西吗？鹪鹩在森林中筑巢，不过占用一树三枝；鼹鼠到大河边饮水，不过喝满肚子。你还是打消念头回去吧，天下对于我来说没有什么用处啊！"

庄子在《大宗师》中，通过鹬䳠[11]子见许由的一段对话，表白或者说阐释了许由"不爱帝位"的心理潜台词。大意是：

鹬䳠子拜见许由。许由问："唐尧对你有何教导？"鹬䳠子说："唐尧教导我：

【1】爝 jué 火：炬火，木材上蘸上油脂燃起的火把。

【2】尸之：庙中的神主，含有空居其位，虚有其名之义。

【3】缺然：不足的样子。

【4】致：禅让。

【5】宾也：次要的、派生的东西。

【6】鹪鹩 jiāo liáo：一种善于筑巢的小鸟。

【7】偃鼠：鼹鼠。

【8】尸祝：主持祭祀的人。

【9】樽：酒器。俎：盛肉的器皿。"樽俎"这里代指各种厨事。成语"越俎代庖"出于此。

【10】译文均参阅张远山《庄子复原本注译》，江苏文艺出版社，2008年。

【11】鹬䳠 yì ér：鸟名，燕子的别名。鹬䳠子：道教仙人。即意而子。

洗耳河后板山

　　'你必须躬行服膺仁义，而且明确判断是非。'"许由说："那你何必来见我？唐尧已用仁义雕琢了你，又用是非阉割了你，你将凭什么遨游于逍遥自适、物化无尽的造化通途？"

　　庄子在书中还记载了啮缺与许由之间的一段对话，也可作为许由故事的延伸阅读：

> 啮缺遇许由，曰："子将奚之？"
> 曰："将逃尧。"
> 曰："奚谓邪？"
> 曰："夫尧，畜畜然仁，吾恐其为天下笑，后世其人与人相食欤？夫民，不难聚也，爱之则亲，利之则至，誉之则劝，致其所恶则散。爱利出乎仁义，捐仁义者寡，利仁义者众。夫仁义之行，唯且无诚，且假乎禽贪者器。是以一人之断制利天下，譬之犹一瞥也。夫尧知贤人之利天下也，而不知其贼天下也。夫唯外乎贤者知之矣。"

这段话翻译成现代汉语：

啮缺遇见许由，问："先生欲往何处？"许由说："将要逃离唐尧。"啮缺问：

"此言何意？"许由说："唐尧，为把民众畜于庙堂樊笼而鼓吹虚假仁义，我担心他被天下人笑话，后世恐怕会有人吃人之事吧？民众，不难聚集，爱护他们就会亲附，有利他们就会齐至，赞誉他们就会努力，遭到他们厌恶就会离散。得爱、获利源于仁义，献身仁义的人必少，利用仁义的人必多。仁义的行为，必将毫无诚意，必将借给禽兽般贪婪之人成为作恶工具。因此一个人独断专制地有利天下，打个比方犹如一瞥所见之有限。唐尧仅知贤人有利天下，然而不知贤人残害天下。唯有自外于贤人之人能知此理。"

许由正是抱着"仁义出，盗贼生"的理念，坚辞不受尧帝的君位，逃到"箕山之下，颍水之阳"，农耕而食。许由宁肯抱困守贫也不愿位居"九五之尊"的人格为后世传为美谈，成为历代隐士的先驱楷模。

魏文帝曹丕在与元城令吴质的信中称徐干"独怀文抱质，恬淡寡欲，有箕山之志，可谓彬彬君子矣"。这里所说的"箕山之志"就是赞许由的耻于受禅一事。明代傅文在《箕阴避暑》一诗中赞许由："独爱云林境界幽，绿荫蔽日翠光浮。弃瓢崖畔排烦热，洗耳溪边枕细流。每有凉风来树底，更无尘事到心头。许由巢父

洗耳河后板山

今何在？千古箕山五月秋。"晋代左思在《咏史》（其五）一诗中写道："被褐出阊
阖，高步追许由。振衣千仞冈，濯足万里流。"表明了自己追随先贤，"投足万里
溪流，洗尽仕途泥污"的高风亮节。

魏晋人皇甫谧作《高士传》，采尧、舜、夏、商、周、秦、汉、魏八代96位
高洁名士立传，许由为其中之一。皇甫谧在《高士传》序中表明了自己立传的标
准："身不屈于王公，名不耗于终始。"按照这个标准，被孔子、司马迁称颂过的伯
夷、叔齐，被班固《汉书》中彰显过的龚胜、龚舍，也不在立传之列。伯夷、叔齐
宁肯饿死，耻食周粟，执节很高，但毕竟有过"叩马而谏"的自屈行为；两龚断然
拒绝出仕新朝王莽，晚节很好，但早年总是出过仕的。因此，皇甫谧在《高士传》
中立传的96人，"狂沙淘尽始到金"，全部是没有被官场"污染"过的"无公害"
民间草根人物。正如金圣叹的诗句："不曾误受秦封号，且喜终为晋逸民。"

皇甫谧认为："非圣人孰能兼存出处。居田里之中，亦可以乐尧舜之道，何
必崇接世利，事官鞅掌，然后为名乎。"著作《玄守论》提出："贫者士之常，贱
者道之实，处常得实，没齿不忧，孰与富贵扰神耗精者乎！"表达了皇甫谧鲜明
的价值取向。

皇甫谧46岁时已为声名鹊起的著名学者，魏相司马昭下诏征聘做官，不仕，作《释劝论》；51岁时晋武帝下诏入朝，皇甫谧逃到陕西陇县龙门洞、平凉崆峒山避诏；53岁时，晋武帝再下诏威逼，皇甫谧仍不给皇帝面子，上疏自称草莽臣，上不得朝；61岁时，晋武帝不管他应与不应，干脆封为太子中庶、议郎等，皇甫谧仍抗旨不仕，著惊世骇俗的《笃终论》。皇甫谧一生坚守着自己安贫乐道淡泊名利的民间草根立场。

皇甫谧为许由立传，可说是物以类聚，人以群分，惺惺相惜啊！

志士不饮盗泉之水，廉者不受嗟来之食

庄子文章中多有对许由的讲述。尼采说："一个艺术家所塑造的形象并不就是他自己，然而，他显然怀着挚爱所依恋的形象系列，的确说出了艺术家自己的一点东西。"作者笔下在描绘人物时，何尝不是在抒发自己心中的块垒。从许由的形象，我们看到了庄子的身影。或者换言之，从庄子的经历中，我们读到了更多的许由的心理潜台词。

《庄子·外物》篇记载"庄周家贫，故往贷粟于监河侯"，庄子贫穷到要向别人借粮度日；《庄子·曹商》篇记载"夫处穷闾隘巷，困窘织屦[1]，槁项黄馘[2]者"，宋人曹商出使秦国，得"益车百乘"而衣锦荣归，讥笑庄子住在穷里陋巷，靠编麻鞋度日，面黄肌瘦，形容憔悴。穷困潦倒至此。在以金钱为衡量价值标准的观念下，庄子的人生显然活得很失败。对此，庄子是这样对曹商反唇相讥的："秦王有疾召医，破痈溃痤者，得车一乘。舐痔者，得车五乘。所治愈下，得车愈多。子岂舐其痔邪？何得车之多也？子行矣！"庄子说："秦王得了痔疮招来医生，谁能挤破痔疮，赏车一乘。谁愿舌舔痔疮，赏车五乘。治疗方式越是下

【1】屦 jù：用麻、葛等制成的鞋。

【2】馘 xù：这里指脸。面色苍黄，形容不健康的容貌。

贱，得车越多。你莫非正是溜钩子舔屁眼之辈？为何得车如此之多？"

以庄子之思想与才能，完全可以赢得荣华富贵。《史记·卷六十三》中记载了庄子拒绝楚威王聘其为相的情节：

> 楚威王闻庄周贤，使使厚币迎之，许以为相。庄周笑谓楚使者曰："千金，重利；卿相，尊位也。子独不见郊祭之牺牛乎？养食之数岁，衣以文绣，以入大庙。当是之时，虽欲为孤豚，岂可得乎？子亟去，无污我。我宁游戏污渎之中自快，无为有国者所羁，终身不仕，以快吾志焉。"

庄子面对千金重利和卿相尊位不为所动，不愿"摧眉折腰事权贵，使我不得开心颜"，而宁愿"游戏污渎之中自快"。

在《庄子·秋水》一文中，对此事有着更为详尽的讲述：

> 庄子钓于濮水之上。楚王使大夫二人往先焉，曰："愿以境内累夫子！"
>
> 庄子持竿不顾，曰："吾闻楚有神龟，死已三千岁矣，王以巾笥而藏之于庙堂之上。此龟者，宁其死为留骨而贵乎？宁其生而曳尾于涂中乎？"
>
> 二大夫曰："宁生而曳尾涂中。"
>
> 庄子曰："往矣！吾将曳尾于涂中。"

庄子把自己的心志表达得更为明确：不愿作神龟让人供奉在庙堂之上，而甘心做一只普通的龟摆尾于泥涂之中。

在《庄子·曹商》一文中，还记载下这样一个细节：

> 或聘于庄子。
>
> 庄子应其使曰："子不见夫牺牛乎？衣以文绣，食以刍菽，养之牢箦[1]之中。及其牵而入于太庙，虽欲为孤犊，其可得乎？"

庄子对欲聘他担任卿相的使者说："你没见过祭祀用的牺牲之牛吗？穿上锦绣外衣，饲以草料豆角，养在牢笼之中。等到牵入太庙献祭之时，即使反悔想再重新做一只自由自在的牛犊，还能如愿吗？"

后人多以清高和追求精神自由来描绘庄子形象。所谓清高，就是"志士不饮

【1】箦 jiā：夹子的意思。

盗泉之水，廉者不受嗟来之食"，就是不为五斗米折腰，宁可饥寒交迫，也不做不符合自己身份、生活原则和人生理想的事；所谓精神追求，就是不依附任何权贵，不迎合任何时尚，特立独行。

《庄子·秋水》一文中，还讲述了一个庄子调侃惠施的情节，也不妨作为对此一观念的延伸阅读：

> 惠子相梁，庄子往见之。
>
> 或谓惠子曰："庄子来，欲代子相。"
>
> 于是惠子恐，搜于国中三日三夜。
>
> 庄子往见之，曰："南方有鸟，其名为鹓雏[1]，子知之乎？夫鹓雏，发于南海，而飞于北海，非梧桐不栖，非楝实不食，非醴泉不饮。于是鸱鸢[2]得腐鼠，鹓雏过之，仰而视之曰：'吓！'今子欲以子之梁国而吓我邪？"

惠施在梁国当了相国，庄子前去见他。有人在惠施面前挑拨说："庄子前来梁国，是意欲取而代之。"弄得惠施十分紧张，在国内大搜了三天三夜。庄子去见了惠施，给他讲了个凤凰的故事：凤凰从南海飞往北海，不是梧桐不栖息，不是楝果不取食，不是甘泉不汲饮。有一只鸱鹰找到了一只腐烂的老鼠，恰好凤凰从它的头上飞过，猫头鹰紧张起来，仰起头向凤凰发出了"哧哧"的威胁声。正是《庄子·秋水》篇中这个情节，演绎出李商隐后来那著名诗句："不知腐鼠成滋味，猜意鹓鹐竟未休。"

《庄子·山木》篇中，记载了庄子与魏惠王的一段对话：

> 庄子衣大布之衣而补之，正緳[3]系履而过魏王。
>
> 魏王曰："何先生之惫邪？"
>
> 庄子曰："贫也，非惫也。士有道德不能行，惫也；衣弊履穿，贫也，非惫也。此所谓非遭时也。王独不见夫腾猿乎？其得楠梓豫樟也，揽蔓其枝而王长其间，虽羿、逢蒙不能眄睨也。及其得柘棘枳枸之间也，危行侧视，振动悼栗。此

【1】鹓雏 yuānchú：古书上指凤凰一类的鸟。传说中的瑞鸟。

【2】鸱鸢 chīyuān：鹞鹰，代表凶暴、邪恶、黑暗。

【3】緳 xié：麻绳。

筋骨非有加急而不柔也，处势不便，未足以逞其能也。

庄子身穿打着补丁的粗布衣，用麻绳系着草鞋而见魏惠王。魏惠王说："先生为何如此困顿？"庄子反驳道："只是贫穷，并非困顿。士人不能顺道循德而行，才是困顿。衣破鞋烂，只是贫穷，并非困顿。这是人们所言的不遇有道之世。君王难道不曾见过腾跃的猿猴吗？猿猴处身高大乔木楠、梓、榆、樟之间，就能攀揽树枝而成森林之王，即便后羿、逢蒙也不敢轻视。等到猿猴处身多刺灌木柘、棘、枳、枸之间，只能慎行侧目，惊惶失措。这并非筋骨僵硬而不再柔软，而是所处时势不便，不足以发挥才能。"

最后，庄子说：

今处昏上乱相之间，而欲无惫，奚可得邪？此比干之见剖心，征也夫！

如今我身处昏君乱相之间，想要不困顿，怎么可能呢？如同比干被剖心，正是时势险恶的征象！

庄子很认同孔子的话："邦有道，危言危行；邦无道，危行言孙。"君主能听得进去话，你就进言谏言；君主油盐不进，你还不赶紧闭上自己的嘴！

《庄子·秋水》篇中，庄子借助孔子之口，回答了子路对穷困与通达的疑惑：

孔子游于宋，匡人围之数匝，而弦歌不辍。

子路入见，曰："何夫子之娱也？"

孔子曰："由，来！吾语汝。我讳穷久矣，而不免，命也；求通久矣，而不得，时也。当尧舜之时而天下无穷人，非知得也；当桀纣之时而天下无通人，非知失也，时势适然。"

孔子路过宋国，被匡人包围了几圈，而他弹琴唱歌不停。

子路进去拜见，说："为何夫子如此欢娱？"

孔子说："仲由，过来！我告诉你：我忌讳穷困很久，却不能免于穷困，这是天命；我寻求通达很久，而不能得到通达，这是时势。尧舜之时天下没有穷困之人，并非他们心知有得；桀纣之时天下没有通达之人，并非他们心知有失，都是时势使然。"

孔子的这番回答，一语道破天机，坦言出许由、庄子一类人的心理潜台词。

居庙堂之高抑或处江湖之远

黎城洗耳河边的老乡，对于许由与尧之间的故事提供了另一版本：

相传尧帝晚年到上党巡视，考察接班人问题。那时尧帝已年近古稀，便偏听偏信，做了一些不合民情民意的提拔。当时，上党有位州官，名叫许由。此人德才兼备，勤政爱民，颇有谋略。由于他对尧帝的某些任免决策深感忧虑，便大胆直言，三番五次进谏奉劝尧帝，但一直未被采纳，却在大臣中落了个狂妄自大、意欲篡位的名声。许由一气之下，便忍辱辞官，隐退于凤凰山下的草儿河边，过起了素衣农桑的田园生活。

一日，尧帝问起群臣，许由为何辞官隐退？一位大臣说，许由生性狂妄，目中无人，因得不到君王的重用，便愤然辞官，我看不如杀了他以儆百官。岂料尧帝听后却摇头说，许由虽然辞官而去，但他从政以来，勤勤恳恳，而且智谋过人，确实做出了许多政绩。今番隐退，虽说只为提携之事太不应该，但依其才华还应重用。我看就提升他为九州牧长官，让他复出为好。随即令大臣前往凤凰山寻访许由出山辅政。谁知这位大臣到草儿河边后，许由却躲入深山，拒而不见。尧帝听后深思良久，于是便以天下相让，欲让位许由，并再次派人前往请其出山。岂料许由听后大怒，声言尧帝此举误解其意有辱其德，便到草儿河中反复用清水洗耳，以示不让谬言脏了自己的耳朵。

来人回复之后，尧帝方才醒悟过来，知道自己错怪了许由，于是亲往草儿河。两人隔河相望，许久无言。尧帝为表达自己的诚意，便下得马来在草儿河中洗了个脸，表示"洗心革面"的悔过之意。许由见状感动不已，也以河水洗耳，并抬头戏言曰："君王以草野之水洗面，难道不怕脏了君面？"岂料尧帝听后反问："既然怕污君面，你又为何要洗耳？"许由忍不住笑出声来："见君洗面，下臣岂敢不洗耳恭听！"于是，君臣两人相视大笑，顿释前嫌。从此，许由离开凤凰山跟随尧王前往上党，一直辅佐朝政做出许多业绩。

洗耳河后板山

　　这一版本听来是意味深长的。一向被宣扬为"天马行空，独往独来"，拒不与当政当权者合作的许由，万变不离其宗，黄河在这儿拐了个弯，最终还是要"大江歌罢掉头东"，皈依到官场的轨迹上来。

　　持洗耳河在河南说的刘玉娥，在《颍河洗耳的高士——许由》一文中，也作着大同小异的讲述：

　　　　在嵩岳一带也流传着与此相似的传说。传说尧年老时，十分留意寻找能继承他王位的人。有人推荐了当时隐居箕山的隐士许由。尧就亲自到河南登封县箕山拜访他，执意要把帝位让给他。许由没有接受帝尧的禅让，连夜逃进中岳嵩山附近颍水边隐居下来。但没有多久，尧帝还是追赶着许由到了颍河水边。帝尧是执意要让位的，见他不肯接受，便请求他出任九州长来协助自己治理天下。许由喟然叹曰："匹夫结志，固如磐石，采山饮河，所以养性，非以求禄位也；放发优游，所以安己不惧，非以食天下也。"这次许由不仅坚辞不从，而且认为听到了那些话便是奇耻大辱。他奔至河畔，不顾河水冰凉，一个劲地冲洗自己的双耳。恰好此时也在颍河边隐居的巢父，牵着牛犊到河边饮水。见许由这般情景，便问其原因。许由说，尧要让他当九州之长，玷污了他的耳朵，故而以河水冲耳。不料巢父听罢大怒，认为许由是矫揉造作，厉声斥责道："这都是你的不是。你若诚心隐居，深藏不露，何不到高山深谷藏起来？谁又能找得到你？偏偏你要到处浮游，高谈阔论，还用歌词去激尧帝。你在此洗耳，无非又是一种沽名钓誉！你在上游洗耳，我在下游饮牛，既然你已知道自己双耳已污，为什么又来弄脏我的牛嘴？而且也把这清河水染脏了！"说罢，愤然牵牛往上游去了。……据说，许由听了巢父的一番话之后，很觉惭愧，打点行装，周游他处去了，从此杳无音讯。帝尧知道后，非常敬佩，就封许由为箕山的山神，配食五岳，代代不绝。

　　许由流传于世的《遁世操》、《西峰重修真传》等曲段中记载了其所唱曲调：登彼箕山兮，瞻望天下。山川丽崎，万物还普；日月运照，靡不记睹；游放其间，何所欲虑。叹彼唐尧，独自愁苦；劳心九州，忧勤厚土，谓余钦明，传禅易祖；我乐如何盖不盼顾。河水流兮缘高山；甘瓜施兮弃锦蛮；高林萧兮相错连；居此之处傲尧天。

　　说话听声，锣鼓听音。正是从许由"瞻望天下"、"劳心九州"、"忧勤厚土"等等的吟唱中，巢父听出了许由"心系庙堂"的弦外之音。认为许由的所谓"洗耳"无非是一种政治"作秀"，是一种待价而沽以屈求伸。

　　中国的文人向来矫情。明明身怀经天纬地之才，心存入阁出相之志，还不时流露"大鹏一日同风起，扶摇直上九万里"。但当着人的面却总要羞羞答答，遮遮掩掩，"犹抱琵琶半掩面"，说什么"人生在世不称意，明朝散发弄扁舟"，表现出一副文人傲骨。把心中理想抱负，埋藏于内心深处，不到火候不揭锅。即便到郁闷不堪不吐不快之时，也采用一种折光反射的形式表现出来。李商隐可算典型一例。李商隐明明对"走马兰台类转蓬"的官场很有兴趣，却偏偏写下那么多的《无题》诗。什么"春蚕到死丝方尽，蜡炬成灰泪始干"；"身无彩凤双飞翼，心有灵犀一点通"；"此去蓬莱无多路，青鸟殷勤为探看"；"沧海月明珠有泪，蓝田日暖玉生烟"等等，比目皆是。爱情本来就是一个私人性的隐秘话题，可当对政治孜孜以求而讳莫如深不愿明言之际，便宁肯托词于爱情。李商隐的这些所谓《无题》诗，其实政治指向的"主题"非常鲜明。古希腊哲人亚里士多德有言："人天生是政治的动物。"中国几千年的历史，从来展示的都是一条失意政治家成为文学家，得志文学家成为政治家的轨迹。

法家直截了当地为帝王提出"法、术、势"的经国安邦"黑厚学"自不必说；儒家的所谓"修身、齐家、治国、平天下"的理想不也自始至终流溢着从政议政的热切抱负。即便超脱飘逸的老庄哲学，何尝不是纳入"庙堂和江湖"的思维模式？《老子·第三十八章》中说："失道而后德，失德而后仁，失仁而后义，失义而后礼。夫礼者，忠信之薄而乱之首。"老子既然认为人心已失，盛世不再，却还存了个救世之心，他在《老子·第三章》中讲什么"为无为，则无不治"，既然认为天下已不可救，却还要开出救世的药方，岂不露出自相矛盾的心理？老子的诸如"以其无私邪故能成其私"、"夫唯不争故天下莫能与之争"等等话语，所曲折表达出的，何尝不是为当政当权者献计献策的良苦用心？

即便是无比推崇许由的庄子，如若真是"躲进小楼成一统，管他冬夏与春秋"，如若真是追求他的"逍遥游"，那么何须顾此而言他地写《大宗师》来表白充当"帝王师"的心迹，又何必殚精竭虑地写下《应帝王》一文？

现在的人们都把庄子的《应帝王》看成是庄子对帝王的一种谏言，像马基雅维利的《君主论》，是为帝王出谋划策。其实细读之，才知是庄子在教人们一种怎样应付帝王的技巧和智慧。从来天意高难问，自古伴君如伴虎，你得有应付的办法。这是人生在世的一种智慧。《应帝王》中有句很经典的话："鸟高飞以避矰[1]弋之害，鼷鼠深穴乎神丘之下以避熏凿之患。"矰就是一种短箭，弋就是用箭射飞鸟。惹不起还躲不起？明知政治是高压线，你还要去以身试法？鼷鼠是一种小老鼠，小老鼠把自己的窝建在神丘下，就是神坛、祭坛下，以此防范人们用烟熏洞，用铲掘地。老鼠尚且知道拉着大旗做虎皮，做护身符，深藏于神坛之下，让人投鼠忌器，保住自己的窝，作为万灵之长的人难道连两小动物的本能也不如？顺应环境，适者生存，这里面有大智慧。

中国的文化是早熟的文化，其中充满生存智慧、活命哲学。儒家也好，道家也罢，其学说在明哲保身以曲求伸上倒是殊途同归。对为了某种信念某种理想而拿着鸡蛋往石头上撞的不识时务者，充满了嘲讽和规劝。我们不妨把孔子庄子两

【1】矰 zēng：古代射鸟用的一种拴着绳子的短箭。

位儒道的先师与同一时期西方的圣哲苏格拉底做一比较：尽管苏格拉底只要宣布放弃自己的观点和信念，就可以获得一条生路，但他却义无反顾地在法庭上拒绝宣誓改悔，从容地面对死亡。苏格拉底说："只要我的良心和我那种微弱的心声还在让我继续前进，把通向理想的真正道路指给人们，我就要拉住我遇见的每一个人，告诉他我的想法，绝不顾虑后果。"

依附与规避貌似处世两极，却是殊途同归，共同成全了一个漫延数千年的封建专制机器的运转。

"天下之士尽入我彀中"之设局

据《晋书·皇甫谧传》介绍，皇甫谧累诏不仕的原因，是因为他对世事时势保持着一个清醒的头脑。《晋书·阮籍传》中说："属魏晋之际，天下多故，名士少有全者。"越是社会动荡转型之际，政治的旋涡愈为险恶。皇甫谧不仕的真正原因是避祸与自保。

《庄子·外物》篇有言："外物不可必，故龙逢诛，比干戮，箕子狂……人主莫不欲其臣之忠，而忠未必信，故伍员流于江，苌弘死于蜀，藏其血三年而化为碧。"意思是说身外之物是不必企求的。前车之鉴，龙逢被诛，比干被戮，箕子佯狂……君主无不希望臣仆尽忠，然而忠臣未必得到君主信任，所以伍员流尸于江，苌弘死于蜀地，蜀人收藏其血三年后化为碧玉。庄子不愿去做官，因为伴君如伴虎，只能"顺"："汝不知夫养虎者乎！不敢以生物与之，为其杀之之怒也；不敢以全物与之，为其决之之怒；时其饥饱，达其怒心。虎之与人异类而媚养己者，顺也；故其杀者，逆也。"你看看为虎谋皮与狼共舞是多么的凶险！还要防止马屁拍到马脚上，"夫爱马者，以筐盛矢，以蜄[1]盛溺。适有蚊虻仆缘，而拊之不时，则缺衔，毁首碎胸"。

【1】蜄 shèn：古同"蜃"。

黎城洗耳河

　　对于君主的"翻手为云，覆手为雨"，庄子洞若观火。两害相权取其轻，许由、庄子等人的选择是一种明智。在这样的特定生存状况下，人不企盼超脱清静还能追求什么？不渴求做一只拖着尾巴在烂泥中爬的乌龟还能有什么更好的选择？

　　《庄子·缮性》篇中的一段话，颇能反映出庄子的心声：

　　　　正己而已矣。乐全之谓得志。

　　　　古之所谓得志者，非轩冕之谓也，谓其无以益其乐而已矣。今之所谓得志者，轩冕之谓也。轩冕在身，非性命之有也，物之傥[1]来寄也。寄之者，其来不可御，其去不可止。故不为轩冕肆志，不为穷约趋俗。

　　圣人自正己身而止。乐于葆全真德叫作得志。

　　古人所谓得志，说的不是官爵禄位，而是说无法用外物增益快乐而已。今人所谓得志，说的是官爵禄位。官爵禄位在身，并非德性天命原有，而是外物的偶

_____

　　【1】傥 tǎng：同"倘"。

然暂寄。暂寄的外物，来时无法抵御，去时无法阻止。所以不因官爵禄位而放肆心志，不因穷困约束而趋奉世俗。

正因为世道污浊，所以庄子才退隐；正因为有黄雀在后的经历，所以庄子才与世无争；正因为人生有太多不自由，所以庄子才强调率性。庄子是以率性而凸显其特立独行的人格魅力。正因为爱得热烈，所以他才恨得彻底，他认为做官就异化了人的自然本性，不如在贫贱生活中自得其乐。持这一立场就是对过于黑暗污浊的生存现状的觉醒与反抗。

从庄子身上，由此及彼我们读懂了许由的心理。

庄子在《齐物论》中，讲了那个家喻户晓且意味深长的"朝三暮四"的成语故事：

> 何谓"朝三"？
> 狙[1]公赋芧[2]，曰："朝三而暮四！"
> 众狙皆怒。
> 曰："然则朝四而暮三？"
> 众狙皆悦。

人们都嘲笑猴子的愚蠢，忘却了自身猴子的"本性"。统治者正是不断地与时俱进地变换手法，运用手中掌握的资源，循环往复地上演着"二桃杀三仕"、"朝三暮四"的把戏。你的欲望成为你生存的陷阱。唐太宗李世民在实行科举之后得意地说："天下之士尽入吾彀中矣。"庄子认为人活在世上，犹如"游于羿之彀中"，到处充满陷阱。"一手胡萝卜，一手狼牙棒"的奖罚权术手段，正是君主为仕人设下的无形之"彀"。

我一向为马戏团的驯兽表演惊叹：狗显得那么乖巧，2加3等于几，狗会"汪汪汪汪汪"叫五声。狗表演得出色，人就给狗的嘴里喂几块肉粒作为奖励。猴子表现得更为善解人意，做着各种高难度的模仿，于是，猴子也得到了使它垂涎欲滴的桃子、香蕉。只要是尝到了甜头，连狗熊也会用蠢笨的动作，做出憨态可掬

【1】狙：古书里指一种猴子。

【2】芧 xù：芧栗，橡子。

的各种姿势。海狮也不例外，一条小鱼足以使它表演起来乐此不疲。就是那个脑门上顶个"王"字，具有王者风范的老虎，也会在驯虎女郎的旨意下，顺从地冒着危险在火圈中钻来钻去。人真不愧是万灵之长，人的才智和灵气表现在，极善于最大限度地利用各种生物的本性弱点，"因材施教"，或威逼，或利诱，把它驯化，为人所驱使。

山立百仞，无欲则刚

驻足黎城许由洗耳河畔，昂首四周丹崖峭壁，心中涌起早已耳熟能详的名句：山立百仞，无欲则刚。

但人能做到"无欲"吗？又一个人生的"芝诺悖论"。

王莽岭颠覆"授命说"

龟驼山变身王莽岭

2011 年 9 月 8 日，我们山西作家太行采风团一行耳闻目睹了被称之为"太行至尊"的王莽岭。

王莽岭位于河南辉县与山西陵川县交界处，是黄土高原与华北平原地质断裂带中最典型、最华彩的地段。旅游手册上介绍："王莽岭由高低错落的五十多个山峰组成，最高海拔 1665 米，最低仅 800 米。它地貌奇特、群峰荟萃、峡谷幽深、绝壁千仞、日出壮观、云海奇诡；天象殊异、变幻莫测、山上山下季节交错、雪花野花同时竞放；冰挂雾凇、雪野松涛，壮冬春之胜景；云山幻影、佛光岚气，增夏秋之神韵。"这里峰峦重叠，云海变幻，让人有"不识庐山真面目"之慨，被称之为"云山幻影"，素有"中原后花园，清凉胜境"之美誉。毛泽东秘书李锐老登临有诗为赞："不登王莽岭，岂识太行山，日出景色壮，无须上泰山。"

王莽岭有五大传说：一说王莽岭是远古神话传说《愚公移山》的发生地；二说王莽岭是道家始祖老子骑青牛西出函谷关并创作《道德经》的地方，留有老君堂老君顶等遗迹；三说王莽岭是俞伯牙创作古代十大名曲《高山流水》的地方，留有俞伯牙摔琴谢知音钟子期的古琴台；四说王莽岭是唐代大诗人白居易经羊肠坂登太行赋诗留下多首传世名篇的地方；而最为吸引人的是，相传这里是新朝皇帝王莽和东汉光武帝刘秀斗智斗勇的古战场。

王莽岭上，我们遇到了一位难得的好导游王小姐，她博古通今的讲述，把我们引领进一个传说、一段历史、一个人物：

　　"各位游客，我们现在就站在王莽岭上。它的西面北面是八百里太行山，它的东面南面是中州大平原。这里就是太行山与中州平原断裂带的交界处。27亿年前，这里是汪洋大海，由于燕山运动与喜马拉雅山两次大的造山运动，中州平原下落，太行山隆起升高。王莽岭就在这两大板块的断裂带处，经过漫长的地质运动，形成了特殊的地貌特征。国际上叫喀斯特地貌，国内称作岩溶峰丛地貌。王莽岭是这一断裂带中最具代表性的一段，四个地质年代的遗迹汇聚于此，称作'四世同堂'。

　　"王莽岭在汉代以前叫做龟驼山，因两座山峰而得名。大家顺着我手指的方向看，看到没有？对面的那两座山峰，一座像不像一只乌龟？它就是神龟峰；一座像不像一匹骆驼？它就是仙驼峰。在仙驼峰旁边，还有一座愚公峰，大家看，像不像一个老人？非常逼真的。这里是太行山脉的南端，与我市另一个阳城县的王屋山接壤。远古神话'愚公移山'的故事就发生在这里：民间传说愚公移山的精神感动了上帝，上帝派夸娥氏的两个儿子来帮助愚公把山背到海边，这两个神仙不是别人，就是神龟和仙驼。他们力大无比，耐得艰辛，帮助愚公移山之后，

王莽岭"刘秀跳"介绍

愚公请他们喝酒，他们看见这里风光美丽，又和愚公结下深厚感情，就化作两座山峰永远留在了这里。

"那么怎么又改称王莽岭呢？这就与这里的另一个传说有关了。这里还有一段王莽追刘秀的传说：西汉末年，王莽任大司马，辅政16年，前后辅佐了4位皇帝，汉成帝、汉哀帝、汉平帝和2岁的小皇帝孺子婴。他们或昏庸无能，或荒淫无度，或年幼无知，使得政局动荡，礼崩乐坏，加上天灾不断，更使百姓苦不堪言。因王莽辅佐的皇帝昏庸无能，加上天灾不断，战争四起，在这样的社会环境下，王莽励精图治，赢得朝廷上下的共识，认为只有王莽能救大汉。所以，让王莽取汉代之呼声越来越大，王莽称帝成为大势所趋。于是，力主王莽登基的人们大造王莽乃真命天子的舆论，宣称在龟驼山，发现一龙脉神石，天书四字'王莽登基'。于是，王莽于公元9年称帝，改国号为新。为巩固自己的统治地位，他一方面对皇族后裔抄家问斩，一方面镇压起义军。而刘秀与其兄长刘缜趁机揭竿而起。那时的人都相信天命和风水，为了推翻王莽的新朝，刘秀就到龟驼山毁坏王莽的龙脉。王莽当然对刘秀倍加仇恨，亲自率兵追杀刘

作者与作家周宗奇（左）、
作家崔巍（中）在王莽岭

秀至太行山南端，演绎出了王莽追刘秀的这个典故。从此，老百姓便称龟驼山
为王莽岭了。"

与这一传说相印证的还有另一个民间传说：汉朝开国皇帝刘邦有一个"斩蟒
举兵"的故事，说得是刘邦举兵讨秦过芒砀山，挥剑斩杀了一条拦路的大蟒，这
蟒蛇就是王莽的前身。当晚刘邦宿营山上，梦见大蟒呼叫着来缠：还我命来！汉
高祖信口说道：在深山哪有命还你，到了平地把命还。结果，皇上金口玉言一语
成谶，汉室江山历 210 年传到平帝刘衍时，王莽篡位，完成了"高祖斩蛇，平帝
还命"的典故。

我在正史和诸种版本的王莽传记中，都没看到关于王莽岭传说的文字记载。
但导游王小姐的解说词，似乎处处都在印证着这一传说。

就在我们住宿地的附近，导游王小姐指认这是"军寨遗址"。传说有好几个
朝代都在此驻军。20 世纪 70 年代初这里还驻着解放军雷达部队。过去规模较大，
现在只有几间房子的残墙断垣了。导游王小姐说，这里的地下曾出土了大量的秦
砖汉瓦、古代刀枪剑戟弓弩箭镞等兵器，还有屯粮运水用的陶器等用品……

在王莽岭的对面是刘秀城。刘秀城是一座高山平台，海拔高达 1600 多米。

相传刘秀逃到此地，受王莽所逼，依托悬崖峭壁的地理险要与王莽对峙。两山一沟之隔，沟名"城壕"。仅有一条小路可通刘秀城，有"一夫当关，万夫莫开"之险。现在山顶高台上仍有房基遗迹的残砖断瓦。东南有一崎岖小道可通河南，名叫"掰破梯"。这里也有一个传说，相传刘秀逃到此处绝地，面前高山峻岭挡住生路，绝望中刘秀向天祈祷：若天不灭我，给我一条生路。山遂自行掰开，使刘秀得以逃往河南，重振旗鼓卷土重来。

王莽岭的西入口，有个村庄叫"营盘村"。导游王小姐说，这里即为当年王莽刘秀交战时驻军的地方。王莽岭南面的刘秀城、马武寨，王莽岭北面的郭亮城，还有一系列的地名如营盘、教场、箭草尖、太子窑、梳妆楼、杀猪郊、唱戏洼、公主坟、宫寨、西南仓等等，所有这一切都在无言地叙说着这里是战略地位重要的一个古战场。

王莽岭历来是晋豫之间的重要军事要塞和关隘，它背倚八百里太行山，南控华北大平原，古人云，"得太行者得中原，得中原者得天下"。因此，它成为历代兵家和帝王的必争之地。一位政治思想家曾在此赋诗一首："山势奇伟壮士胆，虎视常萌霸主心。从来多少英雄梦，留与后人悼古今。"

班固在《汉书》里，对王莽的形象作了这样的描绘：

> 莽为人侈口蹷顄[1]，露眼赤精，大声而嘶。长七尺五寸，好厚履高冠，以牦装衣，反脣高视，瞰临左右。是时，有用方技待诏黄门者，或问以莽形貌，待诏曰："莽所谓鸱目虎吻豺狼之声者也，故能食人，亦当为人所食。"问者告之，莽诛灭待诏，而封告者。后常翳云母屏面，非亲近莫得见也。

这段话是说，王莽大嘴，短下巴，双眼突出，眼睛通红，说话声音大而嘶哑。他身高七尺五寸，喜欢穿厚底鞋、戴高帽子，用硬毛装进衣服夹层，使衣服膨胀起来，反身仰视或远望左右。根据《麻衣相书》所言，王莽即是那种"鹰眼虎嘴豺狼声"之相，因此能吃人也该被人吃。问话的把此话告诉他，王莽杀了相士，封赏告话的人。王莽登基后，总是以云母屏扇挡住面孔，不是亲近之人无缘

【1】顄 hàn，古同"颔"。

"一睹圣颜"。

班固说王莽："莽既不仁而有佞邪之材"；"色取仁而行违"，"莽晏然自以黄、虞复出也"。"自书传所载乱臣贼子无道之人，考其祸败，未有如莽之甚者也。"还说："昔秦燔《诗》、《书》以立私议，莽诵《六艺》以文奸言，同归殊途，俱用灭亡。"

班固的笔下，如此丑化着王莽的形象，喜恶褒贬之情尽显无遗。

无论是班固的《汉书》，还是司马光的《资治通鉴》，都把王莽认定为篡汉贼臣，是言行不一口是心非的伪君子。

历史学家蔡东藩在《后汉演义》中，描述了王莽的末日时节：

> 乱兵攻入台门，拾级登台，台上尚有众官守着，又接斗了好多时，陆续毙命……台上已无莽臣踪迹，单不见莽一人。校尉公宾就，已与众兵混作一淘，想去杀莽报功，莽见一人持有玺绶，从内室中出来，便问道："玺绶从何处提来？"那人回顾道："就在内室！"正问答间，又有众兵到来，便由公宾引入室中，寻至西北角上，果有尸身卧着，仔细一认，正是王莽，当下乱刀分尸，劈作数十段，只有莽首为公宾所枭，持报王宪。……当下取莽首级，派人传送至宛。刘玄命将莽首示众，百姓恨莽切骨，多去掷击，甚至将莽舌割下，切作数片，分啖立尽……

蔡东藩的史笔，把王莽描述为"百姓恨莽切骨"，竟把他的舌头割下，"分啖立尽"，以示对王莽摇唇鼓舌妖言惑众之恨。

蔡东藩对王莽之死写诗云："粉骨碎身有谁怜？死后还教臭万年，用尽心机翻速祸，才知翘首有苍天。"

夏言在《申议天地分祭疏》一文中言："用《周礼》误天下者，王莽、刘歆、苏绰、王安石也。"

杨慎说得就更为明确："以乡愿窃相位胡广也，以乡愿窃天位王莽也。"

两千年来的史学家，几乎是众口一词言之凿凿，都把王莽认定是一个万劫不复的乱臣贼子。

白居易被贬江州途中，曾经登临王莽岭，感慨地赋诗《放言》："赠君一法决狐疑，不用占龟与祝蓍，试玉要烧三日满，辨材须待七年期。周公恐惧流言日，王莽谦恭未篡时，向使当初身便死，一生真伪复谁知？"

白老先生以摄政周成王的姬旦与王莽做比照，写出"周公恐惧流言日，王莽谦恭未篡时"的名句。于是盖棺定论，把王莽钉上了历史的耻辱柱。

史笔千年失直道，宁将王莽作奸描

在俞伯牙抚琴台的高崖旁，耸立着一座山峰，导游王小姐告诉我们，"这座山叫'宝剑峰'。传说王莽到此，怀念起古人，心想自己托古改制，原本想以利于民，治理好天下，但是却没有人能够理解他，支持他，反而搞得天下大乱。在此围困刘秀，又被逃脱。一个弹琴的人尚且能够找到知音，而我怎么就找不到知音呢？他仰天长啸，拔出随身佩带的长剑，狠狠地劈了下去，在这块石头上留下了深深的剑痕。我们把这块石头称为王莽剑劈石。剑也被震下山崖，在崖下化为挺拔尖锐的宝剑峰。"导游王小姐还说："王莽由于出身贫寒，后来身居高位时，对社会矛盾就看得比较清楚，对下层人民的疾苦有亲身体会，因此，他的革新举措在初期还是深得民心。王莽这个皇帝，还是为下层老百姓着想的，他的革新政策，势必触犯了皇亲贵戚和既得利益者，所以遭到他们的反对，这也是自然的。"

山青青，水碧碧，高山流水觅知音。穿2000千年的历史迷雾，王莽大概也渴望找到绝尘知音。

如果抛开正统皇权观念而言，王莽不愧为历史上第一个敢于"尝试吃螃蟹"的悲壮改革家。胡适曾讲："王莽是1700百年前的社会主义者"；历史学家翦伯赞也曾提出过给王莽翻案的设想；山西作家王东满来到王莽岭后，曾写下一首《王莽岭评古》诗，诗中写道："史笔千年失直道，宁将王莽作奸描。布衣国戚树高帜，农士工商趋若潮。也是顺民行改制，才招权贵恨磨刀。倘能附会皇亲意，何致新朝旦夕夭。"

王莽岭上，解说员为我们指认了"伟人峰"："你们看，这座山峰像什么？像

王莽岭风光

不像一座雕像？说对了，它就像是我们的开国领袖毛泽东。这是毛主席老人家与太行山融为一体的巨大身影。"

伟人自有对历史认识的深刻之处。毛泽东在《农民问题》讲课中这样评价王莽：

> 关于王莽变法，汉时一般做史的人——范晔、班固、班超等——因为他们吃的汉朝饭，要给汉朝说几句好话，把王莽说得怎么坏。其实王莽也不是怎么不得了的一个坏人，我们现在研究王莽，要拿很公正诚恳的态度来研究的。均田制是王莽时提倡的，可见他注意农民问题了。因为农民问题最重要者其唯土地。而他先节制土地。地主阶级见王莽所行的政策，诸多不利于己，欲寻一代表本身利益之人，起而代之。而刘秀遂于是时起来了。倡人心思汉，以迷惑一般人的目耳。盖因王莽代表农民利益，不得地主阶级拥护。刘秀则代表地主阶级之利益，故能得到最后之胜利。

我们从解说员，一个山村乡野小女子的口中，听到当地人出于朴素的底层情感，竟说出与伟人"英雄所见略同"之观点，说出了被正史遮蔽的真知灼见，更接近了一个真实的王莽。

《汉书·王莽传》记载：

王莽岭风光

> 莽群兄弟皆将军五侯子，乘时侈靡，以舆马声色佚游相高，莽独孤贫，因折节为恭俭。

王莽的叔伯兄弟都是将军五侯子弟。仗着权势奢侈腐化，竞相炫耀车马衣饰、姬妾歌舞、田猎游乐。唯独王莽孤独贫穷，所以谦逊俭朴，恭敬待人；

> 永始元年，封莽为新都侯，国南阳新野之都乡，千五百户。迁骑都尉、光禄大夫、侍中。宿卫谨敕，爵位益尊，节操愈谦。散舆马衣裘，振施宾客，家无所余。收赡名士，交结将相、卿、大夫甚众。故在位更推荐之，游者为之谈说。

永始元年，成帝封王莽为新都侯，封邑是南阳郡新野县的都乡，有1500百户。以后王莽被提拔成骑都尉兼光禄大夫侍中，侍奉皇帝谨慎周到，官职越尊贵，态度越谦恭，把他的车马和衣服，分给宾客，家里没有多余的。他接纳供养知名人士，广泛结交将军、丞相、卿大夫。所以在位的人争相举荐，社会上的人也为他鼓吹，声名大振朝野；

> 欲令名誉过前人，遂克己不倦，聘诸贤良以为掾史，赏赐邑钱悉以享士，愈为俭约。母病，公卿列侯遣夫人问疾，莽妻迎之，衣不曳地，布蔽膝。见之者以

为僮使，问知其夫人，皆惊！

王莽想让自己的名声超过前人，就严于律己，聘请贤良做掾史，获得的赏赐和封邑的收入都用来招待士人，自己更加节俭。母亲生病，公卿列侯派夫人来探视，王莽的妻子迎接，衣服够不到地，麻布围裙不过膝盖，来探视的人都以为她是奴仆下人，询问之后才知道是夫人，都感到很吃惊。

其中子获杀奴，莽切责获，令自杀。

在汉朝，奴婢犹如私有财产牛羊，时有责杀与殉葬的现象，然而，王莽的嫡次子王获，却因为杀了一个不顺从的奴婢，被王莽逼迫自尽。王莽说："谁让你是我王莽的儿子呢！"……

大司徒司直陈崇在给皇上的奏折中这样颂扬王莽：

> 窃见安汉公自初束脩，值世俗隆奢丽之时，蒙两宫厚骨肉之宠，被诸父赫赫之光，财饶势足，亡所恝意，然而折节行仁，克心履礼，拂世矫俗，确然特立；恶衣恶食，陋车驽马，妃匹无二，闺门之内，孝友之德，众莫不闻；清静乐道，温良下士，惠于故旧，笃于师友。

认为王莽值世俗风气奢侈腐化之际，却能独善其身，谦恭克制，仁爱待人；约束私心，遵循礼仪，一反世俗作为，保持自我人品；他穿粗布衣服，吃粗茶淡饭，车子陈旧，马匹驽钝，不娶第二房妻妾，在家中孝顺父母，友爱兄弟，无人不知。清静恬淡，礼贤下士；安贫乐道，对旧友顾念旧情，对新交忠于友情。

> 遂俭隆约以矫世俗，割财损家以帅群下，弥躬执乎以逮公卿，教子尊学以隆国化。僮奴衣布，马不秣谷，食饮之用，不过凡庶。

他勤勤恳恳，德行功业日益增进，检点往日的为人处世，教化王侯封国，崇尚俭朴，矫正不良的社会风俗，施舍钱财，减少家产，以为群臣作出表率；严于律己，执法公正，以使公卿效法；教育儿子，重视学习，以便振兴国家的文教。童仆奴婢穿布衣，马匹不喂谷物，饮食的费用没有超过老百姓。

> 克身自约，籴食逮给，物物卬[1]市，日阅亡储。又上书归孝哀皇帝所益封

【1】卬 yáng，通"仰"，此处当"依仗"讲。

王莽岭风光

邑，入钱献田，殚尽旧业，为众倡始。于是小大乡和，承风从化，外则王公列侯，内则帷幄侍御，翕然同时，各竭所有，或入金钱，或献田亩，以振贫穷，收赡不足者。

克制欲望，约束自己，购买粮食刚刚够食用，日用物品都到市场采购，当天就用完了，家中没有储蓄。捐献田地，把旧有的产业消耗殆尽，为人家做出榜样。因此各阶层都群起而响应，纷纷效法，宫外的王公列侯，宫内的禁卫侍从，一起行动，各尽所有，有的交纳金钱，有的捐献田地，用来赈济贫穷，收容供养缺衣少食的人。元始二年，全国大旱，并发蝗灾，王莽捐钱百万、田三十顷救济民众，在王莽带头下，230名官民献出土地住宅救济灾民。灾区普遍减收租税，灾民得到充分抚恤。每逢遭遇水旱灾害，王莽只吃素食，不用酒肉。皇家在安定郡的呼池苑被撤销，改为安民县，用以安置灾民。连长安城中也为灾民建了1000套住宅……

陈崇认为王莽就是孔夫子所推崇的"未若贫而乐，富而好礼"，"能以礼让为国乎何有"，"食无求饱，居无求安"的那种圣贤之人。

"胜者为王败者寇"，历史从来是由胜利者书写。王莽的善举善行，在《汉书·王莽传》中被曲解为"莽欲以虚名","敢为激发之行，处之不惭恶[1]"，认为这是王莽的"作秀"，以惊世骇俗之举换取虚名，为今后的篡汉作准备。

葛剑雄在《中国历史的十六个片断》一文中，说了这样的话：

> 王莽改制，造就了一个断送了自己命运的王朝，在历史上一直面临着各种是是非非。其实，王莽改制的多数措施是深得人心的，譬如王莽改制中的救济灾民措施，包括他自己和太后带头捐资，在长安为灾民建房等，尽管未必都能落实，总能起些作用。

> 王莽改制彻底失败了，但在他山穷水尽、必死无疑时，竟然还会有千余人自愿与他同归于尽，或许能给他一丝安慰，也向后人透露了一点真实的信息。

王莽新政的"阿喀琉斯脚踵"

《毛泽东评点二十四史》一书中记载，1957 年 4 月 10 日，毛泽东在与《人民日报》负责人谈话中，提到西汉晚期的统治："历史上不是提什么'文景之治'吗？实际上，文帝、景帝只是守成，是维持会，庸碌无能。从元帝开始，每况愈下。元帝'牵制文义，优游不断'。他说他父亲宣帝持刑太深，主张起用儒生。宣帝生气地说：'汉家自有制度，本以霸王道杂之，奈何纯任德政，用周政乎？'并说：'乱我家者，太子也！'到了哀（帝）平（帝），更是腐败。"

汉宣帝曾被封建时期的史家称为"中兴之主"，刘向赞扬他政教明，法令行，边境安，四夷清，单于款塞，天下殷富，百姓康乐，其治过于太宗（文帝）之时。但这只是表面的"虚假繁荣"，当时西汉统治集团积弊已深，豪强的土地兼并和农民的流离失所，两极分化已经难于遏止，农民处境如当时的鲍宣所说，"有七亡而无一得"，"有七死而无一生"。所以阶级矛盾的态势外弛内张，实际上比文帝时要严重得多。胶东、渤海等地，农民进行暴动，发展到攻打官府、抢夺囚徒、搜掠朝市、劫掠列侯的程度，连宣帝自己也承认当时民多贫困，"盗贼"不

【1】恶 nù，愧疚。

王莽岭风光

止。到元帝时，儒生京房曾问元帝当今是不是治世，元帝无可奈何地回答："亦极乱耳，尚何道！"成帝时，西汉王朝几乎走到了崩溃的边缘。

汉成帝刘骜宠幸赵飞燕赵合德姐妹的故事已是尽人皆知的了，以致最后纵欲无度滥用春药死于未央宫赵合德床上。哀帝的"同性恋"倾向一向是史书讳莫如深的。早在商代，对同性恋就有"比顽童"、"美男破产"、"美女破居"之类隐讳之说。此后还以"旱路行船"、"后庭开花"等词来隐喻同性恋者。《馀桃》记载了弥子瑕与卫灵公"分桃而食"；《龙阳君》记载了龙阳君为魏王"拂枕席"；而《断袖》则记载了汉哀帝与董贤共寝，董贤压住了汉哀帝的袖子，汉哀帝不忍惊醒董贤，"断袖而起"。当然，作为拥有三宫六院的皇帝，其性取向只是个人的隐私，原也无须太当真。汉朝的皇帝历来有嬖幸男色的传统，汉文帝宠邓通，汉武帝宠韩嫣，汉成帝宠张放，可哪一个有董贤这般显耀？邓通受宠时位不过中大夫；武帝宠韩嫣，赏赐而已；就是张放，最后还被外放为北地都尉。而汉哀帝对董贤的宠幸，达到了登峰造极的地步，"出则参乘，入御左右，旬月间赏赐累巨万，贵震朝廷"。赏赐动辄千万，董贤死，家财竟达四十三万万钱，富可敌国。以至王船山感慨地说："夫失天下人心者，成哀之淫悖为之。"董贤的妹妹被封为昭仪，董贤的父亲、岳父以及内弟都被封高官。真可谓"一人得道，鸡犬升天"。而胸无点墨不学无术的董贤，竟然一直官至大司马。

王莽正是在这样的历史背景下"应运而生"，"呼之欲出"。

据《汉书》记载，到汉元帝、汉哀帝年间，上天警诫的各种"灾异"现象屡屡出现："元始四年冬，大风吹长安城东门屋瓦且尽"；"元始五年冬，荧惑入月中"；王莽上的奏折："天灾警示，说蜀地岷山无故崩塌，阻塞江水，江水倒流成灾；说彗星侵扫太白、北斗之星，是朝纲不整、臣不佐君的兆象。"王莽执政前的百十年间，灾异屡见，什么夏天降霜，冬天打雷，山崩泉涌，地震石陨，日食月蚀，星辰逆行……《春秋》所记载的灾异现象在西汉末年几乎全见了。

汉朝的灾异现象与人心的向背，真有点"天人感应"的意味。与警诫汉朝的"灾异"现象形成鲜明比照的是，上天对王莽则不断地降下"祥瑞"。

《汉书·王莽传》载：

寻旧本道，遵术重古，动而有成，事得厥中。至德要道，通于神明，祖考嘉享。光耀显章，天符仍臻，元气大同。麟凤龟龙，众祥之瑞，七百有余。

翻译出来就是说，寻求古代的根本治道，遵从儒术传承。事执中庸，通于神明。上天的符命不断降临，天下大同。麒麟、凤凰、龟、龙众多吉祥征兆出现七百多次。

于是莽稽首再拜，受绿韨衮冕衣赏，瑒琫瑒珌，句履，鸾路乘马，龙旂九旒，皮弁素积，戎路乘马，彤弓矢，卢弓矢，左建朱钺，右建金戚，甲胄一具，秬鬯[1]二卣，圭瓒二，九命青玉珪二，朱户纳陛。

于是，王莽两次行跪拜礼，接受了绿色的蔽膝、冠帽、礼服和衣裳，玉饰佩刀，方靴，带鸾铃的路车和四匹马，悬九条绦子的龙旗，皮冠素袍，戎车和四匹马，红弓箭，黑弓箭，左边立着红色斧钺，右边立着金色戟戚，铠甲、头盔各一具，香酒二卣，玉石酒器两只，九命青玉珪两块，家宅可以安红漆大门白玉石台阶。

元始五年（公元 5 年），王莽当政五年之后，朝臣又总结王莽的政绩，说他的德行"为天下纪"，他的功业"为万世基"，提议加封"九锡"[2]。

张宏杰在《王莽代汉：一场读书人发起的"全民大选"》一文中，对王莽的"加封九锡"做了这样的简述：

……消息传出，不长的时间内，朝廷竟然收到四十八万七千五百七十二人的上书，支持给王莽加九锡。数字之所以如此精确，是因为《汉书》作者班固核对了当时的政府档案。

四十八万多件上书在汉朝意味着什么呢？西汉末年，全国人口不过数千万。其中绝大部分是文盲，识字者不过数百万。而在长安附近，能够上书的知识分子加起来也不会比四十八万多多少。这就是说，几乎所有有能力上书的普通百姓，都参与了这次运动，如果在当时进行民意测验，王莽的支持率肯定达百分之

【1】秬鬯：秬 jù，黑色的黍。鬯 chàng，古代祭祀用的香酒。用黑黍酿成的香酒。

【2】九锡：即"九命之锡"，赐予九种礼物：车马、衣服、乐悬、朱户、纳陛、武贲、铁钺、弓矢、秬鬯。古时天子赐予大臣最高的礼器，加九锡，就意味着取得了接近皇帝的地位。后世权臣自己议九赐，意味着要篡位。

王莽岭风光

九十五以上。

在高层官员中，支持给王莽加九锡的王公列侯及卿大夫达九百零二人，几乎占了全部[1]。

几乎所有的手都想把王莽推向"至尊"的宝座。

元始五年（公元5年）五月，汉王朝在未央宫举行盛大仪式，为王莽加讨九锡。策文说："辅朕五年，人伦之本正，天地之位定。……复千载之废，矫百世之失。……动而有成，事得厥中，至德要道，通于神明。"（《汉书·王莽传》）

这道众臣精心撰写的策文，把王莽神化到了半人半神的地步。而九锡之制从形制上更是把王莽从众人中分别出来。专门为王莽设了宗官、卜官、史官、祝官。王莽出行，坐特殊形制的车，树九绦龙旗，执金斧玉勺。这种充满神秘气息的仪式，无疑使王莽的形象大为神化。

张宏杰总结说："有人说王莽处心积虑地篡位，而实际上，他更像是被民众一步步推到皇帝的宝座上去。"

【1】笔者注：据《汉书》载，"于是公卿大夫、博士、议郎、列侯张纯等九百二人皆曰：'圣帝明王招贤劝能，德盛者位高，功大者赏厚。故宗臣有九命上公之尊，则有九锡登第之宠。'"

至此，王莽离皇帝宝座仅一步之遥了。

在王莽加九锡七个月之后，《汉书·王莽传》载：

> 前辉光谢嚣奏武功长孟通浚井得白石，上圆下方，有丹书著石，文曰："告安汉公莽为皇帝。"

> "今前辉光嚣、武功长通上言丹石之符，朕深思厥意，云'为皇帝'者，乃摄行皇帝之事也。夫有法成易，非圣人者亡法。其令安汉公居摄践祚，如周公故事，以武功县为安汉公采地，名曰汉光邑。具礼仪奏。"于是群臣奏言："太后圣德昭然，深见天意，诏令安汉公居摄。臣闻周成王幼少，周道未成，成王不能共事天地，修文、武之烈。周公权而居摄，则周道成，王室安；不居摄，则恐周队失天命。"

把周公搬出来说事，有周公摄政，则周兴。在这种情况下，各地上书颂扬王莽功德者，以及献祥瑞、呈符命者，络绎于途。这些人都力图证明汉祚已尽，王莽当为天子。

于是，王莽比照周公摄政，穿上天子的衣冠，背靠设在殿堂上画有斧钺图案的屏风，面向南接见群臣，处理政事。他乘车马出行要清道，臣民对他要称"臣妾"，一切依照天子的礼仪规格行事。在郊外祭祀天地，在宗庙祭祀祖宗，祭祀群神，司仪称"假皇帝"，臣民称"摄皇帝"，王莽自称"予"。裁决朝廷政事，通常采用皇帝诏书的形式，称"制"。第二年改年号为"居摄"。

此类天降祥瑞的表演愈演愈烈，终至达到登峰造极的高潮。《汉书·王莽传》记载：

> 居摄二年，梓潼人哀章，学问长安，素无行，好为大言。见莽居摄，即作铜匮，为两检，置其一曰"天帝行玺金匮图"，其一署曰"赤帝行玺某传予黄帝金策书"。某者，高皇帝（刘邦）名也。书言王莽为真天子，皇太后如天命。……即日昏时，衣黄衣，持匮至高庙，以付仆射。

天降铜柜，上书两道题签：表达着天意：王莽是真龙天子，太皇太后要服从天命。

《汉书》加以强调说：秋天，派五威将王奇等12人向天下颁布42篇《符命》：计有：德祥5篇，符命25篇，福应12篇，共42篇。其中德祥篇是讲汉文帝、宣帝时代成纪、新都都出现黄龙，王莽高祖王伯墓门的梓木柱上生出枝叶一类的事。符命篇是讲井石、铜柜一类的事。福应篇是讲母鸡变公鸡一类的事，文章典雅类似经文，都有解说，总而言之是说王莽应该替代汉朝拥有天下。总括起来说："帝王接受天命，一定有象征德行、吉祥的符瑞，合成五命：即肇命、受瑞、开王、定命、成命，加上由于福气所获得的报应，然后才能建功立业，传给子孙，世世代代享受无穷。因此新朝兴起，德祥的符瑞出现在汉代九世二百一十年之后，从封新都侯开始受天命，从黄支国献犀牛接受祥瑞，从武功县井石开创帝王基业，从梓潼县铜柜确定大命，从巴郡宕渠县完成受命，加上十二次福气的报应，上天保佑新朝深沉而又牢固！武功的丹石出现在汉平帝末年，汉朝火德销尽，新朝土德代替，皇天爱护，除去汉朝，兴立新朝用丹石开始授天命给皇帝。皇帝谦让，摄政代居帝位，不能符合天意，因此那年秋天七月，上天又加上三台石和文马。皇帝又谦让，没就位，因此上天第三次用铁契，第四次用石龟，第五次用虞符，第六次用文圭，第七次用玄印，第八次用茂陵石书，第九次用玄龙石，第十次用神井，第十一次用大神石，第十二次用铜符帛图，显示天命。申明天命的符瑞，越来越明显直到第十二次，明确告诉新皇帝。皇帝深思上天的威严不能不畏惧，因此才去掉摄皇帝的称号，可是还是称假皇帝，改年号为初始，想以此承塞天命，满足上帝心意。可是这仍然不是皇天郑重降下符命的本意。

于是，王莽到高帝庙拜受铜柜，接受天神命令汉家禅位的符命。他头戴王冠，朝见太后，回来后坐在未央宫前殿，下达文书说："我德行浅薄，有幸受委托成为皇初祖考黄帝的后代和皇始祖考虞帝的嫡系后裔，并且是太皇太后的微末亲属。皇天上帝加以保佐，天命让我继承了大统，符命、契书、图画、文字、铜柜中的策书，全部显示神明的指示，把天下亿万百姓委托给我，赤帝汉高祖的神灵，秉承天命，赐我传国的金匮策书，我十分敬畏，如何敢不恭敬地接受！定在戊辰日，戴王冠，即真天子位，改定国号叫'新'。"

王莽给孺子下达策书，说："唉，你刘婴，以前皇天保佑你的太祖，历经十二代，享有国家二百一十年，然而今天命归于我本人。《诗》不是说过吗？'商代后裔臣服周朝，天命是不固定的。'封你为安定公，长期做新朝的宾客，啊，应该谢谢上天的美意，去登上坐镇的公爵位，不要违背我的命令。"策书宣读完毕，王莽亲自拉着孺子的手，流泪叹息说："以前周公摄政，最终可以把政权归还成王，现在我被皇天威严的命令逼迫，不能实现自己的心愿。"哀叹了很久，中傅领着孺子走下宫殿，面北而称臣。文武百官在一旁陪侍，没有人不深受感动。

王莽兵不血刃，在万民拥戴下轻易夺取汉家江山，实在是中国历史上前所未有的"和平演变"。

这类"奉天承运"、"黄袍加身"的劝进闹剧，究竟是主子眼色示意，奴才们察言观色；还是奴才们出于搭班乘车水涨船高的自身利益，推波助澜地促成了权臣的野心膨胀？真是一个"先有鸡还是先有蛋"的千古命题。比照两千年封建史上赵匡胤、袁世凯之类的登基闹剧，我们对此类"老谱将不断袭用"的劝进逻辑有了更深的认识。

汉初"授命"还是"放弑"的论争

汉代的"授命"说盛行，符瑞、祥瑞屡见不鲜。五帝多祥瑞，两汉多凤凰。晋文在《论经学与汉代"受命"论的诠释》一文中，对此现象作了这样的剖析：

> 汉武帝"独尊儒术"后，在政治理论上的一个最突出的变化，就是经学"受命"论的确立。根据董仲舒等人的诠释，汉代"受命"论的内容主要有两个方面：一是"受命"而王所应具有的种种标志和象征，如黄龙、麒麟、凤凰、甘露、朱草、灵芝等，这就是所谓"祥瑞"或"符瑞"；二是当"受命"之君出现某些过失时，"上天"所采取的种种"警诫"和"谴告"，如天变、灾害等，亦即所谓"灾异"。汉代"受命"理论的确立，不仅圆满解决了汉王朝如何继统的法理性问题，而且标志着经学所推崇的"汤武革命"学说已经为人们所认同。但同时它也是一把让汉王朝感到惴惴不安的双刃剑。
>
> 尽管汉家王朝的建立完全是"争于气力"，但是为了证明其继统天下的合理性，以消弭各种可能的隐患，许多儒生，包括皇帝在内，他们还是逐渐否认了"争于气力"的事实，并试图采用自殷周以来的"天命"说来进行解

释。这方面的典型事例，就是景帝时期辕固与黄生关于汤武"授命"还是"放弑"的争论。

《史记》卷一二一《儒林列传》：

辕固生者，齐人也，以治《诗》，孝景时为博士。与黄生争论景帝前。黄生曰："汤武非受命，乃弑也。"辕固生曰："不然。夫桀纣虐乱，天下之心皆归汤武，汤武与天下之心而诛桀纣，桀纣之民不为之使而归汤武，汤武不得已而立，非受命为何？"黄生曰："冠虽敝，必加于首；履虽新，必关于足。何者？上下之分也。今桀纣虽失道，然君上也；汤武虽圣，臣下也。夫主有失行，臣下不能正言匡过以尊天子，反因过而诛之，代立践南面，非弑而何也？"辕固生曰："必若所云，是高帝代秦即天子位，非邪？"于是景帝曰："食肉不食马肝，不为不知味；言学者无言汤武受命，不为愚。"遂罢。是后学者莫敢明受命放杀者。

对这场争论，当今学者一般都肯定辕固而否定黄生，似无异议。然而完全否定黄生恐怕也多少有些误解。实际上，从维护汉王朝的统治说，辕、黄二人的主张并没有什么根本分歧。黄生是从维护汉代业已形成的君臣关系着眼。他认为帽子再破也必须戴在头上，而鞋子再新也必须穿在脚上，其实是强调"臣下"在任何情况下都不能对汉家"天子"有反叛行为；否则，即使是圣如"汤武"，也应当视为"弑君"。黄生的看法也并非是空穴来风。《韩非子》卷一七《说疑》便明确提出："舜逼尧，禹逼舜，汤放桀，武王伐纣，此四王者，人臣弑其君者也。"问题乃在于，这种看法虽可以顾及眼前，但却不能说明汉王朝何以继统的原因。相反，如果真按黄生的看法解释，倒恰恰否定了汉王朝继统天下的合法性。因为汉高祖原本也是"臣下"，这无疑也将他置于"弑君"的审判席上。与黄生相比，辕固的看法则是从论证汉家夺取天下的合法性入手。他以"汤武革命"为依据，一方面指出"桀纣虐乱"乃是"天下之心皆归汤武"的原因；另一方面又说明了人心所向之与"受命"的关系，显然是强调"臣下"在所谓"受命"的条件下即可以夺取政权。这对于从法理上论证"高帝代秦即天子位"，以及汉代的君臣关系，既显得更为合理，也比较符合实际。只是辕固的主张当时还很难被汉王朝采纳。一则只要是图谋代立，任何人都可以宣称自己妻受了"天命"；二则它也意味着汉家不可能永远一姓天下，即或早或晚总要被它的"臣下"以"受命"的形式所取代。可以毫不夸张说，这对于汉王朝亦未尝不是一个严重隐患。因此，尽管辕固的说法更有道理，汉景帝还是做出了行政干预，禁止再讨论"受命"问题。

其实说千道万，只是为了验证一个"执政的合法性"。这种"君命天授"、"真龙天子"的皇权观，成为王莽登基的"阿喀琉斯脚踵"，王莽新政就是建立在这样的"沙滩上"。

马到悬崖勒缰迟

在王莽岭的游览中，导游王小姐在一道悬崖绝壁前，有这样一段解说词："我们现在面临的这道深涧，叫'勒马崖'。传说这条深涧过去是没有的，两边山体相连。王莽当年骑马到此，烈马忽然前蹄腾空而起，把王莽摔了下来。天响一个炸雷，王莽眼睁睁看着山体崩裂，变成了深涧绝壁。有人说这是老天对王莽的警示：应该悬崖勒马了。"

王莽可能"悬崖勒马"吗？他以一己之力能够制掣住"历史的惯性"？

陈忠锋在《王莽新朝一开始就背负了西汉的原罪，灭亡也就成了必然》一文中，对王莽新政的失败作了这样的剖析：

> 从一般意义上说，改革与革命都是变革生产关系，推动生产力发展的手段，然而王莽"新政"，却是"在一个错误的前提下，采用错误的方式，进行的一次错误的社会改良"。可以这样说，王莽不改革是等死，适度的改革是缓死，剧烈的改制只能是速死。然而"性躁扰，不能无为"的王莽当然也不甘平庸，高举儒家王道理想的大旗，以《周礼》为理论依据，以"先王之制"为模式，全面改造新朝社会。在经济上，进行剧烈的土地变更、频繁的货币改革、细密而又严厉的工商管理改革；在政治上，进行官制、爵制、行政区划等等改革。对王莽"新政"，钱穆先生有一段赞叹词："莽建设之魄力，制度之盛如此，毋怪汉廷儒生诚心拥戴矣。"然而，这一切都是徒劳无益的，相反只能加速新莽的败亡。所谓改革，从某种角度上讲就是削弱或剥夺利益集团的某些既得利益，因而必然遭到既得利益集团的剧烈反对，更可怕的是王莽"新政"还要由这些既得利益集团来执行，后果可想而知，他们必定会千方百计地把损失转嫁到人民群众的头上，许多很好的措施反而成了残害人民的工具，王莽的善政也变成新的暴政。其结果只能是加速灭亡。

王莽岭风光

王彦辉在《汉代豪民与乡里政权》一文中，对推翻王莽新政的社会基础作出这样分析：

……豪民是商品经济发展到一定阶段的产物，是伴随封建私有制经济的不断深化而形成的一个新生社会阶层。……其本质特征有三：一是"无寻尺之禄"[1]，即司马迁所谓"无秩禄之奉，爵邑之入，而乐与之比者"的"素封"，仲长统形象地喻为"身无半通青纶之命，而窃三辰龙章之服；不为编户一伍之长，而有千室名邑之役"，即不享有赋税徭役优免特权的非身份地主。二是家资巨万，农、林、牧、副多种经营，即"庶人之富者"，是一些生财有方，善于在各种经济领域发财致富，"以利相欺"的唯利之徒。其发展途径大致经历了营商取利、致力工虞、兼营农业等几个阶段而成长壮大。三是在社会上活动能量极大，上可以"交通王侯"，与官府分庭抗礼，下则"武断于乡曲"，"刺客死士，为之投命"，即庶民之豪者。

……一部分先富起来的人，有着两重性：既有依附权势政权保护自己既得利益的一面，也有疏离当政当权者，试图获得独立政治地位的一面。所以既可能是维护者，也可能因富致成"黑社会"。"通邪结党，挟养奸宄，上干王

【1】无寻尺之禄：《国语·晋语八》：即非吃皇粮的"公务员"。

法，下乱吏治，并兼役使，侵渔小民"。反过来说，当政者对这个新兴阶层，既有利用的一面，也有讳忌的一面，这就形成复杂的"分久必合，合久必分"。

王彦辉认为：豪民阶层成为推翻王莽新朝的社会基础，此后又上升为东汉政权主体。

还有的分析认为：王莽这个"1700百年前的社会主义者"（胡适语），无法实现其想入非非的"阶段超越论"。他的乌托邦理想，不具有改变生产关系的思想，只能从陈旧的古制中寻求"思想武器"。王莽脱离现实的"托古改制"，是"新瓶装陈酒"，"穿新鞋走老路"。王莽曾经使社会各阶层、各类身份的人都获得实际利益，因而赢得了最广泛的支持。但是在社会财富没有增加的情况下，这样的政策完全没有物质基础，只能加速国库的枯竭和财政崩溃。这些利益还诱发了得益者对王莽、对王莽改制过高的期望，一旦事与愿违，这些支持者马上会变为反对者。知识分子如此，其他阶级、阶层也会如此。

2000年来的史家一般都认为王莽的"托古改制"，真正目的是通过改制而达到篡权的目的。"古"只是一个幌子，只是假托。其实，王莽倒是真心诚意复古，他犹如儒家的孔夫子，面对"礼崩乐坏"的现状，想的是"克己复礼"。如若王莽的复古只是为了篡权，那么在他当了新皇帝后，完全可以改弦更张了，而王莽所推行的实质性改革，都是在他当了皇帝以后。王莽可以说是一个"不到黄河心不死"、"不见棺材不掉泪"的执迷的儒家信徒。

王莽的新朝已然是马到悬崖勒缰迟。这也正应了一句格言："历史规律不以人的意志为转移。"王莽走到了其命运的尽头。

"授命说"是一把双刃剑

从来天意高难问。以前为汉朝警诫的"灾异"，如今开始降临到王莽新朝的头上。

《汉书》上记载：

> 濒河郡蝗生。河决魏郡，泛清河以东数郡。四年二月夏，赤气出东南，竟天。十一月，彗星出，二十余日，不见。三月壬申晦，日有食之。四月，陨霜，杀草木，海濒尤甚。六月，黄雾四塞。七月，大风拔树，飞北阙直城门屋瓦。雨雹，杀牛羊。缘边大饥，人相食。二年二月，日中见星。讹言黄龙坠死黄山宫中，百姓奔走往观者以万数。莽恶之，捕系问语所从起，不能得。邯郸以北大雨雾，水出，深者数丈，流杀数千人。三年二月乙酉，地震，大雨雪，关东尤甚，深者一丈，竹柏或枯。是月戊辰，长平馆西岸崩，邕泾水不流，毁而北行。七月辛酉，霸城门灾，民间所谓青门也。戊子晦，日有食之。十月戊辰，王路朱鸟门鸣，昼夜不绝。

黄河沿岸各郡都发生了蝗灾。黄河在魏郡决口，河水泛滥到清河东岸好几个郡；始建国四年二月，火红有云气从东南方升起，而满了天空；十一月，彗星出现，过了二十多天，彗星才消失。三月壬申，晦日出现日食；四月，下霜，草木都被冻死，沿海一带尤其厉害；六月，满天黄雾；七月，大风把树拔起来，刮走了长安直城门上的瓦。雨夹着冰雹降下，死了很多牛羊。沿边一带发生严重饥荒，导致人吃人现象。天凤二年二月，中午天上出现了星星。谣传百黄龙摔死在黄山宫中，上万的百姓奔走相告前去观看。王莽厌恶这件事，逮捕了一些人，追查谣言的来源，没有结果。邯郸以北地区降下大雨、大雾，河水泛滥，深处达数丈，淹死好几千人。天凤三年二月乙酉日，发生了地震，降下大雨加雪，函谷关以东特别厉害，深的地方达一丈，竹子、柏树有的全部枯死了。戊辰日，长平馆西岸倒塌，堵塞了泾河，河水不畅通，冲决堤坝向北流去；七月辛酉日，霸门遭到火灾，霸门就是民间所说青门被烧毁；戊子晦日，出现日食；十月戊辰日，王路朱鸟门鸣叫，哀声昼夜不停。

……

一个面对汉朝的"灾异"曾是驾轻就熟左右逢源的智者，如今临到自己头上，却也是手足无措焦头烂额：

> 莽亲之南郊，铸作威斗。威斗者，以五石铜为之，若北斗，长二尺五寸，欲以厌胜众兵。既成，令司命负之，莽出在前，入在御旁。六年春，莽见盗贼

王莽岭风光

多，乃令太史推三万六千岁历纪，六岁一改元，布天下。下书曰："《紫阁图》曰：'太一、黄帝皆仙上天，张乐昆仑虔山之上。后世圣主得瑞者，当张乐秦终南山之上。'予之不敏，奉行未明，乃今谕矣。复以宁始将军为更始将军，以顺符命。《易》不云乎？'日新之谓盛德，生生之谓易。'予其飨哉！"

王莽亲自到京城南郊，铸造威斗。威斗是用五色药石和铜铸造的，形状像北斗星，长二尺五寸，想用它镇邪，压服叛贼。铸成以后，命令司命背着它，王莽出行时让它在前面，回宫后放在御座旁。天凤六年春天，王莽看到盗贼增多，就命令太史推算三万六千年的历法，每六年改一次年号，晓谕天下。下文书说："《紫阁图》说：'太一、黄帝都已成仙升天，在昆仑山脉虔山顶上演奏仙乐。后代获得了祥瑞的圣王，应该在秦地终南山上演奏仙乐。'我不聪明，没有明确奉行，如今才明白，再把宁始将军称为更始将军，以便顺应符命。《易》不是说过'日日更新是盛大的德，不断生长就是变化'，我希望享用它。"

二月壬申，日正黑。莽恶之，下书曰："乃者日中见昧，阴薄阳，黑气为变，百姓莫不惊怪。兆域大将军王匡遣吏考问上变事者，欲蔽上之明，是以适见于天，以正于理，塞大异焉。"

二月壬申日，太阳在中午时刻变暗，王莽厌恶这件事，下诏书说："前些日子，太阳在中午变暗，阴气逼迫阳气，黑气成灾，百姓没有不感到奇怪的。兆域大将军王匡派官吏追查，是上奏谋反事的人想蒙蔽君王，因此上天发出谴责，让他受到惩治，以杜绝大的灾异。"

王莽梦见长乐宫五个铜人站立起来，十分惊恐，揣摩铜人身上铭文有"皇帝初兼天下"，就派尚方工匠凿去梦见的铜人胸前的铭文。又觉汉高皇帝庙的神灵威胁，派虎贲武士进入高庙，拔剑四面砍杀，用斧头破坏门窗，用赭[1]鞭蘸桃木汤遍洒房屋和墙壁，命轻车校尉住在庙中，又命中军北垒住在高帝寝庙中。

有人说，黄帝时建造华丽车盖因此升天，王莽就建造九层华盖，高八丈一尺，用黄金装饰盖弓头，用羽毛装饰车盖，用装有机械的四轮车套上六匹马拉，三百名裹着黄头巾的力士护卫，车上的人击鼓，拉车的人都高呼"登仙"。王莽出行，就让这华盖在前。《汉书》中记载："成官窃言：'此似软车，非仙物也。'"百官说，这像是丧车，哪里是神仙用的东西。

对于王莽如此荒诞无稽的行为，《汉书》载："欲以诳耀百姓，销解益贼。众皆笑之。"打算用这种自欺欺人的方法来愚弄老百姓，瓦解盗贼，成为众人的嘲笑话柄。

西谚说："上帝要一个人灭亡，必先使他疯狂。"王莽越是到王朝末日，越是做出令人匪夷所思的事情。王莽生性好占卜打卦的小方术，待到事情紧急，就一味搞迷信来镇伏。派人毁掉渭陵、延陵园门的网状屏障，说是，"不要让人民'复思'[2]了。"又用墨涂黑了陵园的围墙。将军称为"岁宿"，申水称"助将军"，又有右庚刻木校尉、前丙耀金都尉。还说"手执大斧，砍伐枯树，流出大水，浇灭燃烧的火"。

名称原本只是个符号，可王莽也认为其中的寓意会左右命运。他把犯边的匈奴强令改为"降奴"，把匈奴的首领单于改为"单服"，连自己新朝的年号，也是

【1】赭 zhě：红褐色。

【2】复思：再思念汉朝。

"朝令夕改"：公元14年，改元"天凤"，不知为何又觉不吉利，公元20年，改元"地皇"。就是如此地"天翻地覆"！犹如那个昏庸的汉哀帝，采纳阴阳灾异论者的主张，企图用"再受命"的办法来解脱西汉统治的危机。他自己改称"陈圣刘太平皇帝"，改元"太初元年"。

皇帝毕竟也是人，生于长于"授命说"氛围浓厚的汉朝，谁也不可能拔着自己的头发，超越所处的时代。

王莽岭风光

在王莽岭，导游王小姐还有这样一段讲解词："大家看到这两个亭子了吧？南边的叫'行云亭'，顾名思义，它是云海经常出没的地方。北边那座叫'流水亭'，是有山泉的地方。这里也有一个历史典故：王莽当年在此居住时，这里称为卧龙场，而龙是上天腾云，叫'云从龙世界'，下海要水，叫'海为龙家乡'。王莽称帝，自然是龙了。所以当年就称为'行云岭'和'流水坡'。军队用水都是从这里汲。后来泉水忽然断流了，只能听见水声、看不见水流，原来是水随着山岩的缝隙渗到了崖下。王莽的军队只好到西边五里远的山沟取水。当时王莽就很恐惧，龙离了水还行吗？不又要变成蟒蛇吗？但他下边有人编造吉言安慰他，说水既然是流向中原，就是上天暗示王莽在逐鹿中原的决战中能取胜。于是，王莽深信不疑，认为是吉相。"

让我们通过王莽颁布的诏书，来解读这个"利令智昏"人的思维逻辑：

我承受天命正式登位到始建国五年，已经五个年头了，阳九的灾难已经度过，百六的厄运已经解除。木星在寿星宫，土星在明堂座，仓龙在癸酉，癸德在中宫。观、晋二卦主太岁当值，卜辞指导人们的行动。这一年，将"新"改为

王莽岭风光

"心"，后又将"心"改为"信"。第二年，改年号为"天凤"，后又改"地皇"。

王莽说："玄龙石上的文字说：'稳定帝王基业，在洛阳建都'。符命显著，如何敢不钦敬奉行！到始建国五年，木星运行到星纪宫，在洛阳都城的上空""在天凤七年，木星在大梁宫，仓龙的庚辰，再行巡视的礼节。再过一年，木星在实沉宫，仓龙在辛巳，就在国土中心定都洛阳"。因此派太傅平晏、大司空王邑到洛阳，选择基址，绘制蓝图，营造宗庙、土谷神灶、祭祀天地的神坛。在灾荒之年却大兴土木。

七月，霸桥发生了火灾，数千人用水救火，火不灭。王莽非常厌恶，下诏书说："三皇像春，五帝像夏，三王像秋，五霸像冬。皇、王是靠德行使天下运转，霸是承继空缺而得到天命的，所以治国之道驳杂。长安城中皇帝行走的道路大多据临近地方取名。二月癸巳日深夜，甲午清晨，火烧霸桥，从东烧到西，到甲午日黄昏，桥烧光了火才熄灭。大司空巡视查问，有的说是贫民住在桥下，很可能是烧火引起了火灾。第二天就是乙未日，是立春的日子，因为我是神明圣祖黄帝、虞帝的后裔接受天命，到地皇四年是十五年，正好在地皇三年冬季尽头灭绝了象征驳杂霸道的霸桥，打算以此完成新朝统一长存的王道。又由此警告，要断绝东方的道路。现在东方灾荒，百姓饥饿，道路不通，东岳太师马上制定条款，打开东方各粮仓，赈济穷苦百姓，施行仁道。霸馆改名为长久馆，霸桥改名为长存桥。"

尽管王莽绞尽脑汁使尽一切能想到的伎俩，但仍还是像陨落的星体，"飞流直下三千尺"。

公元 23 年（地皇四年），王莽 68 岁，二日已时，王莽走到了自己生命的最后时日。汉军用斧子砍开敬法殿的小门，高喊："反贼王莽，为什么还不出来投降？"这时大火已经蔓延到了承明殿，王莽为了躲避大火，逃到了宣室前殿。死到临头，王莽在干什么呢？《汉书》上描述：

> 莽绀袀服，带玺韨，持虞帝匕首。天文郎按栻于前，日时加某，莽旋席随斗柄而坐，曰："天生德于予，汉兵其如予何！"

王莽穿着天青色皇服，佩带着玉玺，手拿着虞帝匕首。天文郎就在王莽座前，转动着占卜时的星盘。王莽随着星盘的转动，旋转着随斗柄的指示方向而坐，口中念念有词："上天赐我治国的德行，汉兵又能把我怎么样？"……这就又回到我们文章的开头，威斗和天命都没能保佑王莽，只落得个惨不忍睹的结局。

汉初的史实典故创造出一个词："成也萧何，败也萧何。"套用这词，可否说王莽是生也"授命说"，死也"授命说"。"授命说"真正是一把双刃剑，在挥向旧政权时所向披靡，而与此同时把舞剑者也置于了刀刃之下。

王莽岭的最后述说

在王莽岭群峰的讲述中，导游王小姐为我们介绍了"授兵书台"的传说：

"你们看对面的这座岩壁，它叫'石库天书'，是王莽岭上一种特殊的石体构造。它是 46 亿年前下古生代沉积的碳酸岩，也就是白云岩，由于化学成分差异，

石库天书

又名"千层石"，是溶蚀作用于岩性不均的水平地层经差异风化而形成的。岩石因其成份的不同导致抗风化能力的强弱差异，抗风化能力强的部分突出，抗风化能力弱的则凹入。沿着岩石和层理方向形成平展、层式层状有规律凹凸的外形，立于雄奇秀丽的山峰中，形如打开的书，故命名为"石库天书"。

Double Dutch Stone Library

The stromatolitic structure, is the corrosion function forms the lothological unev line after the differential weathering. The rock's different ingredients causes different abilities go against the wind. Part of rock which the ability go a the wind is strong, e prominent. The others which the ability go against the weak, are indenting. ocks are suitable the rock bedding direction to form th n type layered orderly concave-convex contour, set up in the beautiful mou he shape like open book, therefore names as "books from heaven storage storehouse".

太行山石库天书

溶蚀快慢程度不同，形成了现在的样子。就单体来看，几米、十几米，甚至几十米高的石峰，外表看似层层叠叠的薄板组成，酷似书本，人们俗称'千层岩'。这种石峰往往几十尊连成一片，形成峰林，即为'石库天书'。传说王莽在此安营扎寨时，与刘秀作战屡屡失利，上天念其推行改革用心良苦，就派三个神仙给他送来兵书。一夜，刘秀军趁大雨前来偷袭，王莽将士怕兵书被抢或被雨淋，便压在石头下面。这一夜大雨滂沱、雷电交加、血雨腥风、鬼哭神惊，战后一看，那些兵书消无踪影，幻化成了一片片书形石头。王莽仰面长叹：天灭我也！三个神仙留恋美景，化为三猩峰长留下来。"

讲完这个传说，导游王小姐一笑："显然，这个故事完全是杜撰的。因为西汉末年用的还是竹简，纸张还未发明。如果真是送来这样的天书，王莽也是认不得的。"

众人皆为导游王小姐风趣的讲解哑然失笑，我却笑不起来。我久久凝视着面前的岩壁想，我们能读懂"石库天书"给我们讲述的大历史吗？

西文兴血脉柳宗元

柳氏民居引出的史话

位于山西沁水县城西南 25 公里处的土沃乡，在群山峻岭与河谷交错之中的坪岗上，坐北朝南，背依青山，两面环河，坐落着一个叫西文兴的小山村。人们指认那就是以血缘为纽带，柳氏家族后裔集聚的古村落。

过去，我只知道柳宗元素有"柳河东"、"柳柳州"之称，分别指明了柳宗元的出生地和逝世地。现在怎么又蓦然冒出个柳氏家族后裔集聚的古村落——西文兴村？

西文兴村有座关帝庙，庙里保存有一块明朝的碑："柳氏宗支图记碑"，上面记载："柳氏系出鲁大夫展获公，食邑柳下，因姓焉。厥后谱，代有闻人，而惟唐尤盛，名贤继出，卒流于史，炳如也。唐末，始祖自河东徙沁历。"

我们此次山西作家太行山采风团一行，在西文兴村遇到一位柳氏民居的研究专家王良，他为我们生动风趣而又不失史实严谨地作了详细讲解。

王良说："柳氏家族书香传家，到唐朝达到鼎盛时期。柳宗元的本高祖柳子夏的兄弟柳奭[1]做到唐高宗的宰相。但到了永徽年间，因王皇后是柳家的外孙女，在武则天称帝的宫廷斗争中，柳家受到武则天的打击，皇亲国戚霎时沦为贬官逆臣。柳宗元的父亲柳镇也是当年颇受敬重的文人士大夫，经由科举及第，官

【1】奭 shì：盛大的样子。

拜殿右侍御史。然而官运不济，偏遭天宝年间的安史之乱，叛军所到之处，不问青红皂白滥杀朝廷命官及其家族。柳父急从长安赶回河东，传令全族男女老少外逃避祸。"

清光绪年间的永济《虞乡县志》上记载："禄山乱，柳镇奉母隐王屋山。"自此，柳氏家族找寻到一块避祸的"世外桃源"。安史之乱平复后，柳镇又回朝复官，九年后柳宗元出生。

王良又说："柳宗元出生书香门第，从小聪颖，才华出众。他21岁中进士，26岁应试博学宏词科得中高第，从此踏入仕途，怀抱经国纬邦之志，期望着一展身手。唐永贞元年（805年），33岁的柳宗元任礼部员外郎，官至六品。这一年，翰林学士王叔文行使宰相权后，重用柳宗元执掌起草文书、法令之职，推行抑制强藩，打击宦官势力，停罢宫市，减免赋税，进用贤能，革除弊政等一系列革新措施。这就是旦称的'永贞革新'。然而，这只是一场短命的改革，不到一年，被触动了既得利益的豪强宦官势力，上演了逼宫戏，迫使顺宗皇帝'病休'退位，让权于太子，即宪宗皇帝，改号元和。宪宗皇帝对改革派痛下杀手，改革派的主帅王叔文先贬流放，后又赐死。副帅王伾也病死于蛮荒的流放之地。作为改革阵营中坚力量的柳宗元、刘禹锡、韩泰、韩晔、陈谏、凌准、程异、韦执谊八名同党，一锅烩都被贬为边州司马。这就是历史上著名的'二王八司马事件'。"

王良还说："被认为是'众党中罪状最甚'的柳宗元先是被贬为邵州刺史，行至半途还未及到任，再加贬为永州司马。柳宗元担心自己可能会如王叔文先贬后杀，累及家族，于是传书家中。据西文兴村柳增寿家藏《柳氏族谱》的记载，'中条道中，五谷为生，耒读为本，忠恕廉洁'，'弃府始徙，盛名勿扬'。此后，柳宗元十年流放，好容易盼得召回京城，迎来的却是更为遥远的流放。远贬为柳州任刺史，终于忧愤交加，不过四年，死于柳州任所，时年仅47岁。从此，曾经的名门望族隐居太行山的皱折深处，掩埋于历史的记忆之中。"

王良先生的娓娓道来，把我们引领进一个家族的血脉宗嗣。

血缘之链的遗传基因

在西文兴村柳氏民居中，有一块乾隆皇帝御赐的匾额，御笔亲书"香泛柳下"四字。这块牌匾点明了柳氏家族的宗嗣渊源。"展禽，字季，因食邑柳下，谥惠，故称柳下惠。"以封地为姓，是春秋战国时的通例，看来，柳下惠应为柳氏第一世祖先。

说起柳下惠大名鼎鼎。据《论语·微子》记载：柳下惠原名叫展禽，在鲁国任士师官[1]，因为他耿直正道秉公办案，得罪了不少权贵，曾遭遇过四次"罢黜"。孔子说：柳下惠为士师，多次被撤职，有人问，你为什么还不离开鲁国呢？柳下惠回答，要想正直做人，到哪还不是一样会受排挤，为什么要离开"父母之邦"呢？孔子赞美柳下惠说：柳下惠坚守自己的信念，屈辱自己的身份，可是言

【1】士师官：司法官。

柳氏民居一角

语必合乎法度，行为必经过思考。孔子在《论语·卫灵公》中，还责备鲁国掌权的大夫臧文仲是"窃位"，鲁君不用柳下惠而重用臧文仲是不明贤愚。孟子也把柳下惠看作是圣人，在《孟子·万章下》中赞扬曰："柳下惠，圣之和者也，孔子，圣之时者也。"古人由于柳下惠的高尚人格品行，把他与商周之际的贤臣伯夷并称"夷惠"。汉扬雄在《法言·渊骞》中称："不屈其意，不累其身，曰：是夷、惠之圣也！"

《荀子·大略》中还记载了柳下惠的高洁品行：柳下惠收留了一个夜无归宿的女子，彻夜同居一室，为给冷馁冻僵的女子取暖，女子坐于柳下惠怀中，又同披一衣，而柳下惠竟然能做到"坐怀不乱"。《毛诗·苍伯传》也说到这件事：柳下惠与女子夜居一室，而众人"皆无疑"，可见柳下惠"素行为人所信"。《辍耕录·不乱附妾》也提到这件事，认为，女子一夜坐于男子怀中而不乱，难矣；而人均不疑之，更难呀！说明平日言行为人所信服。

原来，柳氏宗嗣的先祖，即那个赢得万世美名的"坐怀不乱的柳下惠"。

按儒家经典，大丈夫立命之本，当"立德"、"立功"、"立言"。柳氏宗嗣正是循了这一轨道。

柳宗元的祖上迁居河东之后，一度是当地的望族。元稹的《赠左散骑常侍薛公神道碑》中称：在北朝时期，柳氏是著名的门阀士族，柳、薛、裴被并称为"河东三著姓"。柳宗元在《故大理评事柳君墓志》中自豪地说："柳氏之分，在北为高。充于史氏，世相重侯。"在隋末的农民起义中，虽然士族地主受到了重创，但柳宗元的家乡河东属于李渊、李世民"关陇集团"，也算反隋起义的一支武装，所以没有受到大的冲击。李渊李世民父子建立唐王朝后，柳氏作为"关陇集团"的重勋功臣，在新王朝中又取得显著地位。柳宗元的高祖柳子夏，唐初任徐州长史；柳元宗五世祖柳楷的兄弟柳亨，隋末先附于李密的瓦岗军，李密兵败归李渊之唐，因其军事才干，累授驾部郎中，很受李渊信任，把外孙女嫁其为妻，三迁至左卫中郎将，后拜太常卿，检校岐州刺史。连唐太宗李世民也与柳亨套近乎："与卿旧亲，情愫兼宿"，可见关系之亲密。柳奭是柳子夏的叔伯兄弟，贞观年间为中书舍人，高宗李治朝官至宰相。他的外甥女就是高宗皇帝李治的王皇后。当年柳氏一族在唐朝是与皇族有着千丝万缕联系的皇亲国戚。仅高宗一朝，柳氏家族居尚书省的就达 20 人之多。

　　柳氏宗族由盛极而衰与武则天当女皇帝有关。据《资治通鉴》卷二〇〇记

柳氏民居中柳宗元雕像

载：永徽三年（652年），由于高宗王皇后无子，柳奭与褚遂良、韩瑷、长孙无忌等重臣商量，为巩固王皇后的地位，建议立刘妃之子陈王忠为太子，王皇后把陈王忠视同己出。这一建议显然妨害了武则天的野心，激起宫廷内轩然大波。永徽五年（654年），王皇后与武昭仪在高宗前矛盾激化，成鱼死网破之势。永徽六年（655年）初，这场宫廷之争终于尘埃落定有了结果：武则天说动高宗，把王皇后打入冷宫，不奉诏不得入宫。贬柳奭为遂州（在今四川遂宁）刺史，柳奭刚行至扶风，又加贬为荣州（今四川自贡）刺史。永徽六年十月，废王皇后为庶人。十一月，武则天进一步落井下石，遣人杖王皇后一百，断其手足，数日后惨死。显庆二年（657年）八月，再贬柳奭为象州（今广西来宾）刺史。原荣州距京师三千里，够称"边远"，如今象州距京师五千里，更是一片不毛之地，堪称"蛮荒"。显庆四年（659年）七月，心狠手辣的武则天又派御使前往象州追杀，必置柳奭于死地而后快。在这一事件中，河东柳氏被贬被杀者无以数计。从此，河东柳氏一族衰败了。柳宗元在《送濂序》中回忆这段历史："人咸言吾宗宜硕大，有积德焉。在高宗朝，并居尚书省二十二人。遭诸武，以故衰耗。武氏败，犹不能兴。"自此之后，柳氏一族一蹶不振，从皇亲国戚的地位沦陷为普通士族官僚阶层。柳宗元的曾祖父柳从裕、祖父柳察躬，都只做到一般的县令。柳父柳镇虽然明经及第，颇有政能文才，因没有门荫特权的倚仗，只能从府县僚佐这样的低级官吏逐步升迁。直到晚年才靠军功做到正七品京衔。

自古伴君如伴虎，这段祖先的官场悲剧，刻骨铭心地印入柳氏宗嗣的记忆中。

鱼龙混杂泥沙俱下的"永贞革新"

"永贞革新"的失败，成为柳宗元命运的转折点。

蔡东藩在《唐史演义》第七十一回"王叔文得君怙宠，韦执谊坐党贬官"中，讲述了这一历史事件：

太子诵操心虑患，颇称练达，平居有侍臣二人，最为莫逆，一个是杭州人王伾，一个是山阴人王叔文，俱官翰林待诏，出入东宫。叔文诡谲多谋，自言读书明理，能通治道，太子尝与诸侍读坐论……遂大加爱幸，与王伾相依附。伾善书，叔文善棋，两人娱侍太子，日夕不离，免不得有所陈议。或说是某可为相，或说是某可为将，他所谈述的将相才，并不是因公论公，其实是他的死党，无非望太子登台，牵连同进，结成一气，可以长久不败呢。当时翰林学士韦执谊，左司郎中陆淳，左拾遗吕温，进士及第李景俭，侍御史陈谏，监察御史柳宗元、刘禹锡、程异，司封郎中韩晔，户部郎中韩泰，翰林学士凌准等，皆与叔文、王伾结为死党，尝同游处，踪迹诡秘，莫能推测。

在成王败寇的历史观中，未及八月就夭折的"永贞革新"，自然被妖魔化描述。倾巢之下，岂有完卵。柳宗元、刘禹锡等人，都被描绘成误上了王叔文"贼船"的同党。

刘昫在《旧唐书》卷一百六十中，将韩愈、张籍、孟郊、唐衢、李翱、宇文籍、刘禹锡、柳宗元、韩辞九人共为列传一卷。在刘禹锡条目下有这样的记载：

贞元末，王叔文于东宫用事，后辈务进，多附丽之。禹锡尤为叔文知奖，以宰相器待之。顺宗即位，久疾不任政事，禁中文诰，皆出于叔文。引禹锡及柳宗元入禁中，与之图议，言无不从。

……既任喜怒凌人，京师人士不敢指名，道路以目，时号"二王、刘、柳"。

初，禹锡、宗元等八人犯众怒，宪宗亦怒，故再贬。制有"逢恩不原"之令。

在柳宗元条目下这样记载：

顺宗即位，王叔文、韦执谊用事，尤奇待宗元。与监察吕温密引禁中，与之图事。转尚书礼部员外郎。叔文欲大用之，会居位不久，叔文败，与同辈七人俱贬。宗元为邵州刺史。在道，再贬永州司马。既罹窜逐，涉履蛮瘴，崎岖堙厄，蕴骚人之郁悼。写情叙事，动必以文。为骚文十数篇，览之者为之凄恻。

唐顺宗李诵即位后，启用王叔文等人进行"永贞革新"："禁中文诰，皆出于叔文。"王叔文"尤奇待宗元"，"密引禁中，与之图事"，"言无不从"。柳宗元任尚书礼部员外郎，原本还想更"大用之"。曾几何时，柳宗元的仕途前程似锦。

但顺宗李诵即位不到八个月，被"永贞革新"触犯了既得利益的豪强宦官们，西川节度使韦皋，上表请太子监国，略言："陛下哀毁成疾，请权令太子亲监庶政，俟皇躬痊愈，太子可复归东宫。"继而，荆南节度使裴均、河东节度使严绶等各路诸侯，"从中恧恿，不由顺宗不从，遂许令太子监国，即日颁敕"。于是，一场封建史上司空见惯的"逼宫戏"演出成功，太子李纯承接皇权。不过半月，"顺宗禅位太子，自称太上皇"。太子李纯入主太极殿，是为宪宗。一旦皇权在手，宪宗李纯马上拿改革派开刀："贬王伾为开州司马，王叔文为渝州司户"，"一面追究王叔文余党，连贬韩泰、韩晔、柳宗元、刘禹锡等为远州刺史，嗣又因议罚太轻，再贬韩泰为虔州司马，韩晔为饶州司马，柳宗元为永州司马，刘禹锡为朗州司马"，"将同平章事韦执谊，迭降了好几级，黜为崖州司马"，至此还不解恨，"越年且赐王叔文自尽"，"王伾、韦执谊、凌准，相继忧死"。这就是史称的"二王八司马事件"。

在《旧唐书》的记载中，对"永贞革新"做了这样的评价："既任喜怒凌人，京师人士不敢指名，道路以目，时号'二王、刘、柳'。"还记载曰："禹锡、宗元等八人犯众怒。"似乎当年的"永贞革新"是结党营私倒行逆施众叛亲离不得人心。一个历史事件，被御用史官们描绘得云山雾罩不识庐山真面目。

历史学家蔡东藩，在《唐史演义》中对"永贞革新"作了较为客观的评价：

王叔文非真无赖子，观其引进诸人，多一时名士，虽非将相才，皆文学选也。王伾与叔文比肩，较为贪鄙，招权纳贿，容或有之，乱政误国，尚未敢为。……举前朝之弊政，次第廓清，是亦足慰人望。即欲夺宦官之柄，委诸大臣，亦未始非当时要着。阉寺祸唐，已成积习，杲能一举扫除，宁非大幸？

任何一场改革犹如大江东去，难免泥沙俱下鱼龙混杂。改革是重新洗牌的利益再分配，自然也避免不了有人浑水摸鱼，"假改革之名义"攫取个人私利。《唐史演义》中记载了这样一个细节："叔文与王伾及党人数十家，都是门庭若市，日夜不绝，那热心做官的人就要使许多贿赂，也不惜东掇西凑，供奉党人。王伾最号贪婪，按官取贿，毫无忌惮，所得金帛，用一大柜收藏，王伾夫妇共卧柜上，以防盗窃。"由此可见，在"永贞革新"的大潮中，也不乏拉帮结伙卖官鬻爵等丑陋现象。

历史从来都是由胜利者书写。对历史事件的评价，更多地掺杂了当局者的利害权衡和喜怒好恶。还是后世人的评价更为接近公允。清乾隆皇帝爱新觉罗·弘历在编撰《唐宋文醇》时，收入了柳宗元《晋文公问守原议》。此文不妨看作是柳宗元力主"永贞革新"的心理依据：文章的题目取自《左传》，但为文标靶却明显是针砭中唐以来，权柄下移、宦官干政这一败迹已彰的时弊。《春秋左传集解》记载："晋侯问原守于寺人勃鞮。对曰：'昔赵衰以壶飧从径，馁而弗食。'故使处原。"对于遴选守原之人这样"择大任"的国之大政，晋文公"不公议于朝，而私议于宫；不博谋于卿相，而独谋于寺人"。指斥了晋文公不听取将相公卿的谋略，反而去征求宦官内人的意见，认为这种远文武大臣，近狎昵小人是不智之举，肇始了败政之端，才有了之后赵盾赵穿的弑君之举。乾隆皇帝爱新觉罗·弘历明确肯定了柳宗元此文：出于针砭当时宦官专权之弊端的需要。"宦寺之祸，列代覆辙相寻。唐自天宝以后，浸昌浸炽，积成甘露之变"。当王叔文等受到唐顺宗的重用时，面临的是"宦官既掌禁军，复监天下军"，皇帝大权旁落，卿相无所用命的严峻形势，"叔文辈欲一旦尽解其兵柄，还之朝廷，其义非不善也"。乾隆皇帝还引用明代学者陈子龙的话说："伾文之党，欲尽夺北衙之势，张南衙之权，有于国谋，不可谓非也。"乾隆皇帝还"吾皇圣明"地指出：历史上和现时的一些人，对王叔文、柳宗元等人的非议是不公允的。他指出，王叔文"事败身死"时，无人敢为他伸张正义，是因为"当时镇于宦寺之威，不敢论曲直耳"。以至"唐时承叔文之党，与宗元无怨词。即昌黎韩愈，亦讥宗元不自籍贵重"，"及至于今，尚尤之不止，岂非惑哉"？乾隆皇帝还指出：王叔文、柳宗元等人是"当过大栋梁之材"，即在国家处于危急的情况下"涉大川而不顾，灭顶而死，当为君子之哀。虽身败名裂，不可谓之乃心王室乎"？因此，乾隆皇帝认

柳氏民居碑（全国重点文物保护单位）

为，"永贞革新"的努力足以"垂戒后世"。

柳宗元的《晋问》篇，不妨看作是柳宗元力举改革图新的政治宣言。

《晋问》篇通过与好友吴武陵的对话，描述了晋国之地大物博，资源丰饶，人民勤劳。作者以晋曾是唐尧故都为题，讲述了晋人遵循唐尧遗风，保持节俭、克己，忧思远虑，恬淡闲适，知足自乐的民风和美德。提出"民利"的政治革新主张。柳宗元认为，山川、矿藏、河鱼、池盐、宝马、森林等物产，虽然有利于人民改善生活，但这仅仅是"利民"，而不是"民利"。他所主张的"民利"，就是依靠自己的力量为自己谋利益。只有实行开明的政治才能实现"民利"，而只有实现"民利"才能真正达到社会和国家的长治久安。而那些利用资源的掌控权，谋求大利为自己享用，盘剥民脂民膏集中垄断财富的暴富们，是不可能真正为民众谋利益的。柳宗元在文章中，借吴武陵之口，提出一个尖锐的问题：巨大的自然资源和劳动民众共同创造的财富却集中在少数人手中，这种贫富悬殊的现象，这种封建社会的所谓"富足"和"繁盛"的假象，只是一种海市蜃楼般的幻境。

柳宗元的政治主张，自然把自己推到了豪强和宦官既得利益集团的对立面。任何改革图新之举，必然会触动守旧的既得利益集团。因而也就注定了是一场势同水火冰炭难容的你死我活的博弈。历史上的改革家，鲜有善终者，需要有点"苟利国家生死以，岂因祸福避趋之"的自我牺牲精神。

熟读唐人《封建论》，莫从子厚返文王

我最早是从毛泽东的诗句中认识柳宗元的。

1958 年 10 月，在中国共产党八届十二中全会闭幕式上，毛泽东说："我这个人有点偏向，不那么喜欢孔夫子。赞成说他代表奴隶主、旧贵族的观点，不赞成说他代表新兴地主阶级。因此，郭老的《十批判书》崇儒反法，我也不那么赞成。"此后，1973 年 5 月的一天，江青去见毛泽东，看到桌子上放着郭沫若所著

《十批判书》大字本。毛泽东给了江青一本，说，我的目的是为了批判用的。他还顺口念了四句："郭老从柳退，不及柳宗元。名曰共产党，崇拜孔二先。"在此后，毛泽东就写出了"文革"中广为流传的《读〈封建论〉呈郭老》一诗："劝君少骂秦始皇，焚坑事业要商量。祖龙魂死秦犹在，孔学名高实秕糠。百代都行秦政法，《十批》不是好文章。熟读唐人《封建论》，莫从子厚返文王。"暂且搁置对秦始皇的褒贬，正是从毛泽东的诗句中，引起我阅读柳宗元《封建论》的兴趣。

《封建论》是柳宗元在"永贞革新"失败以后，被贬永州期间所写的一篇政论性散文。

封建即封建制，指我国殷、周奴隶社会实行的"封国土，建诸侯"的贵族领土制度，亦称"分封制"。在这种制度下，中国被分割成许多诸侯国家，这些诸侯国家名义上从属于中央王朝，实际上却由世袭贵族统治，各自为政，形成独立王国。夏、商、周三代实行的就是分封制，其弊端在春秋战国的诸侯战乱中已尽显无疑。秦始皇统一中国后，用郡县制取代了分封制，将天下分为三十六郡，郡下设县，郡县长官由中央政府任免，不再是世袭。汉代虽然两种制度并存，但分封制已经衰弱。唐初，为酬谢开国的功臣们，唐太宗李世民曾一度想恢复分封制，由于遭到魏徵、李百药等人的极力反对而作罢。自秦代起，就不断有人提出分封制的复古主张，此后，关于分封制和郡县制的争论一直此起彼伏，没有停止。其中比较有代表性的有魏代曹冏的《六代论》、晋代陆机的《五等论》等。中唐以后，藩镇势力恶性膨胀，不断侵蚀中央王朝的统治权力，朝廷与藩镇间的斗争日趋激烈。柳宗元认为整个社会历史是一个自然发展的过程，有其不以人们的意志为转移的客观发展的必然趋势。分封制暴露出种种严重弊端，而新的郡县制能克服分封制弊端，有优越性和进步性，因而极力支持郡县制。柳宗元在《封建论》中还提出这样的观点：至于天下的常理，是治理得好、政局安定，这才能得到人民的拥护。使贤明的人居上位，不肖的人居下位，然后才会清明安定。封建制的君长，是一代继承一代地统治下去的。这种世袭的统治者，居上位的果真贤明吗？居下位的真的不肖吗？这样，人民究竟是得到太平还是遭遇祸乱，就无法知道了。如果想要对国家有利而统一人民的思想，而同时又有世袭大夫世世代代统

"耕读书香"楼

治他们的封地，占尽了诸侯国的全部国土，即使有圣人贤人生在那个时代，也会没有立足之地，这种后果就是封建制造成的。难道是圣人的制度要使事情坏到这种地步吗？所以我说："这不是圣人的本意，而是形势发展的结果。"柳宗元提出了一个体制决定社会进步与否的问题。《封建论》正是柳宗元力主改革图新的理论依据。

当时，柳宗元因"永贞革新"失败，"风波一跌逝万里，壮心瓦解空缧囚"，被贬谪蛮荒之地，但他仍念念不忘自己的政治主张，"少时陈力希公侯，许国不复为身谋"（《冉溪》），痴心不改，坚守自己的政治信念，期盼着有朝一日能够"东山再起"，实现自己的政治主张。

在《封建论》中，柳宗元严厉抨击了藩镇贵族势力"世食禄邑"和"不肖居上，贤者居下"的不合理现象，对秦始皇的历史功绩及其过失作了客观的评价。无疑这一观点代表着当时的一种历史进步。对此，就连一贯对柳宗元的政治主张和思想倾向持否定态度的苏轼，在《东坡续集·封建论》中也不得不认为："昔之论封建者，曹元首、陆机、刘颂，及唐太宗时魏徵、李百药、颜师古，其后有刘秩、柳宗元。宗元之论出，而诸子之论废矣。虽圣人复起，不能易也……故吾以为李斯、始皇之言，柳宗元之论，当为万世法也。"明代具有叛逆精神的思想家李贽，在《藏书》中也赞扬："《封建论》卓且绝矣。"

柳宗元在其哲学论著《非国语》、《贞符》、《时令论》、《断刑论》、《天说》、《天对》等篇章中，对汉代大儒董仲舒鼓吹的"夏商周三代受命之符"的符命说持否定态度，把董仲舒这样的大人物斥为"淫巫瞽史"，指责他"诳乱后代"。柳宗元反对天符、天命、天道诸说，批判神学，强调人事，用"人"来代替"神"，这在一千多年前神学迷信思想占统治地位的封建社会中，是十分难能可贵的。柳宗元还把对神学的批判变成对政治的批判，用朴素唯物主义观点解说"天人之际"即天和人的关系，对唯心主义天命论进行批判。他的哲学思想，是同当时社会生产力的发展、自然科学所达到的水平相适应的。他把古代朴素唯物主义无神论思想发展到了一个新的高度。

大概正是柳宗元的政治倾向引发毛泽东强烈的当代共鸣。据陶鲁笳《毛主席教我们当省委书记》一文回忆：1963年毛泽东在杭州一次会议讲话中说："我国历史上的哲学家如柳宗元，他是文学家，也是唯物论者。他的哲学观点是在现实生活中同不同观点进行辩论和斗争中形成的。他在任永州司马的十年间，接触贫苦人民并为他们办了许多好事。正是在此期间，他写了《山水游记》等文学作品，同时又写了《天说》、《天对》等哲学著作，这是针对韩愈的唯心观点写的。"

毛泽东看重的，大概正是柳宗元身上那股不屈不挠的叛逆批判精神。

屈原放逐，乃赋《离骚》

"永贞革新"失败后，柳宗元先贬为邵州刺史，还未过长江，即接到改贬永州司马的诏令。司马是个小官，永州司马更是个边缘化的闲职，实质上是没职没权又没事干的罪官。柳宗元到永州后，连个官署也没有，只得寄宿在龙兴寺的一座破庙里。

永州正好是当年屈原流放的地方，屈原是中国文学史上第一位"伏清白以死直"（《离骚》），以身殉志的政治家、思想家。一千年后，柳宗元"重蹈覆辙"，有了许多感慨。他怀着悲愤的心情由洞庭湖上溯湘江，来到汨罗江畔凭吊屈原，临江抚膺，溯洄古今，"投迹山水地，放情咏《离骚》"，"离忧苟可治，孰能知其他"，写下《吊屈原文》：

"后先生盖千祀兮，余再逐而浮湘。求先生之汩罗兮，揽蘅若以荐芳。愿荒忽之顾怀兮，冀陈辞而有光。"屈子沉江千年之后，柳氏又步后尘，被逐湘江。手捧蘅若香草，来到汩罗之畔，向幽冥之中的英灵陈述衷肠。

柳宗元以屈原《离骚》、《天问》的风格，一抒胸臆中块垒："先生之不从世兮，惟道是就。"先生之所以不为世人所容，就是因为你坚守了心中的信仰。然而这是个什么样的世道呀：

> 华虫荐壤兮，进御羔袖。
> 牝鸡咿嘎兮，孤雄束咮？
> 哇咬环观兮，蒙耳大吕。
> 董喙以为羞兮，焚弃稷黍。
> 犴狱之不知避兮，宫庭之不处。
> 陷涂藉秽兮，荣若绣黼。
> 榱折火烈兮，娱娱笑舞。
> 谗巧之晓晓兮，惑以为咸池。
> 便媚鞠恧兮，美逾西施。
> 谓谟言之怪诞兮，反寘瑱而远违。
> 匿重痼以讳避兮，进俞、缓之不可为。

华贵的衣冠被遗弃，却欣赏骚气的羊皮粗衣；母鸡咿吠乱叫，昂然独立的公鸡却不能放声；低贱庸俗的曲调被推崇，高尚美好的音乐却没人愿意听；毒药被当成美好食物，真正的粮食却遭抛弃烧毁；明明是牢狱之灾却不知逃避，丢下美丽的宫殿不住，却陷入泥污肮脏的地方，还自以为披上锦衣绣服；房屋被火烧毁，反而歌舞欢笑；喋喋不休的谗言巧语，却把它当成悦耳音乐；本是厚颜无耻的小丑逢迎，却认为比西施还漂亮；把治国强邦的言论视为怪诞，反而塞住耳朵远远避开；有了重病还讳疾忌医，就是请来俞跗、秦缓那样的名医也束手无方了。

柳宗元文中又写道：即使"以先生之凛凛兮"，用金针、石针又如何能治得了？"柳下惠之直道兮，又焉往而可施"，就是像我的祖先柳下惠欲行直道，留在这样的国度里又有何方可施？

柳宗元文中还写道："吾哀今之为仕兮，庸有虑时之否臧"，"退自服以默默兮，曰吾言之不行"。感叹于当今的为官者，哪有人去关心时政的好坏。明知说了存在风险，顾虑自己切身利益，还是明哲保身噤若寒蝉少说为佳。谁还去批评执政的好坏。"食君之禄畏不厚兮，悼得位之不昌"，拿国家的俸禄唯恐不多，谋到的官位唯恐不高。却是"既媮风之不可去兮"，苟且偷安的风气甚嚣尘上。自董仲舒"罢黜百家，独尊儒术"以来，世上少了血气方刚的燕赵慷慨悲壮之士，而多成为看风使舵随波逐流的苟且偷生之儒。怎不让人更加怀念先生。

"永贞革新"的失败，对柳宗元的打击极其巨大。"摧心伤骨，若受锋刃"。他常以被放逐的屈原和被贬谪的贾谊自喻："不信缧绁枉，徒恨缧徽长。贾赋愁单阏，邹书怯大梁。"[1]

韩愈在《柳子厚墓志铭》中写道："材不为世用，道不行于时"，感叹于柳宗元的怀才不遇。刘禹锡也发出"皇天后土，胡宁忍此"，感叹柳宗元生不逢时，与屈原的人生悲剧何其相似。

柳宗元本是个热心于改革现实的人，并无意于当文学家。他在《〈答吴武陵论非国语〉书》中明确表白："仆之为文久矣，然心少之，不务也。以为是特博弈之雄耳。故在长沙时，不以是取名誉，意欲施之实事，以辅时及物为道。"中国的士大夫文人们，总是身不由己地落入一条文学家官场得意成为政治家、政治家官场失意又回归文学家的轨迹。人天生是政治的动物，从政是多少有志男儿的立世情结。

司马迁在《报任少卿书》中写道："盖文王拘而演《周易》；仲尼厄而作《春秋》；屈原放逐，乃赋《离骚》；左丘失明，厥有《国语》；孙子膑脚，《兵法》修列；不韦迁蜀，世传《吕览》；韩非囚秦，《说难》、《孤愤》；《诗》三百篇，大抵圣贤发愤之所为作也。"

【1】见《弘农公以硕德伟材屈于诬枉左官三岁复为大僚天监昭明人心感悦宗元窜伏湘浦拜贺末由谨献诗五十韵以毕微志》

西文兴村文昌阁

　　柳宗元在《寄许京兆孟容书》中写道："贤者不得志于今，必取贵于后，古之著书者皆是也。"柳宗元的许多名篇佳作大多是在永州流放的十年中写出。《柳河东集》收录他的诗文547首（篇），其中就有317首（篇）是写于永州。尤其是最能显示柳宗元思想和文学才华的议辩、对、答、说、传、骚、吊赞箴戒、铭杂题等107篇，就有82篇写于永州，如《非国语》、《天说》、《天对》、《捕蛇者说》、《三戒》、《永州八记》等。

　　"有心栽花花不开，无意插柳柳成荫"。柳宗元因祸得福，家国不幸诗人幸。贬谪永州，少缺了一个封建王朝的官吏，却多得了一个名垂青史的"唐宋散文八大家"。

柳宗元的绝代知音毛泽东

　　柳宗元在永州期间，曾写下许多脍炙人口意味深长的寓言故事，最著名的是《三戒》。题名"三戒"，是取《论语》"君子有三戒"之意。柳宗元在序中说："吾恒恶世之人，不知推己之本，而乘物以逞，或依势以干非其类，出技以怒强，窃时以肆暴，然卒迫于祸。有客谈麋、驴、鼠三物，似其事，作《三戒》。"意译成现代汉语就是：我常常厌恶世上有些人，没有自知之明，而只是狐假虎威凭借外力来逞强；或者仗势欺人，以地位压制有异见者，使出伎俩来激怒比他强的对手，趁机胡作非为，但最后却招致了灾祸。有位客人同我谈起麋、驴、鼠三种动物的结局，我觉得与那些人的情形差不多，于是就作了这篇《三戒》。

《临江之麋》

　　临江之人，畋得麋麑，畜之。入门，群犬垂涎，扬尾皆来。其人怒，怛之。自是日抱就犬，习示之，使勿动，稍使与之戏。积久，犬皆如人意。麋麑稍大，忘己之麋也，以为犬良我友，抵触偃仆，益狎。犬畏主人，与之俯仰甚善，然时啖其舌。

　　三年，麋出门，见外犬在道甚众，走欲与为戏。外犬见而喜且怒，共杀食之，狼藉道上，麋至死不悟。

　　临江有个人出去打猎，得到一只幼麋，就捉回家把它饲养起来。刚踏进家门，群狗一见，嘴边都流出了口水，摇着尾巴，纷纷聚拢过来。猎人大怒，把群狗吓退。从此猎人每天抱了幼麋与狗接近，让狗看了习惯，不去伤害幼麋，并逐渐使狗和幼麋一起游戏。经过了好长一段时间，狗都能听从人的意旨了。幼麋稍为长大后，却忘记了自己是麋类，以为狗是它真正的伙伴，开始和狗嬉戏，显得十分亲昵。狗因为害怕主人，也就很驯顺地和幼麋玩耍，可是又不时舔着自己的舌头，露出馋相。

　　这样过了三年，一次麋独自出门，见路上有许多不相识的狗，就跑过去与它们一起嬉戏。这些狗一见麋，又高兴又恼怒，共同把它吃了，骨头撒了一路。但

河东世泽匾

麇至死都没有觉悟到这是怎么回事。

柳宗元把一个恃宠而骄、得意忘形，最后自取灭亡的麇麂刻画得栩栩如生。

《永某氏之鼠》

永有某氏者，畏日，拘忌异甚。以为己生岁直子；鼠，子神也，因爱鼠，不畜猫犬，禁僮勿击鼠。仓廪庖厨，悉以恣鼠，不问。由是鼠相告，皆来某氏，饱食而无祸。某氏室无完器，椸无完衣，饮食大率鼠之馀也。昼累累与人兼行，夜则窃啮斗暴，其声万状，不可以寝，终不厌。

数岁，某氏徙居他州；后人来居，鼠为态如故。其人曰："是阴类，恶物也，盗暴尤甚。且何以至是乎哉？"假五六猫，阖门，撤瓦，灌穴，购僮罗捕之，杀鼠如丘，弃之隐处，臭数月乃已。

呜呼！彼以其饱食无祸为可恒也哉！

永州有某人，怕犯日忌，拘执禁忌特别过分。认为自己出生的年份正当子年，而老鼠又是子年的生肖，因此爱护老鼠，家中不养猫狗，也不准仆人伤害它们。他家的粮仓和厨房，都任凭老鼠横行，从不过问。因此老鼠就相互转告，都跑到某人家里，既能吃饱肚子，又很安全。某人家中没有一件完好无损的器物，笼筐箱架中没有一件完整的衣服，吃的大都是老鼠吃剩下的东西。白天老鼠成群结队与人同行，夜里则偷咬东西，争斗打闹，各种各样的叫声，吵得人无法睡觉。但某人始终不觉得老鼠讨厌。

过了几年，某人搬到了别的地方。后来的人住进来后，老鼠的猖獗仍和过去一样。那人就说："老鼠是在阴暗角落活动的可恶动物，这里的老鼠偷咬吵闹又特别厉害，为什么会达到如此这般严重的程度呢？"于是借来了五六只猫，关上屋门，翻开瓦片，用水灌洞，奖励仆人四面围捕。捕杀到的老鼠，堆得像座小山。都丢弃在隐蔽无人的地方，臭气散发了数月才停止。

唉！那些老鼠以为吃得饱饱的而又没有灾祸，那是可以长久的吗？

柳宗元把执政者中那些"窃时以肆暴"的得势者比作鼠类，虽得势于一时，胡作非为倒行逆施，但终难逃"撤瓦"、"灌穴"之灭顶之灾。

《黔之驴》

黔无驴，有好事者船载以入。至，则无可用，放之山下。虎见之，庞然大物也，以为神。蔽林间窥之，稍出近之，慭慭然莫相知。

他日，驴一鸣，虎大骇，远遁，以为且噬己也，甚恐。然往来视之，觉无异能者。益习其声，又近出前后，终不敢搏。稍近，益狎，荡倚冲冒，驴不胜怒，蹄之。虎因喜，计之曰："技止此耳！"因跳踉大㘎，断其喉，尽其肉，乃去。

噫！形之庞也类有德，声之宏也类有能，向不出其技，虎虽猛，疑畏，卒不敢取；今若是焉，悲夫！

黔中道没有驴子，喜欢揽事的人就用船把它运了进去。运到以后，发现驴子没有什么用处，就把它放到山下。老虎看到驴子那巨大的身躯，以为是神怪出现。就躲到树林间暗中偷看，一会儿又稍稍走近观察，战战兢兢，但最终还是识不透驴子是什么东西。

一天，驴子大叫一声，把老虎吓得逃得远远的，以为驴子将要咬自己，极为恐惧。然而来回观察驴子的样子，觉得它并没有什么特别的本领。后来老虎更听惯了驴子的叫声，再走近驴子，在它周围徘徊，但最终还是不敢上前拼搏。又稍稍走近驴子，越发轻侮地开始冲撞冒犯，驴子忍不住大怒，就用蹄来踢。老虎见了大喜，心中计算道："本领不过如此罢了。"于是老虎腾跃怒吼起来，上去咬断了驴子的喉管，吃尽了驴子的肉，然后离去。

唉！驴子形体庞大，好像很有法道，声音洪亮，好像很有本领，假使不暴露出自己的弱点，那么老虎虽然凶猛，也因为疑虑畏惧而终究不敢进攻；而现在却落得这个样子，真是可悲啊！

柳宗元借庞然大物驴被小老虎吃掉的故事，嘲讽了那些"不知推己之本"，毫无自知之明的权要人物，外强中干徒有虚表的本性。

我们从柳宗元笔下的麋鹿、老鼠、驴子的形象中，读出了更多的言外之意弦外之音。鲁迅说："讽刺的生命是真实。"言发于动物，而意归于与之特性相通的人。寓言在先秦史传与诸子论辩中屡见不鲜。如《左传》中"蹊田夺牛"、"雄鸡断尾"，《战国策》中"鹬蚌相争"，《庄子》中"涸辙之鲋"等等。寓言是把思想浓缩为形象，使它获得超越时空的共鸣，演变出与时俱进的新意。柳宗元创造的"黔驴技穷"形象，成为后人广泛应用于许多意象的代名词。

毛泽东曾两次运用了《黔之驴》寓言。1942年5月30日，毛泽东到鲁迅艺术学院作报告时，引用了这个寓言。毛泽东说："你们快毕业了，将要离开鲁艺了。你们现在学习的地方是小鲁艺，还有一个大鲁艺，大鲁艺就是工农兵群众的生活和斗争"。"你们从小鲁艺到大鲁艺去，就是外来干部。不要瞧不起本地干部，不要以为自己是洋包子，瞧不起土包子。知识分子不要摆知识架子"。为了更好说明这一道理，毛泽东举了《黔之驴》这个例子："贵州没有驴驹子（陕北人对驴子的称呼），有人运了一头驴驹子到那里去。它到那里就是外来的洋包子。贵州的老虎个头不大，是个本地的土包子。小老虎看见驴驹子那种庞然大物的样子，很害怕。驴驹子叫了一声，小老虎吓坏了，就逃得远远的。后来久了一点，小老虎觉得驴驹子也没有什么了不起，就走近它，并且碰碰它。驴驹子大怒，用脚踢了小老虎一下，小老虎这才看出它那两下子，就说：'原来你不过就这点本事！'结果小老虎就吃掉了这头驴驹子。"毛泽东在讲这个故事时，一边讲，一边装作老虎观察和试探驴驹子的样子，走向旁边正在作记录的同志，惹得哄堂大笑起来。1942年9月，毛泽东在《一个极其重要的政策》这篇文章中，又引用了《黔之驴》这个寓言："柳宗元曾经描写的'黔驴之技'也是一个很好的教训。一个庞然大物的驴子跑到贵州去了，贵州的老虎见了很有些害怕。但是到后来，大驴子还是被小老虎吃掉了。我们八路军和新四军是孙行者和小老虎，是很有办法对付日

"恪守先业"匾

本妖精或者日本驴子的。"

从柳宗元笔下的《黔之驴》到毛泽东口中的"驴驹子"，我们看到了伟大领袖对古人典故的活学活用。

毛泽东成为柳宗元的绝代知音。在20世纪70年代，柳宗元两度红火起来，成为新时代的宠儿。第一次是章士钊编著的《柳文指要》，于1971年由中华书局出版。这在当时一片"文化沙漠"中破土生芽，实属凤毛麟角绝无仅有。这当然与毛泽东的亲自关心过问有关。早在1965年"文革"前，章士钊开始写作之际，毛泽东就主动提出要替他审稿。1965年6月，章士钊把洋洋洒洒100万字的初稿呈给毛泽东。毛泽东收到后，派人给章士钊送去桃杏各5斤，并附信一封：

行严先生：

　　大作收到，义正词严，敬服之至。古人云：投我以木桃，报之以琼瑶。今奉上桃杏各五斤，哂纳为盼！投报相反，尚乞谅解。

毛泽东
1965 年 6 月 26 日

毛泽东为什么对柳宗元情有独钟？在此后给章士钊的信中说得很清楚："大问题是唯物史观问题，即主要是阶级斗争问题。"此后在写给康生的信中，说得就更为明确："颇有新意……大抵扬柳抑韩，翻二王八司马冤案，这是不错的。又辟桐城而颂阳湖，记帖括而尊古义，亦有可取之处。惟作者不懂唯物史观，于文史哲诸方面仍止于以作者观点解柳（此书可谓解柳全书），他日可能引起历史学家用唯物史观对此书作批判。"[1]

康生读完《柳文指要》一书稿，给毛泽东回信说："我读完之后，觉得主席8月5日信中对此书的评价是十分中肯完全正确的。……此书也有缺点，如著者不能用辩证唯物主义的观点去解释柳文，对柳宗元这个历史人物缺乏阶级分析，对社会进化，以为'承新仍返诸旧'，如'新旧如环，因成进化必然之理'等等。"

第二次是在1973年的"批林、批孔""评法批儒批周公"的政治运动中。柳宗元被作为重要的法家人物而受到热捧。毛泽东对刘大杰说："屈原写过《天问》，过了一千年才有柳宗元写《天对》，胆子很大。"毛泽东还对身边的工作人员说："柳宗元是一位唯物主义哲学家。"[2]显然，毛泽东对柳文的肯定，古为今用为我所用，有着浓厚的当代政治色彩，是为其"阶级斗争理论"服务的。

柳氏宗嗣碑记

【1】摘自《毛泽东1965年致康生信》，《毛泽东书信选集》第603页。

【2】以上有关毛泽东对柳宗元的论断，参阅了蔡自新、翟满桂《毛泽东论述最多的一位古代人物——柳宗元》一文。

柳氏墓志铭

哀莫大于心死

柳宗元的永州十年，是苦苦等待命运转机的十年。他尚存一丝幻想，期盼着朝廷的再度起用。这从柳宗元当年在永州所写的山水诗中可以感受到：

> 九凝浚倾奔，临源委萦回。会合属空旷，泓澄停风雷。(《湘口馆潇湘二水所会》)

> 西岑极远目，毫末皆可了。重叠九疑高，微茫洞庭小。(《与崔策登西山》)

> 猿鸣稍已疏，登石娱清沦。日出洲渚静，澄明晶无垠。(《登蒲州石矶望横江口潭岛迥斜对香零山》)

柳宗元在其永州的山水诗中，虽然也有陶渊明式寄情山水，逃避现实的倾向，但也表达了"赏心难久留，离念来相关"(《构法华寺西亭》)；"纠结良可解，纡郁亦已伸"(《登蒲州石矶望横江口潭岛迥斜对香零山》)；"升高欲自舒，弥使远念来"(《湘口馆潇湘二水所会》)；"去国魂已游，怀人泪空垂"(《南涧中题》)；"谪居安所习，稍厌从纷扰"(《与崔策登西山》)，仍心存"长风破浪应有时"的大志宏愿。

花的心藏在蕊中，因为心中仍有梦。你用青春赌明天，我用真情换此生。十年磨一剑，十年等一回。

唐宪宗元和十年（815年），事情出现了一丝转机。当时，为人正直为官清廉的韦贯之出任了宰相，柳宗元年轻时的好友裴度等人得到韦贯之的赏识，在朝廷也渐成气候。加之当时中央朝廷与地方藩镇割据势力矛盾日益加剧，唐宪宗在各方的周旋下，解除了当年对"八司马""不准量移"之禁，召回柳宗元、刘禹锡等五人。柳宗元一年的"等待戈多"，总算闪现了一线曙光。他兴冲冲地回到阔别十年的京城，试图一展身手，实现自己的政治抱负。

《旧唐书》卷一百六十刘禹锡条目记载："元和十年，自武陵召还，宰相复欲置之郎署。时禹锡作《游玄都观咏看花君子》诗，语涉讥刺，执政不悦，复出为播州刺史。"刘禹锡就是那个写出"沉舟侧畔千帆过，病树前头万木春"，"雪里高山头白早，海中仙果子生迟"等名句的中唐大诗人。他自恃才高气傲，得意忘形之下写出了那首《游玄都观咏看花君子》一诗，诗中有这样的词句："玄都观里花千树，尽是刘郎去后栽。"诗中辛辣地讥讽了那些因反对"永贞革新"而登上高位的权臣新贵们。柳宗元、刘禹锡等五人的集体回京，原本已给反对派形成极大的压力，欲以进谗，正患无词，这首诗正好为反对派向宪宗告御状提供了最好的把柄。唐宪宗本来就对当年王叔文集团让其父顺宗皇帝不立他为太子，因此几乎失掉皇位耿耿于怀，于是，一怒之下，把他们再次贬到更为边远荒蛮之地。

十年等一回盼来的希望，如同夏夜里的闪电稍纵即逝。

柳宗元与刘禹锡再次南贬，两个患难之交共同走的恰是一个月前的进京之路。不堪回首，烟尘茫茫两眼泪。这次是彻底没有了希望。

柳宗元到衡阳与刘禹锡分手，路漫漫，前程更为凶险。柳宗元在给刘禹锡的《衡阳与梦得分别赠诗》中，写下这样的诗句："十年憔悴到秦京，谁料翻为岭外行。"

从永州到柳州，这不仅是一个地理的概念，更是一个心理的概念。在永州，毕竟还是潇湘之地，在春秋战国时期，楚国已经开发，与中原还有着往来；而这次贬谪岭南的柳州，则完全是一块未开发的蛮荒之壤。

下面是柳宗元进入广西境内后所作的一首诗《岭南江行》：

> 瘴江南去入云烟，望尽黄茆是海边。
> 山腹雨晴添象迹，潭心日暖长蛟涎。
> 射工巧伺游人影，飓母偏惊旅客船。
> 从此忧来非一事，岂容华发待流年。

人生能有几个十年可待？"白了少年头，空悲切"！柳宗元在《岭南江行》中，以瘴江、黄茆、象迹、蛟涎、射工、飓母等意象来表达自己到岭南的感受，让人觉得阴森恐怖毛骨悚然。在古人心目中，"瘴"一词大概犹如我们现在的"癌"，闻之色变。古人认为岭南地区多瘴疠之气，是疟疾等传染病的病源，几乎是死亡的代名词。《元和郡县志岭南道廉州》中记载："瘴江，州界有瘴名，为合浦江。……自瘴江至此，瘴疠尤甚，中之者多死，举体如墨。春秋两时弥盛，春谓青草瘴，秋谓黄茆瘴。"柳宗元在再贬谪到柳州之后的诗中，"瘴"字多次出现："林邑山联瘴海秋，牂牁水向郡前流"（《柳州寄京中亲故》），"桂岭瘴来云似墨，洞庭春尽水如天"（《别舍弟宗一》）。以至韩愈在《左迁至蓝关示侄孙湘》的诗中，出现这样的诗句："好收吾骨瘴江边。"

诗言志，从柳宗元山水诗从永州到柳州的变化中，我们可以一窥他的心理轨迹。

如果说柳宗元在永州的贬谪任上，还心怀大志心存梦想，那么，十年后的再次谪贬柳州，"官虽进而地益远"（《资治通鉴》），希望完全破灭，陷入深深的绝望之中。

柳宗元在《送李渭赴京师序》一诗中，曾抒写了自己贬谪永州时的情绪："过洞庭，上湘江，非有罪左迁者罕至。又况逾临源岭，下漓水，出荔浦，名不在刑部而来吏者，其加少也固宜。"这种"万死投荒""长恨囚居"的流放，不是被朝庭认为罪重难饶的人，是极少被派到这种偏远蛮荒之地任职的。

而这次远谪柳州，更是"炎荒万里，毒瘴充塞"，完全是九死一生之地。

在柳宗元柳州所撰诗文中，随处可感受到这类颓丧的情绪：

行邀天宠

柳驣，字云程（公元1458—1544年），明成化十六年（公元1480年），沁水廪膳生，治诗中庚子科进士，朝考授官承德郎（正四品），因诗文出众深得宪宗宠爱，恩赐承德郎"行邀天宠"金匾，嘉靖二十三年（公元1544年）卒于京城。

宪宗皇帝赐"行邀天宠"金匾

《与萧翰林俛书》："长来觉日月盖促，岁岁更甚，大都不过数十寒暑，则无此身矣。是非荣辱，又何足道。……居蛮夷中信，惯习炎毒，昏眊重腿，意以为常。勿遇北风晨起，薄寒中体，则肌革疹懔，毛发萧条。"

"夙志随状尽，残肌触瘴深"；

"穷陋阙自养，疠气剧嚣烦"；

"瘴茆茸为宇，潦暑恒侵肌"。

自贬谪柳州之后，柳宗元一直生活在毒瘴阴影的笼罩和摧残之下。

柳宗元借酒浇愁，养成了嗜酒的习惯。《饮酒》："今旦少愉乐，起坐开清樽。举觞酹先酒，遣我驱忧烦。""莫厌樽前醉，相看未白首"。

柳宗元在写给岳丈的信《与杨京兆凭书》中，还透露出这样的情绪："自遭责逐，继以大故，荒乱耗竭，又常积忧恐，神志少矣，所读书随又遗忘。一二年来，痞气尤甚，加以众疾，动作不常。眊眊然骚扰内生，霾雾填惨沮，虽有意穷文章，而病夺其志矣。每闻人大言，则蹶气震怖，抚心按胆，不能自止。"有心读书，"随又遗忘"；虽想著文，"病夺其志"；有人大声说话，也会心惊肉跳，还常常无缘无故地害怕得发抖。柳宗元甚至"守道甘长绝"，想到了自杀。

俄罗斯的心理学家巴甫洛夫说："一切顽固沉重的忧悒和焦虑，足以给各种疾病大开方便之门。"

早在永州年间，柳宗元由于长期"与囚徒为朋，行则若带缧索，处则若关桎梏，彳亍而无所趋，拳拘而不能肆，槁然若卉，颓然若璞"。(《答周君巢饵药久寿书》)"为孤囚以终世兮，长拘挛而轖轲"。(《惩咎赋》)"居蛮夷中久，惯习炎毒，昏眊重腿，意以为常"。(《与萧翰林俛书》)"百病所集，痞结伏积，不食自饱。或时寒热，水火互至，内消肌骨，非独瘴疠为也"。(《寄许京兆孟容书》)

残酷的政治迫害，使柳宗元深感痛苦和忧郁，身体状况也急剧下降，衰弱而多病起来：不仅头昏眼花，双脚因得了南方易发的风湿病而痉挛，行路受到影响；并且还患过"或时寒热，水火互至"的疟疾；"痞结伏积，不食自饱"[1]。风华正茂年富力强之时，却是疾病缠身未老先衰。

再遭贬谪柳州后，病状急剧恶化。柳宗元在《觉衰诗》中写道："久知老会至，不谓便相侵。今年宜未衰，稍已来相寻，齿疏发就种，奔走力不任。"字里行间，已是暮气沉沉，衰弱备显。字字血声声泪，哀怨之火悲苦之情绝望之叹，催人泪下[2]。

据韩愈《柳州罗池庙碑记》载：柳宗元去世前一年，在一次与朋友饮酒时，突感心脏不适，对朋友说："吾寄于此，与若等好也，明年吾将死。"难道柳宗元有了某种预感？

人生得有几多青春，耐得住无情岁月磨损？唐元和十四年（819年）十一月八日，进入柳州任职仅四年，年仅47岁的柳宗元死于柳州任上。

死前，柳宗元对自己的后事做出安排：一是把自己的书稿寄给引为知己的刘禹锡，让他妥为保管。他在书信中说："吾不增，卒以谪死，以遗草累故人"；二是给韩愈一封书信，希望自己死后能由韩来作墓志铭，以自己的人生悲剧告诫后人；三是嘱托卢遵，按照先太夫人指点，回归先父在天宝末年避战乱的王屋山，"以为文人代兴者，为世居之所"。柳宗元死时，家徒四壁，无资发丧，是在桂管观察使裴行立的资助下，元和十五年（820年）棂枢才得以归葬长安。

【1】"痞"——中医指腹腔内可以摸得到的肿块，即肿瘤。

【2】此段参阅莫山洪《柳宗元山水诗的演变》一文。

嘉靖皇帝所赐"丹桂传芳"的牌坊局部

柳宗元撰写的《贬叹格训》，也许可看是其遗嘱。其中有这样警戒后人的词句："成名勿宣门庭。"一个棱角峥嵘，富有不屈不挠抗争精神的人，临终竟然说出这等话语，怎不令人欷歔悲叹。

从"青锋剑"到"柔指绕"

王良先生为我们讲解了柳氏故居中，三雕艺术与柳氏的隐士文化。

王良先生说："西文兴柳氏民居的古建筑细部装饰和工艺及文化内涵，就典型体现了柳氏的隐士文化。以一束蚕丝和书卷，象征了'诗书传家'；以木柱上方的三副麒麟和横梁雀替上的六匹骏马，意味着'梁上奉六马，立柱遇三奇（麒）'；在梁眉的两头刻两只喜鹊，寓意'喜上眉梢'；还有'渔樵耕读'、'坐食俸禄'、'宦海沉浮'刻于屋檐的木廊上方，激励后人'书山有路勤为径，学海无涯苦作舟'。如此 13 种门楔、48 种窗花图案、18 副石础、102 个石狮、1018 个楼栏扶手木刻，都是柳氏民居独特的有其深刻且只能意会不可言传的隐士文化的杰作。"

王良先生又说："柳氏家族一隐就是数百年，恪守祖训，耒读为本、淡泊处世、书香继世。在明朝永乐四年（1406 年），柳琛，殿试三甲赐同进士出身。柳琛中举后，为了完成先祖的遗愿，封他官他不做，从翼城南关的'河东旧家'，携妻杨氏重返先祖隐居地，再造西文兴，所以这个村叫西文兴。因为祖训上面说'以为文人代兴者，为世居在所'，所以，这个村也叫西代兴。为什么要用一个东西的西呢？因为柳宗元是河东柳氏西眷之后。遗训受书，其后人遗腹子柳周七在卢遵的掩护下，随母隐居在中条山之东的沁水历山，这就是河东柳氏西眷在这里

嘉靖皇帝所赐"丹桂传芳"的牌坊

等待振兴，故名曰：西文兴。这个村名从唐末到现在从没有改过，从那时起，河东柳氏世世代代居住在这个村里，所以这个村到现在百分之九十六以上的人都姓柳，还是柳氏一脉同宗。"

王良先生还说："这座民居中，最为著名的是明代的两座牌坊。一座叫'丹桂传芳'，是明嘉靖二十三年（1544年），朝廷表彰居于西文兴柳氏后人柳骙的。另一座'青云接武'，是明嘉靖二十九年（1550年），朝廷为表彰西文兴柳氏后人柳遇春的。正是从柳骙开始，柳府进入了鼎盛时期。在明朝，就非常兴盛，当官的经商，所以叫官商。柳府已经是三代做官，所以他们的商号遍布全国。说是'京归吾府，勿宿异姓'，从北京到西文兴他的府第，沿途上千里，不需要住他姓的旅店。所以说当年柳府非常辉煌，也非常有经济实力。然后才有我们现在看到的这个规模。柳府一直到柳遇春时期，达到顶峰。在明朝，柳府兴盛了200年。"

在王良先生的讲解中，给我留下最为深刻印象的是对柳氏祖先的两座牌楼下那八尊石狮的介绍。

在"丹桂传芳"和"青云接武"两座牌楼下，有八尊造形各异、形态生动的沙石雕狮子。

王良先生介绍说：这八尊狮子被称之为"教化狮"。是西文兴村柳氏民居最

教化狮之一

为精彩的部分。它取其谐音，"狮"者，是诲人不倦的"师"之意。表达着教诲后代子孙的为人之道处世哲学。

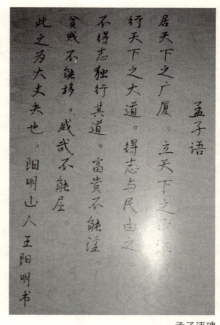

孟子语碑

"丹桂传芳"牌坊下有四尊狮子：第一尊狮子，尾巴高翘嘴里含一绳索，寓意了年轻人涉世未深，读了一点书就尾巴高翘不知天高地厚，喜欢高谈阔论口无遮拦，这样容易病从口入祸从口出，所以要嘴里勒一根绳子，噤口纳言；第二尊狮子高昂着头耳朵直耸，似乎在倾听他人讲话，尾巴收于两脚之间。前脚下踏着一只小狮子，十分驯顺，似乎接受了"夹着尾巴做人"的家训；第三尊狮子的脚下有一个大圆球，两只小狮子嬉闹于旁边，这大概是教诲为人处世要圆滑圆通，守于中庸；第四尊狮子则蹲伏着，一副安详淡定的神情。脚下两小狮，一小狮子腾跃而出，另一小狮则匍匐不语，此寓意着读书人不要浅尝辄止自鸣得意，不知世事凶险，不谙审时度势。

"青云接武"牌坊下也有四尊狮子：则是教诲柳氏族人，官场凶险，在朝为官需遵循的"官鉴"、"官箴"。第一尊狮子胸前佩一朵花，而低首敛容双目微闭，寓意着即使科举高中金榜题名，也不要得意忘形，而要恪守低调做人；第二尊狮子体态挺拔耳朵直耸，寓意着在朝为官须大度为怀容得不同意见，切忌刚愎自用；第三尊狮子脚下，按一凤头鹿尾狮身的动物，胸前有红花，侧身有祥云，头向上引颈张望，寓意着身居高位，高处不胜寒，一定要谨小慎微如临如履；第四尊狮子已损坏，一时还难以理解其寓意，但也不妨推测是揭示着"官场潜规则"。

在西文兴树的柳氏民居，有许多诸如此类的"教化碑刻"，如"四箴碑"、"父子箴"、"夫妇箴"、"兄弟箴"、"朋友箴"；如"文昌帝君谕训碑"；如"王阳明谕俗碑四条"；再如"河东柳氏训道碑"、"河东柳氏传家遗训碑"、"柳氏家训碑"等等。众口铄金千篇一律，都是宣扬儒家"中庸之道"、"宽恕之道"、"隐忍之道"的。而那块《孟子语》碑："居天下之大厦，立天下之正位，行天下之大道，得志与民由之"，"富贵不能淫，贫贱不能移，威武不能屈，此之为大丈夫也"，却被弃之于一个被遗忘的角落，在整个参观过程中无人提及。

王良的讲解　把我带入对历史的深深沉思之中。

民居古建是无言的文化叙述，是再现历史的活化石。险象环生的生存压力泛化为逢凶化吉的生命记忆。

从柳下惠、柳宗元，到柳骎、柳遇春，我看到了一门宗嗣血脉传承的轨迹。儒家圣典的"诗弓传家"，"逆来顺受"，"吾日三省吾身"，"识时务者为俊杰"，为历朝历代的封建统治锻铸出一座"大熔炉"。九转成丹，把所向披靡锐不可当具有批判锋芒的"青锋剑"，熔炼成委曲求全苟且偷生兔子兜圈黄花鱼溜边的"柔指绕"。

明智也可能意味着"聪明误"。

行走｜文丛

"行走文丛"让读者期待

　　"行走"文丛是海天出版社近年精心策划打造的一套文化散文丛书，它以作者亲身行走寻访为切入点，将沿途所见、所闻、所思及相关的历史文化呈现为优美、深刻的文字，区别于那种走马观花、浮泛浅陋的游记，虽然也是行走，但着眼处不在"走"，而是对当地现实及历史文化的再思考、再发现和再认识。作者目光所及，步履所涉，思考幽微，见识独到，对一些习以为见的历史文化景观及人文现象，进行重新认识、梳理和反思。丛书力求做到图文并茂，雅俗共赏。打开本书，必是一次与精彩文字和优美图片的美丽邂逅！

近期推出书目：